苗怀明 主编

观世相

古典小说里的
浮生与世情

下册

贵州出版集团
贵州人民出版社

目录

《金瓶梅》：世情与市井 ……………………………………… 003
引　言　《水浒传》到《金瓶梅》：从传奇到世情 ………… 004
一　《金瓶梅》里都是生意人 …………………………………… 009
二　西门庆：从中产到清河首富 ………………………………… 014
三　潘金莲：步步黑化之路 ……………………………………… 021
四　应伯爵：市井中的帮闲 ……………………………………… 026
五　西门庆的书房、宋蕙莲的鬏髻和潘金莲的床 …………… 032
六　"红烧猪头肉"与《金瓶梅》的作者身份 ………………… 039

《聊斋志异》：乡野与精怪 …………………………………… 047
引　言　《聊斋志异》：古代文言小说的集大成者 ………… 048
一　从"野合"到"规训" ……………………………………… 051
二　"忘为异类"的精怪 ………………………………………… 058
三　仙人贵"朴讷诚笃" ………………………………………… 064
四　凛凛公心，照察善恶 ………………………………………… 071
五　功名幻灭，世态炎凉 ………………………………………… 078
六　子嗣寄托与伦理叙事 ………………………………………… 085

《儒林外史》：科举与士林 093

- 引　言　科举制度与科举身份：士人的类别归属和角色定位 094
- 一　童生：初阶士人的沉沦与传奇 098
- 二　秀才：地方文化精英的理想及其困境 103
- 三　贡生与监生：功名捷径抑或异路功名 107
- 四　举人：咫尺千里的科名之路 112
- 五　进士与翰林：金字塔顶端的惶惑 116
- 六　雅集与祭祀：曲径通幽的求名之途 120
- 七　"幽榜"：《儒林外史》的成书之谜 125

《红楼梦》：家族与个体 133

- 引　言　《红楼梦》的家族情结与文学书写 134
- 一　从家世变迁到传世名著 137
- 二　追忆逝水流年 148
- 三　自由发展还是家族优先 155
- 四　贾府里的"阶级斗争" 161
- 五　宝黛结合又如何 169
- 六　家族底层的沉沦与挣扎 175

侠义小说：正义与边缘 187

- 引　言　从历史记忆走向文学想象 188
- 一　侠客的"人设" 194
- 二　"侠之大者，为国为民" 212
- 三　快意恩仇："报"的交往原则 220
- 四　"儿女情长"是否"英雄气短" 230
- 五　当女人成为侠客 243

中国古典小说

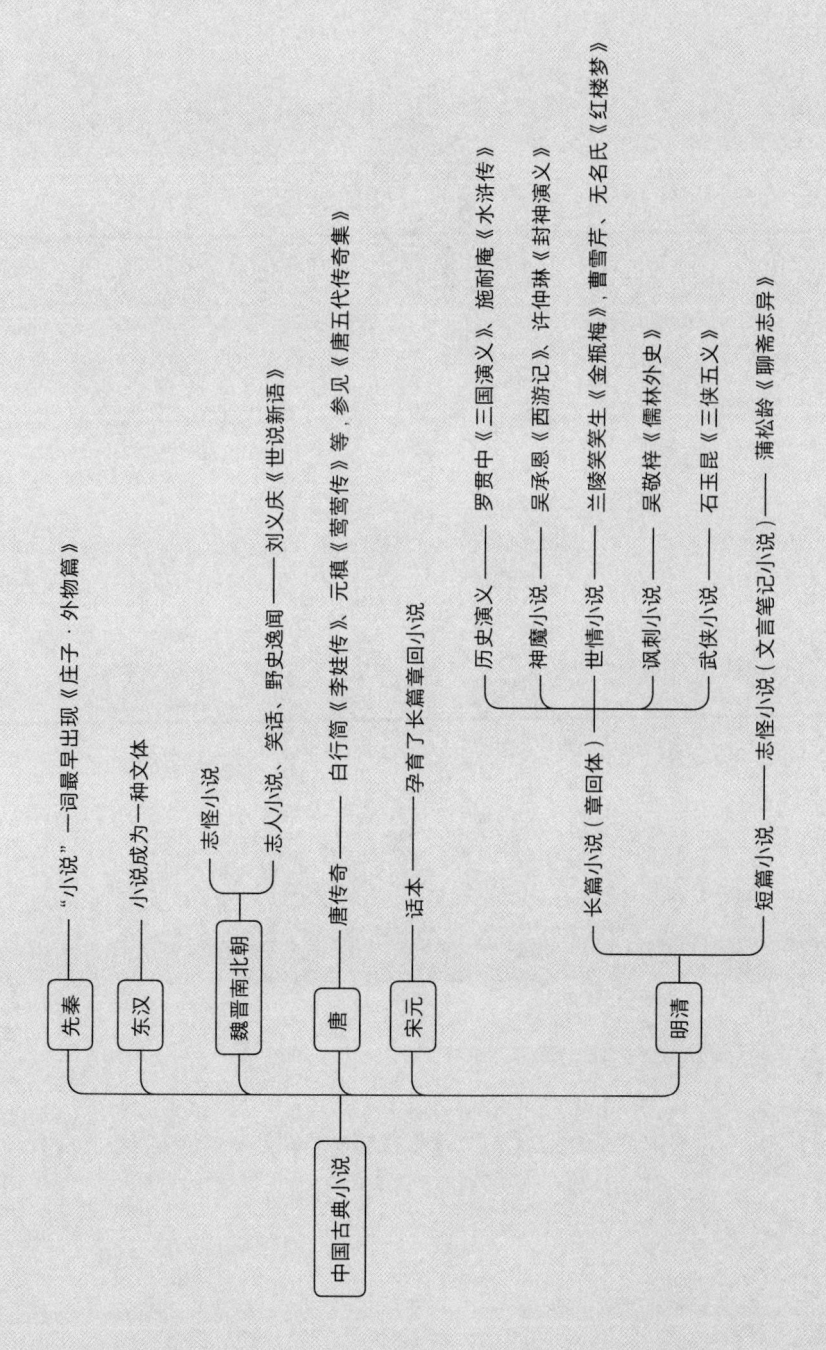

- **先秦** —— "小说"一词最早出现《庄子·外物篇》
- **东汉** —— 小说成为一种文体
- **魏晋南北朝**
  - 志怪小说
  - 志人小说、笑话、野史逸闻 —— 刘义庆《世说新语》
- **唐** —— 唐传奇 —— 白行简《李娃传》、元稹《莺莺传》等，参见《唐五代传奇集》
- **宋元** —— 话本 —— 孕育了长篇章回小说
- **明清**
  - 长篇小说（章回体）
    - 历史演义 —— 罗贯中《三国演义》、施耐庵《水浒传》
    - 神魔小说 —— 吴承恩《西游记》、许仲琳《封神演义》
    - 世情小说 —— 兰陵笑笑生《金瓶梅》、曹雪芹、无名氏《红楼梦》
    - 讽刺小说 —— 吴敬梓《儒林外史》
    - 武侠小说 —— 石玉昆《三侠五义》
  - 短篇小说 —— 志怪小说（文言笔记小说）—— 蒲松龄《聊斋志异》

刘晓蕾 北京理工大学教育学院

致力于中国文学的研究。《文汇报》《腾讯大家》专栏作家、得到APP《刘晓蕾讲透〈金瓶梅〉》课程主理人。著有《醉里挑灯看红楼》《作为欲望号的金瓶梅》《刘晓蕾〈红楼梦〉十二讲》等。

《金瓶梅》：世情与市井

在这个世界里,一切都变得复杂,一言难尽。其中的复杂与模糊,在于回归了生活,接纳了世情与人心。

引　言
《水浒传》到《金瓶梅》：从传奇到世情

　　《金瓶梅》和《水浒传》的关系非常密切，甚至有人说《金瓶梅》是《水浒传》的同人小说。其实，《金瓶梅》虽来自水浒故事，但又重构了一个与水浒世界全然不同的新世界。

英雄传奇的水浒

　　先说水浒世界。和《三国演义》一样，《水浒传》也取材于真实的历史。它大约成书于元末明初，里面宋江等人的故事，在具有史料价值的长篇讲史话本《大宋宣和遗事》里就有记载。

　　相比于《三国演义》，水浒世界与市井社会的关系更近。《三国演义》写的多是上层历史人物，他们或逐鹿中原，或雄踞一方，不是帝王将相，就是著名谋士；而《水浒传》里的人物多为社会中下层，既有草根英雄，也有市井人物。武松、张青等人，一开始就直接混迹江湖。即便是有官职的宋江，却也不过是一介小吏，他在官场上的上升通道非常窄迫，是北宋官僚体系里一颗最不起眼的螺丝钉。卖肉的"镇关西"、市井妇女潘金莲和潘巧云、阳谷富户西门庆、做小买卖的郓哥、卖炊饼的武大,还有阎婆惜、白秀英……这些市井人物接地气的生活,也直接或间接促成了鲁智深、武松、杨雄、石秀、宋江、雷横等好汉们到梁山聚义。

书中的酒店、客栈、书场等场所,往往是好汉故事发生的舞台。都头雷横听说从东京城里新来了一个卖唱娘子叫白秀英,端的一番好技艺,就来到勾栏里,刚好坐在了第一排。白秀英唱毕,拿起盘子指着众人道:"财门上起,利地上住,吉地上过,旺地上行。手到面前,休教空过。"[1]这是例行求打赏,雷横却刚好忘记拿银子,而白家父女仗着和知县关系匪浅,便出言讥讽雷横小气,于是生起了事端,也改变了双方命运的走向。

《三国演义》充满战争与谋略,而《水浒传》尽显市井百态,前者是上层视角,后者视角则更下沉。"武松杀嫂"的故事足足有三回半,写潘金莲如何对武松动心,被拒,又勾搭上西门庆,而武大在郓哥的撺掇下去捉奸,反而被西门庆踢伤,最后在王婆的撺掇下,西门庆和潘金莲合伙毒死了武大。"王婆贪贿说风情"一回,说的是王婆给西门庆上课讲"挨光计",更是市井气十足。王婆是开茶坊的,但按她自己的说法,她还做媒、抱腰、收小,还是马泊六、牙婆,也就是拉皮条、贩卖人口什么的,为了赚钱她可什么都敢干。这次为了赚棺材钱,就撺掇潘金莲和西门庆用砒霜毒死武大,甚至还知道如何处理尸体……集油滑、乖觉、残酷与无耻于一身的王婆、开黑店做人肉包子的孙二娘们,都暴露了民间社会幽暗的一角。

---

[1] [明]施耐庵、罗贯中著,[明]李卓吾、[清]金圣叹点评:《水浒传》,北京:中华书局,2009年。

尽管贴近市井人生，但《水浒传》总体上依然属于英雄传奇，和《三国演义》一样，都可以归入"英雄主义和宏大叙事"，明末就有一种本子，将《水浒传》与《三国演义》合在一起，称作《英雄谱》。水浒故事里主角们大碗喝酒、大块吃肉，啸聚山林打家劫舍，他们有个性，有武艺，有极大的破坏力，过的是刀口舔血的日子，普通人想都不敢想。

光怪陆离的世情

《金瓶梅》就不一样了。

作者借用了《水浒传》里"武松杀嫂"的故事，敷演出一部全新的长篇小说。在《金瓶梅》[1]里，西门庆、潘金莲、武大、武松这些人的名字没变，但故事的走向、内核以及人物的性格、命运，乃至小说的气质，都发生了巨变。

作者特意把原本的故事结局改掉——《水浒传》里的武松出差回来，获知哥哥武大被毒杀，他报官不成遂手起刀落，杀死潘金莲，脚踢西门庆，大仇得报后，向官府自首，刺配孟州。然而在《金瓶梅》的世界里，武松的复仇屡屡受挫，他没能杀死西门庆，一怒之下杀了和西门庆喝酒的李皂隶，最终被充军发配。潘金莲呢？武松回来之前，她已匆匆嫁入西门府，就此躲过一劫。在这里，作者没有安排西门庆被武松杀死，而是让他多活了六年，最后纵欲而死；潘金莲虽然死于武松刀下，但她也多活了七年。

---

1 [清] 李渔：《新刻绣像批评金瓶梅》，杭州：浙江古籍出版社，2014年。

《金瓶梅》的主要故事，就发生在这七年里。同样的故事，不同的讲述方式，源于不同的视角和标准。

《水浒传》是英雄传奇，其主角是一众英雄好汉，他们行走江湖，在黑暗的现实中处处碰壁，怒气冲冲，快意恩仇，不是倒拔垂杨柳，就是醉打蒋门神，水浒的江湖里也烟波浩荡、血腥阵阵。"武松杀嫂"突出的就是他的好汉气概，被杀的潘金莲、西门庆们，就是好汉的对立面，是不折不扣的坏人，因此，他们被就地正法，就是正义得以实现，大快人心。至于这些坏人们有怎样的欲望，怎样的人生，作者并不关心，读者可能也不会把它们作为阅读的重心。

同样是"武松杀嫂"，在《金瓶梅》里展现的是另一个世界。

在《金瓶梅》里，西门庆没被武松杀死。他和李皂隶在酒楼喝酒，远远看见武松凶神般奔来，赶紧跳后窗逃走了。武松找不到西门庆，就打死了李皂隶。西门庆呢？他从酒楼的后窗跳到胡老人家院子里，被上厕所的胖丫头发现，胡老人赶过来，认出西门庆，说："大官人，且喜武二寻你不着，把那人打死了。地方拿他县中见官去了。这一去，定是死罪。大官人归家去，料无事矣。"（卷之二第十回）就这样，西门庆戏剧般地躲过了武松的刀。

《水浒传》里，杀人偿命，快意恩仇，而在《金瓶梅》里，正义不仅迟到，还缺了席……

《金瓶梅》呈现的是一个下沉的、被长期遮蔽的底层状态，全是此岸风情、人间烟火。英雄来到这里，就丧失了主角光环，像走错了片场，无用武之地。《水浒传》是英雄视角，《金瓶梅》则反着来，把高高在上的英雄形象拉回地面——所以，在这里，武松没那么容易杀死西门庆和潘金莲,胡老人肯定站西门庆,"趋利避害"是人性,构成了光怪陆离的世情。

就连仵作何九也不一样了。在《水浒传》里,他忌惮武松"杀人不眨眼",偷藏了武大的遗骨,留下了重要证据。但在《金瓶梅》里,他收下西门庆的银子,武松回来到处找不到他,早就三十六计走为上了。

至于武大,原本是被侮辱被损害的小人物,也面目模糊起来。天上掉下个大美女,成了他的老婆,张大户也免他租金,还贴补他做生意。回家不小心遇到张大户来会金莲,他选择躲开,理由是:"原是他的行货。"这多少有点人品低下。至于后来他执意捉西门庆的奸,被踢中心窝,卧床不起,一是因为郓哥激将,他要面子;二是自认有武松壮胆。

就这样,《金瓶梅》全面重构了《水浒传》。鲁迅先生认为,《金瓶梅》是一部伟大的世情小说,[1]评价得非常到位。"世情"和"人心",正是《金瓶梅》最擅长的领域。从《水浒传》到《金瓶梅》,是从传奇到世情的嬗变。在这个世界里,一切都变得复杂、一言难尽。其中的复杂与模糊,在于回归了生活,接纳了世情与人心。

读《水浒传》,黑白分明,酣畅淋漓;读《金瓶梅》,歧路重重,充满挑战。

---

1 鲁迅:《中国小说史略》,沈阳:春风文艺出版社,2020年。

一
《金瓶梅》里都是生意人

喧闹的商业空间

《金瓶梅》的故事舞台，是清河县和临清市，《水浒传》里的武松故事，却发生在阳谷县。

问题来了，既然兰陵笑笑生几乎全盘移植了这个故事，为何单单要改换地点？答案也许很简单：在阳谷，西门庆创建不了他的商业帝国。只有毗邻著名的运河码头临清，才有商业、有城市、有故事，才会有《金瓶梅》。

临清的发达，是因为明代的漕运。河流是商业城市的标配，欧洲早期的城市，罗马有台伯河，佛罗伦萨有阿诺河，伦敦有泰晤士河，巴黎有塞纳河。宋代的大运河是不经过山东的，自元代开始，大运河才经过山东，临清成为钞关即收税的码头，一时繁华无匹，那是明朝宣德年间的事。

这能十分有力地证明《金瓶梅》创作的时代背景是明代，而且是明代中后期。彼时，京杭大运河的漕运状况得到极大改善，商业经济空前繁荣——北到北京通州，南至江南，有数十个漕运码头。北方的棉花运到南方，南方的稻米、丝绸等也源源不断来到北方，临清正是其中的重要枢纽。不要小看这个地方，在明代中后期，临清可是八大钞关之首，地位和繁华程度不逊于苏杭，堪称"北方的深圳"。书中有大量的南方货物和江南方言，有人据此推测兰陵笑笑生是江南人士。不过，书中的山东土话更多。根据方言来判断作者的籍贯，其实靠不住，作者也可能是北方人，经常去南方。

在《金瓶梅》的世界里，传统的乡土生活消失了，取而代之的是一个喧闹的商业空间、城市生活。一时间，"兴贩贸通之利，以侈大其耳目而荡其心"，人心散乱，欲望升腾，连空气里都飘荡着金钱的味道。

活色生香的人间

《金瓶梅》堪称明代中叶的浮世绘。南方商品经济发达，代表着富裕和时尚，贸易顺着运河流向北方的临清——孟玉楼的拔步床是南京的；黄四为答谢西门庆，送来四样鲜物：一盒鲜乌菱、一盒鲜荸荠、四尾冰湃的大鲥鱼、一盒枇杷果，也来自南方；一次，郑爱月从西门庆袖子里掏出了紫绉纱汗巾儿，上拴着一副拣金挑牙儿，正是西门庆扬州船上带来的。

传统的乡土社会，"力田树艺，鲜为商贾"，人人安分守己，不远游，被土地牢牢拴住，几乎没有发财的机会。然而，在《金瓶梅》的世界里，商业发达，城市繁荣，没有一个庄稼汉，生意人穿梭往来——有做小买卖的、说媒拉纤的、开店的、理发的，上层也在买官卖官……可谓全民皆商。

城市里常见摇着惊闺叶的货郎，他们的箱子里装着脂粉、花翠、汗巾，还有新鲜菊花。被发配充军的来旺回到原籍徐州，投在一个银铺里，学会了做银饰，于是挑着担子，摇着惊闺叶，靠卖脂粉、花翠生活。第二十三回，跟西门庆好上的来旺媳妇宋蕙莲就买了两对鬃花大翠和两方紫绫闪色销金汗巾儿，一共花了七钱五分，相当于现在的五六百人民币了。

王婆在《金瓶梅》里也有不少同行，比如薛嫂、文嫂、陶妈妈，还有李瓶儿的奶妈——冯妈妈，她们提着花翠箱子，兼卖最时尚的首饰，个个能说会道，最能看透世道人心。

还有理发的。书中有个理发小周，会背着工具箱上门服务。西门庆在翡翠轩的小卷棚里，坐在凉椅上，除了头巾，小周就开始给他篦头发，边篦边"观其泥垢，辨其风雪，跪下讨赏钱，说：'老爹今岁必有大迁转，发上气色甚旺。'"。还拿出工具给西门庆按摩放松，服务十分贴心周到。（卷之十一第五十二回）

还有算命先生。西门庆死后，孟玉楼和吴月娘清明节去上坟，被李衙内看上。官媒陶妈妈来提亲，拿了玉楼的婚帖，发现孟玉楼比李衙内大六岁，两个人生怕李衙内嫌弃，赶紧找了一个摆摊的算命先生"改命"。算命先生大笔一挥，给孟玉楼改小了三岁，"女大三抱金砖"，这下就好了。

喜欢历史演义和英雄传奇的可能读不下《金瓶梅》。可是，这才是真正的小说——有世相，有众生相，有恣意生长的生命。在这个世界里，只要肯动脑筋想办法，每个人都能活下去，甚至还活得有滋有味。

做生意的还有妓女、小优和女先生。西门庆拿五十两银子梳拢了李桂姐，每月包养二十两；李铭们卖力供唱；申二姐是盲女，会唱许多曲子，都是明代的流行歌曲，从中可以一窥明代中后期的民间娱乐特点。

青楼里还有穿蓝缕衣的"架儿"，拿瓜子零食献给西门庆，西门庆便赏一两银子。这些"架儿"本就是闲散人员，靠这个能有些微薄收入。还有穿青衣的"圆社"，三个人陪西门庆和李桂姐踢气球，一下午赚一两五钱银子。宋代的高俅靠踢球投宋徽宗所好，当上了大官，猫有猫道，狗有狗道，这些"圆社"也能赚点小钱花花。

还有走街串巷的磨镜老叟。孟玉楼和潘金莲让来安提了大小八面镜子，又抱了四方穿衣镜过来，磨好了，赚了五十文钱。

寡妇孟玉楼带着钱嫁给了西门庆，那个时代女性在婚姻上还是有一定自主性的，这在传统乡土社会是不可能的。别说带着钱再嫁，就连净身出户再嫁都会困难重重。西门庆死后，孟玉楼又带着钱再嫁了李衙内，过上了相对美满的生活。这说明在明代中后期的商业社会也就是城市里，寡妇再嫁可能也不是什么大问题。

让所有人都能活下去，才是活色生香的人间，这是生命的权利，也是最大的慈悲。这样的世情，当然有生机勃勃的一面。

第五十八回，西门庆、乔大户合伙开绸缎铺，雇了韩道国、甘出身和崔本做伙计。三方批了合同，应伯爵是保人，利润分配：西门庆五分，乔大户三分，其余由伙计均分。这已经是股份制的雏形了。

新世界、新世情

很多研究者都说，在《金瓶梅》里，传统的道德和价值全面崩解，出现了价值的真空，因而世风日下、道德沦丧，十分暗黑。其实，换个角度看，《金瓶梅》展示了一个全新的世界，它是城市的，是商业的，这其实预示着某种新型的人际关系和价值准则。

商业社会是陌生人的社会。熟人社会可以靠口碑，靠情谊，这是天然的信任纽带。而陌生人之间，既要合作——这需要信任，也要有界限——大家都不是熟人关系。如何建立信任，又能保持一定的界限呢？对此，奠基于农业社会的传统道德显然无能为力。如果依然以传统农业社会的道德看这个世界，所见皆为放纵与堕落。其实，这里的世情与人心，固然有扭曲暗黑的一面，但同时也意味着一个新世界的诞生——旧道德逐渐式微，新道德尚未成型，在新旧的夹缝里，一切方生方死，方死方生。

值得注意的是作者对这个新世界的态度。要知道，传统社会对商业和商人的态度都不太友好。

加拿大汉学家卜正民写过一本书《纵乐的困惑：明代的商业和文化》，书里提到，他发现一本1610年歙县知县张涛主修的县志《歙志》。请注意，彼时正是《金瓶梅》可能成书的年代，即万历朝后期。张涛怀念过去，认为明代初年"诈伪未萌，讦争未起"，但是，商业世界降临了，"贪婪罔极，骨肉相残"。为此他长叹不已，充满绝望。[1] 这是典型的传统文人对商人和商业的态度：商人天生贪婪、狡诈，而商业活动追求利润，也破坏了秩序。在他们眼里，乡土社会是"采菊东篱下，悠然见南山"，如此田园梦，真是朴素又美好。

儒家重义轻利，看不起金钱。孔子的学生子贡，聪明、灵活、口才好，会做生意，还制止了一起"国际"纷争。但孔子评价他是"瑚琏之器"，华而不实。儒家主张的是"君子不器"，真正的君子不能被某项专业职能限制，不能活成一种器具，被

---

1 ［加］卜正民著，方骏等译：《纵乐的困惑：明代的商业与文化》，桂林：广西师范大学出版社，2016年。

工具化，要当通才，吞吐宇宙，掌握天理，气象万千。孟子在《公孙丑》篇里就称商人为"贱丈夫"。

有没有看到商业重要性的文人呢？也有，比如司马迁。他在《史记·货殖列传》里，并不赞成高谈仁义，鄙视金钱。他认为商人能养活自己，又为社会增加财富，何乐而不为？不过，他的观点只是昙花一现，商人从来成不了文学关注和尊重的对象。

在诗人笔下，"商人重利轻别离"。在《聊斋志异》里，狐狸精们爱上的也大都是读书人。与《金瓶梅》几乎同时期的《三言二拍》也写了商人，但不是一夜暴富就是突然破产，突出的是八卦和传奇。

因此，在中国传统文学史上，《金瓶梅》非常另类。作者不带任何偏见，写清河县的生意人，写西门庆如何赚钱，如何发家，也让我们看见那个时代的面貌和更广袤的世情、人心。

二
西门庆：从中产到清河首富

很多人对《金瓶梅》这本书有误解，其实，作者对性并没多大兴趣，他把重心放在了商业社会的世情和人心上面。在书中，清河县的生意场、人际场，各色人等悉数登场，这个市井社会，泥沙俱下，鱼龙混杂。

世故与黑暗并存的生财之路

《水浒传》第二十三回给西门庆贴了一张坏人的标签,为富不仁,欺男霸女:"只是阳谷县一个破落户财主,就县前开着个生药铺。从小也是一个奸诈的人,使得些好拳棒。近来暴发迹,专在县里管些公事,与人放刁把滥,说事过钱,排陷官吏。"

但在《金瓶梅》第一回里,作者是这样写西门庆的:"状貌魁梧,性情潇洒,饶有几贯家资……虽算不得十分富贵,却也是清河县中一个殷实的人家。""生来秉性刚强,做事机深诡谲。"两者描述差距甚大,后者描述显然用词中性,未直接表达好恶。《金瓶梅》的作者没有急着对西门庆进行道德审判,而是从世情和人性的角度,把西门庆呈现得更丰富立体。因此,我们才有机会看到,在16世纪中后期的中国北方清河,一个小商人如何做生意批合同,在饭局上笼络官员,一步步成为清河首富,险些成了"资本主义萌芽"的代言人。

西门庆刚出场时,只有父亲留给自己的生药铺,算是一个中产。他的第一桶金来自婚姻,先是娶了有钱的寡妇孟玉楼,孟玉楼是一个布商的遗孀,嫁到西门庆家时带了一堆箱笼,上千两现银,还有两张南京拔步床。后来西门庆又娶了李瓶儿,带来的东西更多,几千两银子,各种珍奇珠宝(其中包含一百颗西洋珠子)。

于是,西门庆接连开了当铺、缎子铺、绒线铺,生意越做越大。临死时,他给女婿陈敬济交代家底,按保守的1:600折算,相当于今天的6000万至1亿元。

当铺是一本万利，也是利润大头。第四十五回，白皇亲家一座大螺钿描金大理石屏风、两架铜锣铜鼓连铛儿，要当三十两银子。应伯爵赞不绝口："哥，该当下他的！休说两架铜鼓，只一架屏风，五十两银子还没处寻去！"像白皇亲、王招宣这样曾经显赫而今破落，靠变卖宝贝度日的，清河县有好几家。

虽然第一桶金来自女人，但西门庆是个天才商人，精明强悍，对金钱的嗅觉非常灵敏。第十六回，西门庆正跟李瓶儿厮混，玳安骑马来接，说有三个川广客人有货要卖，西门庆却好整以暇。一方面说明他非常有判断力，不急于出面，掌握了主动权，另一方面他家的铺子最大，在清河县做的是垄断型生意。

西门庆做生意，也是讲规矩、有诚信的。比如，他雇了很多伙计，打理生药铺、当铺、缎子铺、绒线铺，每人每月二两银子，还有三个高级伙计参与缎子铺的分红；出差费用充足，逢年过节有福利；家里常年有饭局，总把傅伙计、韩道国、甘出身他们几个伙计叫来喝酒娱乐。大运河上，西门庆家的货船往来不绝，韩道国们常年跑南京、扬州、杭州进货。除了工钱，他们自己也趁机拐带着做点小买卖，乐此不疲。

西门庆的官场关系，最初来自京城官员陈洪。西门庆的女儿嫁给了陈洪的儿子，陈洪又有一个亲家是八十万禁军杨提督。这个陈洪、杨提督从未露面，西门庆却能靠着这条关系，通过贿赂直接巴结上蔡太师，当了副提刑。傍上这个大贪官，西门庆赚钱的门路大开，金融业、医药业、纺织业、交通运输业、政府专卖行业等，都是他涉足的生意，典型的多元化经营。

西门庆是地方富豪，又出手大方，蔡府的管家翟谦看好他，往来稠密，托他好好接待过路的蔡状元。西门庆知道结交蔡状元等人对自己事业的重要性。所以，当蔡状元和安进士一来，他殷勤伺候，好酒好菜加娱乐一应俱全。临行前，出手豪阔，送给蔡状元一百两白金，安进士三十两白金。一方出手豪阔，另一方心领神会，可谓是潜规则老手。果然，蔡状元后来当了巡盐御史，立马让西门庆的三万盐引[1]提前一个月支取。

别小看这提前一个月。盐历来是国家专卖，盐引制度最早源自宋代，到了明代又被发扬光大。本意是为节省向北方军队运送粮食的开支，鼓励商人运粮，以盐引结算。不过，盐引制度很不稳定，不仅兑换有期限，还限量，政府发放的盐引又多，兑付起来困难重重。据说有人家拿着盐引，几十年都兑付不了，只好留给下一代。可想而知，西门庆提前一个月支取盐引会有多么丰厚的利润。

西门庆接待蔡状元，其实就是放官吏债，提前投资候补官员，等其拿到权力，再图回报。他不仅接待了蔡状元，还通过蔡状元结识了宋巡按御史。宋巡按借他的花园，宴请黄太尉。宋巡按和他谈笑风生，闲聊中臧否地方官员，西门庆趁机举荐亲朋，巡按欣然接受。西门庆又令左右给吏典三两银子，事妥。

当然他还偷税漏税。货船到了临清钞关，西门庆让下人拿着写给钞关钱老爷的文书和五十两银子，结果一万两银子的货物只缴了几十两银子的税，按照万历年间的税法计算，西门庆这一次就偷税漏税高达几百两。临清作为明代中后期的八大钞关之一，货船南来北往，十分繁密，关税里的猫腻可见一斑。

---

[1] 盐引：取盐和销盐的凭证。——编者注

此外，西门庆还放高利贷。他借给李智、黄四一千五百两银子，年利息是二百五十两。当然，他的生财之路里也少不了贪赃枉法。苗青谋害主人事发，送给西门庆和夏提刑各五百两银子的贿赂，给自己脱罪。西门庆随便找了附近寺庙的僧人当了替死鬼。可见当时司法混乱，冤狱处处有。

热腾腾的市井

《金瓶梅》是第一部以商人为绝对主角的小说，也是第一部在社会、政治、经济、私生活方面，全方位呈现明代商业活动的长篇小说。这也给我们勘察那个时代的商业环境提供了便利。

大体言之，商业和城市体现的是文明的进程。贸易流通了，手工业出现了，余粮能卖钱了，谋生的手段更多了……对个体而言，相比被困在土地上，这意味着更多的可能性。城市更多元，更开阔，更富有流动性，提供了更多机会，来吸纳失地的农民或富余的劳力，他们的劳动可以在市场上交换，凭手艺吃饭。

很多人对城市有误会，认为城市代表奢侈，属于富人，其实城市对穷人更友好。理发的、算命的、卖唱的、卖花翠的……都能养活自己。传统的农业社会不能提供如此多样的生存可能性。而在城市里，分工明确，陌生人可以相互协作，提供各种贴心的商品和服务，不全是坑蒙拐骗。

像西门庆这样的富人能解决很多人的就业，还带动了消费。西门庆给妻妾们做衣服，要三十多件，赵裁缝便带着十来个裁缝上门，铺上毡条，拿出剪刀尺子，忙了好几天，工钱是五两银子。李瓶儿死后,画师来画遗像,先画出草稿,拿给吴月娘等人看,然后根据意见修改。一共画了两幅,半身的和全身的,都用"大青大绿,冠袍齐整,绫裱牙轴"。画师一共得了十两银子。这技术活比较高端、精细,所以报酬很高。就连落魄文人也能在西门庆家里混口饭吃。西门庆当了副提刑之后,需要起草文书,用到公关修辞,便请来温秀才,包吃包住,每月三两银子,还常请来一起喝酒。

赤裸裸的欲望

综观整部《金瓶梅》,小说的视线更加下移,呈现了生机勃勃的市井图景,第一次以市井人物的日常生活和经济活动为中心,绘制了一幅明代的市井浮世绘。如果悬置道德判断,《金瓶梅》的世界可谓活色生香、欲望蓬勃。但是,作者也毫不避讳浮世绘的另一面,商业释放了欲望,满足了欲望,也制造了欲望,《金瓶梅》的世界也是一个欲望横流的世界。

《金瓶梅》里的人,个个都沉浸在欲望的海里,欲火中烧,对金钱的欲望,对性的欲望,对权力的欲望。对于这些欲望,我没有见过哪本书比《金瓶梅》写得更深刻。

中国传统文化其实是忌讳谈欲望的。儒家孔子对人性比较包容,只对贵族有道德要求。到了孟子,就不想谈利益,只愿意谈理想了。到了宋明理学家,他们对欲望非常反感,把超出基本温饱之外的欲望称为人欲,要"存天理,灭人欲"。至于道家,把身体和欲望当成累赘,佛教更认为欲望没有价值,会让人受苦。

《金瓶梅》补上了这一课。对待欲望,兰陵笑笑生的态度要开放得多,他一方面写这些人释放欲望,又被欲望裹挟、控制。另一方面又对这些人有理解和悲悯。在他的笔下,这些人都算不上什么坏人,只是"不够好"。

正是作者宽容的态度,提醒我们放下偏见,客观看待西门庆和那个时代。《金瓶梅》里既有热腾腾的市井生活,充满生机和繁盛,体现了商业对社会的积极作用;当然,也有欲望化生存时伴生的轻浮、粗鄙和无耻,欲望被过度激发,过度的欲望让人性败坏。

比如西门庆,他有很多女人,却不懂爱情,不懂得尊重女性;他有很多钱,却没有文化追求,盖房子、做官、赚钱、享乐、找女人、修缮一下祖坟,是他所有的理想。《二刻拍案惊奇》里说徽州人:"乌纱帽、红绣鞋,一生只这两件不争银子,其余诸事悭吝了。"这话说西门庆也很合适。就连他引以为傲的商业活动也没多少含金量:一是靠娶有钱的寡妇;一是低买高卖,长途贩运;一是官商勾结,靠贿赂权贵发财。

在时代背景和个人欲望的"加持"下,西门庆一路"高歌猛进",权力、金钱和女人,一样也不少。但这样没有节制而缺乏反思的人生注定没有未来,他的一生成于欲望,毁于欲望,最终在三十三岁那年,生命戛然而止。绣像本《金瓶梅》,开头写"酒色财气"最害人,其中"财色"尤为厉害。作者说,一般人看不破财色的陷阱,但"看得破时忍不过",即使看破了欲望的虚妄,也按捺不住去实现欲望的冲动。

如何能让人生在欲望中获得平衡,确实是千古难题。

三
潘金莲：步步黑化之路

在《水浒传》里，潘金莲一出场就被贴上了"淫妇"的标签。至今，潘金莲依然被绑在道德的耻辱柱上，不得翻身。

水浒里的工具人

《水浒传》是男人的传奇，书中但凡漂亮点的，潘金莲、潘巧云、阎婆惜，都爱找汉子，最后的下场都不好。至于上了梁山的孙二娘和顾大嫂，不是母夜叉就是顾大虫。好不容易有个好看的扈三娘，却像提线木偶，还被嫁给了矮脚虎王英。在施耐庵笔下，女人就像工具人，功能是用来衬托男人的伟岸、刚直和高洁的情操。

你看，武松是这样骂潘金莲的："嫂嫂，不要恁的不识羞耻！"同时把手一推，差点儿把金莲推倒，又道："武二是个顶天立地噙齿戴发的男子汉，不是那等败坏风俗伤人伦的猪狗！……我武二便眼里认的是嫂嫂，拳头却不认的是嫂嫂！"（卷之一第二回）《水浒传》的作者认为，只有不近女色的才是真英雄。宋江劝矮脚虎王英：但凡好汉犯了"溜骨髓"三个字的，好生惹人耻笑。他自认好汉，只爱学使枪棒，于女色上不十分要紧。男性的精气好似骨髓，近了女色会伤及骨髓，人生彻底沉沦。

至于潘金莲这个形象，在《水浒传》里实在经不起推敲。

施耐庵安排金莲在张大户家当使女，大户骚扰她，她不愿意，还告诉了大婆，大户一怒之下才把她嫁给武大。可是，后来金莲一改常态，又是勾引武松，又是与西门庆偷情，性情大变，像换了一个人。

归根到底，《水浒传》是男人书写的描写男人的书，对女人没什么耐心。

渴望爱与婚姻的真实女人

《金瓶梅》里的潘金莲不再是工具人，而是一个活生生的人，真实又复杂，虽然最后依然被武松杀死了，但至少比《水浒传》里多活了七年。

潘金莲毒死武大，嫁给西门庆，在西门庆的后院里，又和西门庆的女人们争宠夺爱，挑起口角和战争，她的独占欲和嗔恨心越来越强，人也越来越狠毒。先是用计排挤宋蕙莲，逼她走上绝路；又用豢养的白狮子猫扑杀了李瓶儿的儿子，李瓶儿也因此病重而亡；最后又给西门庆灌多了春药，导致他纵欲而亡；西门庆死后，又跟女婿陈敬济通奸，被吴月娘发现后撵了出去，重新来到王婆处等候发卖；直至被武松骗婚杀死。

正是在这七年，《金瓶梅》呈现了一个不一样的潘金莲，让我们有机会体察那个时代女性的欲望和命运。

兰陵笑笑生先给潘金莲改了身世。她父亲去世早，九岁时被母亲潘姥姥卖给王招宣家，习学弹唱，读书识字，她长得美，聪颖伶俐。早早就穿上扣身衫子，展现自己的女性魅力。十五岁那年，王招宣死了，她被潘姥姥赎出，又卖给了张大户。张大户收用了她，身体日渐衰弱，大婆不乐意了，大户只好把她嫁给了武大。平日里大户偷偷来看金莲，被武大撞见，武大就躲了出去，心想这"原是他的行货"。

行货就是商品、物品，可以随意处置。潘金莲自始至终都被卖来卖去，身不由己。西门庆死后，吴月娘又让王婆重新卖金莲，最终落在武松手里，潘金莲到死都是行货。在《金瓶梅》里，潘金莲不再是天生淫妇，而是一个正常的女人，渴望正常的爱与婚姻，却一再碰壁，然后一路下坠。作者兰陵笑笑生甚至给予她足够的同情和慈悲，她被嫁给武大，作者忍不住为她鸣不平："卖金的偏撞不上买金的。"

《金瓶梅》之前的小说往往偏爱写历史题材，偏爱帝王将相和英雄好汉这些大人物，兰陵笑笑生却一反常态，关注清河县一个土豪的家庭生活。《金瓶梅》的书名甚至是由三个女性构成——潘金莲、李瓶儿和庞春梅。从上到下，从大到小，从男性到女性，照见了市井人生、日常生活，以及女性的存在。这是一场巨大的文学变革，正是从《金瓶梅》开始，家庭生活和女性才进入小说的视野。

兰陵笑笑生撕掉定义女性群体的道德标签，从人性的角度，把女性放在婚姻家庭、日常生活的琐细背景下，呈现她们的心思和欲望。女性跟女性之间的交锋、争斗和情谊，往往都无事生非，属于"茶杯里的风波"，似乎没什么价值和意义，但在《金瓶梅》里，这些风波被推到前台，被呈现得丝丝入扣、细致入微。

潘金莲这个形象由此变得极为复杂。我们很难斩钉截铁地说她是一个坏女人，如果要说，也只会说她其实是一个真实的人，甚至她的欲望和愤怒也并非不可理解。

爱落空的痛苦和愤怒

在西门庆的女人里，潘金莲是唯一一个会写情书的人，这说明她对爱有期待。但她的两封情书都没有好下场，一封如泥牛入海，一封被西门庆撕碎，只为了讨好新勾搭上的妓女。这预示着潘金莲的爱会落空，她将备受煎熬。

作者还让我们看到了她的痛苦。有段时间，西门庆外有王六儿，内有李瓶儿和官哥，潘金莲被冷落了很久。她独守空房，雪夜里弹琵琶，外面屋檐铁马响，忙喊春梅去看是不是西门庆来了，却是起风落雪了。这就是第三十八回"潘金莲雪夜弄琵琶"，这本来是爱情小说里常见的桥段，表达爱与相思，非常美好，但在这里主角成了潘金莲。在中国古典小说里，同情一个公认的坏女人是罕见的。

在那个以金钱为王的时代，潘金莲的处境又是尴尬的，因为她很穷。潘姥姥坐着轿子来看她，需要六分银子的轿子钱，她拿不出来，吴月娘让她记到家庭账目上，她拒绝，最后还是孟玉楼掏钱打发了。潘姥姥偷偷对别人抱怨潘金莲不好，庞春梅来了，说了一番话，原来潘金莲是真没钱，但她心气高、自尊心强，不想让人小看她，虽然管账但从不擅自动用公共账户。

作者提供了潘姥姥和庞春梅的两个视角，结论全然不同。论断一个人很简单，但从表面看似乎不太负责任。庞春梅是《金瓶梅》里三个女主之一，戏份不多，但个性比潘金莲还刚强，而且和潘金莲有非同一般的情谊。虽然她们二人都不是传统意义上的好人，但她们的姐妹情却很动人。传统文学一般喜欢倡扬男性友情,《金瓶梅》的作者却反其道而行之,把西门庆和他的酒肉朋友之间的关系写得很市侩、很虚假。

潘金莲个性很强,她爱听篱察壁、惹是生非,战斗力超强。她刚嫁过来就刺激西门庆动手打了孙雪娥,又刺激宋蕙莲自杀。生了西门庆在世时唯一儿子的李瓶儿,成了她的眼中钉、肉中刺。她常常打狗伤人,指桑骂槐,李瓶儿气得胳膊发软,对她也无可奈何。孙雪娥对吴月娘诉苦:她的嘴巴像淮洪,谁能说得过她!但客观来讲,潘金莲聪明过人,又有好口才,其生命力相当顽强。她既危险,又有魅力,这样的特性,在《红楼梦》的王熙凤身上也能见识到。

不过,越到后来,潘金莲就越肆无忌惮,完全成了情欲的奴隶。因为给西门庆吃多了春药,导致西门庆纵欲而亡,她很快就和女婿通奸,东窗事发后,吴月娘让王婆带她另行发卖。时隔七年,她又来到王婆家里,作者这样写:"依旧打扮。乔眉乔眼,在帘下看人,无事坐在炕上,不是描眉画眼,就是弹弄琵琶。"七年前,她还是武大娘子时,也曾这样倚门卖俏。如今,她又回到了人生的原点,却不懂得收敛和反思,晚间又勾搭上王婆的儿子,依旧沉溺在欲海里,不可自拔。

这样的潘金莲,确实不配有更好的命运。最后武松骗她结婚,却在新婚之夜虐杀了她。这一段杀戮文字,《金瓶梅》比《水浒传》多一倍,写得更残酷。写到这里,作者也忍不住道:"武松这汉子端的好狠也!"绣像本有无名评点:"读至此,不敢生悲,不忍称快,然而心实恻恻难言哉!"

对女性的关注和同情

文学是人性的领域，而不是道德的地盘。《金瓶梅》的作者能够冲破男权意识的藩篱，呈现一个"坏女人"的全部人生，看见她的败坏，也能照见她的创伤，这非常了不起，这就是文学的价值。

《金瓶梅》对女性的关注和同情，文学的视野和格局也为之一变，影响是深远的。后来，曹雪芹让《红楼梦》里的贾宝玉，说出"女儿是水作的骨肉，男人是泥作的骨肉，我见了女儿，我便清爽，见了男子，便觉浊臭逼人"，进一步发现了女儿的清洁与高度，这是站在《金瓶梅》的肩膀上对文化和人性的深刻洞察。我们也能从贾宝玉身上发现西门庆的影子，从林黛玉、王熙凤身上看见潘金莲的部分性格，当然，从《金瓶梅》到《红楼梦》，是从暧昧到清澈，从沉沦到自我救赎，是真正的"脱胎换骨"。

四
应伯爵：市井中的帮闲

在《金瓶梅》里，应伯爵这个角色非常重要，有研究者这样说："没有应伯爵，那还叫什么《金瓶梅》？"[1]在清河县这个商业社会里，应伯爵这个帮闲也是不可或缺的角色。

---

1 霍松林：《中国古典小说六大名著鉴赏辞典》，西安：华岳文艺出版社，1988年。

传统道德观下的应伯爵

应伯爵和西门庆的起点差不多，他也出身小商人家庭，父亲开过绸缎铺，后来败落了，他本人沦落到专在本司三院帮嫖贴食，诨名"应花子"。

不过，帮闲一向被视为"寄生虫"，属于备受鄙视的"小人"。很多评论者谈起应伯爵，多少有些不屑，有甚者说他是"帮闲帮凶人物的代表，是一个极丑恶的人物"。[1]清代著名评点者张竹坡也常在书里这样点评他：真小人！势利！小人口角如画！可杀！

这样的评价是可以理解的。因为在传统儒家的词典里，诚朴、勤劳、少言、厚道才是好品性，也符合传统农业社会的特点和要求。传统的理想社会秩序是人人"安于田里，不事远游"，"无旷土，无游民"，至于游手好闲、夸夸其谈的"二流子"，自然不受欢迎，他们代表的是堕落，是破坏性的力量，与传统道德格格不入。

不过，清河县全然不是传统儒家称许的理想社会，而是一个崭新的世界，一个人人皆商的商业社会，一个陌生人云集的城市空间，这里的生活是市井的生活。要知道，儒家道德源于传统宗法社会、乡土社会，道德标准是黑白分明，这种善恶二分法过于僵硬，面对更复杂的人心和更广阔的新世界，用传统儒家的道德来评判这些人，未免捉襟见肘。

---

1 朱星：《金瓶梅考证》，天津：百花文艺出版社，1980年。

提供情绪价值的应伯爵

事实上，如果换一个角度看应伯爵，你会发现新世界里的新职业和新道德。

应伯爵和西门庆来往稠密。西门庆家饭局多，南来北往，三教九流各色人等都汇聚到清河，来到西门庆的饭局上。除了官场上的严肃饭局，每次都有应伯爵。他是一个非常有趣的酒伴，专门为西门庆和众人制造欢乐。在饭局上，他察言观色、插科打诨，最会带动气氛；就连去青楼，西门庆也要跟他一起进出。当然，那时的青楼，不只是风月场所，还提供很多娱乐节目，也是市井人物重要的交际场所。比如一个叫黄四的商人，为了感谢西门庆摆平了岳父的官司，专门在妓女家设了答谢宴，几个人觥筹交错，肴堆异品，花插金瓶，有弹唱的，有递酒的。应伯爵是饭局上最会讲段子的人，荤素不忌，众人被逗得前仰后合。饭局上没有应伯爵这样的人物，就像没有了灵魂。所以，西门庆最喜欢应伯爵。

发迹之后的西门庆，吃喝都上档次了，有应季鲜物，还有鲥鱼，作为西门庆身边的红人——应伯爵，自然也跟着沾了光。这次，应伯爵又来到西门庆家里，西门庆吩咐仆人去取砖厂刘公公送的木樨荷花酒，再蒸一盘糟鲥鱼来。伯爵赶紧说："昨日蒙哥送了那两尾好鲥鱼与我。送了一尾与家兄去，剩下一尾，对房下说，拿刀儿劈开，送了一段与小女，余者打成窄窄的块儿，拿他原旧红糟儿培着，再搅些香油，安放在一个磁罐内，留着我一早一晚吃饭儿，或遇有个人客儿来，蒸恁一碟儿上去，也不枉辜负了哥的盛情。"（卷之七第三十四回）你看，西门庆这糟鲥鱼可是送对人了。还有一例，可从中看出应伯爵的品位来。西门庆做了副提刑，买了一条犀牛带，应伯爵偏偏是最识货的，告诉他这是水犀牛带，非常珍贵，满京城都未必找出一条来。西门庆听了，自然更加得意。

西门庆离不开应伯爵，应伯爵能提供不可替代的情绪价值。他知情识趣且有见地，说话熨帖又真诚，对方开心，自己也不至于低三下四。这样的应伯爵，西门庆能不喜欢吗？作为清河县首富，没应伯爵这样的人抬轿子，岂非锦衣夜行？这就是帮闲的价值。

中介与心理治疗师

应伯爵靠着西门庆吃饭，离不开西门庆。商业和城市意味着什么？意味着新事物、新观念，也意味着一个与传统农业社会非常不同的市井空间，还意味着社会分工细化，职业更加多元化。在《金瓶梅》里，应伯爵还承担了新的社会分工。

吴典恩求应伯爵向西门庆借一百两，事后给了应伯爵十两好处费；湖州客人何二官卖丝线，西门庆出了四百五十两，何二官得四百二十两，应伯爵拿了三十两回扣；李智、黄四找西门庆借贷，应伯爵牵线，得五两介绍费……除此之外，应伯爵还介绍韩道国、贲四、甘出身给西门庆当伙计；西门庆开缎子铺，获利分成三份，自己五分、乔大户三分，剩余伙计们均分，应伯爵当保人。

应伯爵拿回扣，西门庆自然知道，但他是做大生意的，不可能事事都出头。应伯爵做的，正是我们熟悉的中介服务。他其实是一个职业经纪人，外加人力资源、猎头服务。他路子广，认识的人多，掌握的信息也多，在商业社会，口才、头脑、人脉和信息，这些都是资本。中介也叫"捎客"，是最古老的商人类型之一。在重农抑商的传统中国，捎客一向代表了投机、不劳而获。传统农业社会当然不需要中介，互相知根知底。《水浒传》里强盗落草都要人介绍，更何况商业社会、城市生活，彼此之间是陌生人和半陌生人，交易活动更需要中介，因此允许中间商赚取差价。中间商的成熟，就是商业社会的成熟。

除了当中介和经纪人，应伯爵还担任了另一项职能。

第六十二回，李瓶儿死了。西门庆悲恸万分，哭得喉咙都哑了，还不吃不喝，谁劝他，他就骂谁。潘金莲也没辙：我好心劝他，他红着眼骂我淫妇，怎么这么不讲理！应伯爵来了，不慌不忙说出一番话："哥，你这话就不是了。我这嫂子与你是那等夫妻，热突突死了，怎的不心疼？争耐你偌大家事，又居着前程，这一家大小，泰山也似靠着你。你若有好歹，怎么了得！就是这些嫂子，都没主儿。常言：一在三在，一亡三亡。哥，你聪明伶俐人，何消兄弟每说。就是嫂子他青春年少，你疼不过，越不过他的情，成了服，令僧道念几卷经，大发送，葬埋在坟里，哥的心也尽了，也是嫂子一场的事，再还要怎样的？哥，你且把心放开。"

这段话太精彩了，我也忍不住要给他鼓个掌。应伯爵这一番话，人情练达，世事洞明，饱含了世俗生活的智慧，想必每个中国人都能对此心领神会吧！西门庆听了，果然茅塞顿开，不哭了，开始喝茶、吃饭。应伯爵不就是现在的心理治疗师吗？专业、细致又贴心，句句说到西门庆的心坎里，帮他顺利渡过了心理难关。

如果从传统道德的视角观察，《金瓶梅》里处处是道德滑坡，应伯爵就是寄生虫。但换个角度看，《金瓶梅》是一个生机勃勃的商业社会，一个充满各种可能性的城市空间，一个泥沙俱下而又活色生香的市井人间。这样一来，之前被人看不起的角色，可能就具有了新的价值和意义。

市井社会中的人性

你可能会反驳说，就算是可以赋予角色新的价值，但应伯爵是西门庆的结义兄弟，可他对西门庆没半点儿兄弟情谊，放在今天的商业社会里，这样的人也是会被瞧不起的啊。确实，西门庆死后，应伯爵迅速投靠了另一个土豪，还从西门庆家里带走了一个小厮。他的确太没义气，还有点忘恩负义。不过，我认为可以借此重温一下兄弟情谊的"传说"。

"桃园结义"的故事，最早出自宋元话本：三人在酒肆喝醉酒后，关、张二人见睡在地上的刘备，其七窍中游出赤练蛇，大为惊异，认为刘备今后必定大贵。于是酒醒后，三人在城外桃花岭结义，并尊刘备为兄长。到了《三国演义》，罗贯中提升了立意，多了家国情怀，成了为"共举大事""同甘苦、共休戚、患难相携"的深厚情谊。这一提升，便有了"结义"的美谈。

其实，历史上从没有过情深义重的"桃园结义"。为什么从话本到小说都热衷于讲这样的故事呢？因为故事回应现实，填补人心。为什么会有这样的故事，而不是那样的故事？是源于现实和人心的需要。宋代话本的出现，伴随着商业和城市的兴起，而商业和城市意味着新型的人际关系，大家相互之间都成了陌生人或半陌生人关系，人人都渴望安全感，希望信任和被信任。怎么办？于是，在家靠兄弟，出门靠朋友，把友谊打造成兄弟情，岂不更牢靠？这是古老的智慧，也是新时代的桥梁。所以"结义"是模拟传统的血缘亲情，相互构建责任和义务关系。事实上，结义双方也都明白，建立的是利益共同体，目的是相互帮衬。这就是生存世界的真相，自然也就不会苛求结义兄弟要忠诚不二、生死与共。这不是道德问题，而是生存问题。

这就是市井社会对人性和道德的理解，不那么高高在上，既不同于四书五经里的儒家道德，也没有英雄传奇里义薄云天的兄弟情深。《金瓶梅》第一次打破文人对市井生活的想象和塑造，呈现了最赤裸的世情和最暧昧的人心。

直面这样的真相，当然是需要勇气的。

五
西门庆的书房、宋蕙莲的鬏髻和潘金莲的床

文史专家扬之水女士在她名为《物色》的书里，结合出土文物，按图索骥，发现《金瓶梅》里从盛东西的漆盒到酒杯，从拔步床到头上的簪子，几乎没有虚构的，都是按明代中后期的日常样式——照实写来的。潘金莲用的欢门描金大床，李瓶儿重九两的金鬏髻，吴月娘穿的大红通袖遍地锦袍，都能找到对应的物件。

作为第一部以家庭生活为主体的长篇小说,《金瓶梅》是高度写实的。"实"不仅是人性的"真实",而且书中的日常生活也是结结实实的,有琳琅满目的器物、服饰和美食,人物和故事不再漂浮无物,而是拥有了毛茸茸的质感。这样的物质实在性,我称之为文学的"及物性"。及物动词的后面一定有宾语,就像射出去的箭总能到达一个地方,比如宋蕙莲想要的银丝䯼髻,潘金莲睡的是什么床,西门庆的书房……人与物有绝妙的对应。

这确实是《金瓶梅》的原创。在《三国演义》和《水浒传》这样的小说里,刀光剑影,人人忙着建功立业,发泄愤怒,根本无暇拥有真正有质感的生活。

《金瓶梅》写的是商业社会和市民生活,大运河南来北往,三教九流汇集到清河。西门庆是第一批富起来的人,他和他那个时代充满喧哗与骚动。我们先来看西门庆及其妻妾的华丽装饰。

西门庆的书房与妻妾的华丽装饰

西门庆不甚读书,却有三个书房。最大的叫翡翠轩,厅里放着"六把云南玛瑙漆减金钉、藤丝甸、矮矮东坡椅儿",两边挂着"四轴天青、衢花绫裱、白绫边名人的山水",还有"一张螳螂蜻蜓脚、大理石心壁画的帮桌儿,桌儿上安放古铜炉、流金仙鹤"。装潢得像模像样,其实还是土豪式审美,谁家墙壁上会一溜烟挂四幅画呢?东西也堆得太满。要知道,明代文人的审美很高级,崇尚极简风。

第一次元宵节去看灯,吴月娘穿着大红妆花通袖袄儿、娇绿段（缎）裙，貂鼠皮袄，小妾们都是白绫袄儿、蓝段裙，潘金莲是大红遍地金比甲……都是高饱和度的色彩，每一个褶皱里都是"金钱"的味道，还被路人误以为是"公侯府里的家眷"。

在传统社会，服饰是伦理化和制度化的，有严格的等级标准，不能乱穿衣，这是儒家的"礼"。按照礼制，彼时西门庆还没当上提刑官，民间人士不能穿大红色，正房吴月娘不能穿，小妾潘金莲更不能穿。《金瓶梅》的世界，表面上还保持着传统的婚姻制度，但在商业经济的冲击下，传统伦理已悄然瓦解。明初规定，妓女"不许与民妻同"，但李桂姐和郑爱月打扮得像仙女一样。郑爱月一来，潘金莲忙着看她的脚，吴月娘一眼看到了她头上的金鱼撇杖头饰，还问在哪里打的。妓女的衣饰成了时尚的风向标。沈德符在《万历野获编》里曾感慨：如今贵贱不分，穿衣打扮乱了套，真是"天地间大灾孽"。

不过，乱，代表了社会的开放度，也是商业社会和市井生活的特点。

《金瓶梅》的第四十回里，元宵节要到了，西门庆先拿出南边织造的罗缎尺头，让裁缝来家里给妻妾们做衣服，老大吴月娘的衣服是"一件大红遍地锦五彩妆花通袖袄，兽朝麒麟补子段袍儿；一件玄色五彩金遍边葫芦样鸾凤穿花罗袍；一套大红段子遍地金通麒麟补子袄儿，翠蓝宽拖遍地金裙；一套沉香色妆花补子遍地锦罗袄儿，大红金枝绿叶百花拖泥裙"。李娇儿、孟玉楼、潘金莲、李瓶儿四人都裁了一件"大红五彩通袖妆花锦鸡段子袍儿，两套妆花罗段衣服"。

连汗巾子的颜色，也有娇滴滴紫葡萄色、玉色、老金色、闪色。花样更繁复，金莲让陈敬济帮她买，要的是"上销金、间点翠,十样锦,同心结,方胜地儿,一个方胜里面一对喜相逢,两边栏子儿都是璎珞珍珠碎八宝"。

作者津津有味地写这些细节,我们也不觉得沉闷冗长,因为器物里藏着每个人的欲望和人生。商业满足欲望,也制造欲望,琳琅满目的器物是欲望的物质化。器物不只是器物,器物的背后是人,是事,是情,有丰富的象征性。作为明代的浮世绘,《金瓶梅》里的器物服饰,无一不是真实的,构成了浮华的物质世界。

《金瓶梅》第一次把日常生活和具体器物带入虚构的小说世界里,深刻地影响了后来的《红楼梦》。在虚与实之间,生命有了附丽,小说的领域也更为繁盛。

我们看,曹雪芹是这样写王熙凤出场的:"头上戴着金丝八宝攒珠髻,绾着朝阳五凤挂珠钗;项上带着赤金盘螭璎珞圈;裙边系着豆绿宫绦,双衡比目玫瑰佩;身上穿着缕金百蝶穿花大红洋缎窄裉袄,外罩五彩刻丝石青银鼠褂;下着翡翠撒花洋绉裙。"大红洋缎袄和五彩刻丝的褂子,都是南京云锦,是江南织造府的绝技。大红配翡翠,"彩绣辉煌,恍若神妃仙子",华贵艳丽;外罩的五彩刻丝银鼠褂,是石青色的,石青色是微微泛红的黑色。石青色再搭配大红和翡翠,是"暖艳风"——好一朵人间富贵花,热闹却不艳俗,特别符合王熙凤的身份和性格。

脂砚斋在《石头记》第十三回曾评价《红楼梦》:"深得《金瓶梅》壶奥。"虽然贾家是贵族,西门府是市井暴发户,但这两部伟大的文学巨著都懂得用器物捕捉生活,堪称写实主义的天花板。而好的读者能穿过密密匝匝的物质表层,看见背后蕴藉的人心与世情，通过"色"窥见"空"，再由"空"抵达生命的深邃之境。

宋蕙莲的䯼髻

《金瓶梅》对色之世界的铺排，可谓精细到极致。

明代女性用来笼头发的网状发罩，叫"䯼髻"，它有出土的实物图，上尖下圆，像迷你金字塔，无法想象金莲们头顶一个网状"金字塔"会有多美。䯼髻是已婚女性的头饰，第四十回潘金莲摘下䯼髻，打了个"盘头楂髻"，是在扮少女的样子。

"䯼髻"对于女性的意义，就像今天的包包。跟包包一样，䯼髻也有不同档次，布做的"头发壳子"档次最低，再高级点的是银丝䯼髻，属于二线品牌，最高级的是金丝䯼髻，属于顶级奢侈品，相当于包包里的奢侈品牌。

最高级的金丝䯼髻只有李瓶儿有，她的金䯼髻有九两重，富贵逼人。但因老大吴月娘只有银丝䯼髻，她不好戴出来，便让西门庆找银匠毁了，再打成"金九凤垫根儿"和"金镶玉观音满池娇分心"。李瓶儿的箱子里有很多奢侈品，一百颗西洋珠子，还有各种宫廷制品，随便拿出来就让人咋舌。然而，她却在二十七岁时就死掉了，所有的财富都被搬到吴月娘的屋里。

还有一个下人宋蕙莲，她一直渴望拥有一顶银丝䯼髻。宋蕙莲是西门庆的一个情人，本来是下人来旺的老婆，刚来到西门府，看到主人家奢华的生活、女主人时髦的打扮，羡慕得不得了，就偷偷模仿玉楼和金莲的打扮——䯼髻垫得高高的，头发梳得虚笼笼的，水鬓描得长长的……张爱玲的《第一炉香》

里，少女葛薇龙就是宋蕙莲的现代版，她为继续学业，来找富有的姑妈借钱。本来怀抱一腔正气，却在一壁橱金翠辉煌的华服前，缴械投降，开启了别样人生。

西门庆一步一步诱惑宋蕙莲，先是许诺："你若依了我，头面衣服随你拣着用。"随后又让丫鬟玉箫拿了一匹"翠蓝兼四季团花喜相逢段子"送给她，在物质面前，宋蕙莲根本无法抗拒。在《金瓶梅》里，物质就是欲望的载体，在物质面前，人人都俯首称臣。

跟西门庆好上以后，她会跟他要香茶、碎银子，手里有了钱就炫耀式消费，买化妆品，买零食。她非常想要一顶银丝䯼髻，她说自己整天戴着廉价的头发壳子，寒酸死了。她的头发壳子是黑线编的，穷人才戴。不过，宋蕙莲后来自杀了，死前都没戴上一顶银丝䯼髻。

潘金莲的床

《金瓶梅》写器物、服饰，一方面展现了商业社会复杂的人心和欲望，以及社会等级和权力；另一方面也通过器物的变迁，表现人心的流转和生命的无常。《金瓶梅》里还有一个特殊的物件：床。

李瓶儿用的是大螺钿床，孟玉楼是南京拔步床，样式繁复，功能齐全，就像一个迷你卧室。潘金莲原本用的是黑漆欢门描金床，眼馋李瓶儿的床，遂又求西门庆给她买了一张大螺钿床。

后来，李瓶儿死了，西门庆死了，潘金莲也被武松杀死了，孟玉楼也再嫁了。第九十六回，"春梅姐游旧家池馆"，写当了守备娘子的春梅故地重游，来到西门庆的后花园里，只见李瓶儿的屋子空了，楼上是破桌子烂凳子，地面荒草蔓延；潘金莲的屋子里也只有两个橱柜，那张大螺钿床也不见了。

吴月娘说，潘金莲的大螺钿床给了孟玉楼当陪嫁，李瓶儿的床被卖了，原本值六十两银子，却只卖了三十五两。其实她哪有穷到这个地步！西门庆死后，吴月娘关了几个铺面，还剩下当铺和生药铺，也算殷实人家。她只是想赶紧处理掉旧人、旧物，眼不见为净，才会贱卖至此。《金瓶梅》写人心，含蓄、简净却深远。

春梅说："可惜，早知道，我就买下来了。"吴月娘叹息道："姐姐，人哪有早知道的？"是啊，人哪有早知道的。物品的背后隐藏着深刻的悲剧感：生命如此无常，没有什么是永恒不朽的。可惜，人总是被浮华的欲望蒙住双眼，为一顶鬏髻一张床争风吃醋，只能看见眼前的方寸之地，看不见别的。

正如作者在第一回所说的："堆金积玉，是棺材内带不去的瓦砾泥沙；贯朽粟红，是皮囊内装不尽的臭汗粪土；高堂广厦，玉宇琼楼，是坟山上起不得的享堂；锦衣绣袄，狐服貂裘，是骷髅上裹不了的败絮。"

这让我们想起了《红楼梦》里，曹雪芹让一僧一道唱《好了歌》："金满箱，银满箱，展眼乞丐人皆谤。正叹他人命不长，那知自己归来丧！训有方，保不定日后作强梁。择膏粱，谁承望流落在烟花巷！因嫌纱帽小，致使锁枷扛；昨怜破袄寒，今嫌紫蟒长：乱烘烘你方唱罢我登场，反认他乡是故乡。甚荒唐，到头来都是为他人作嫁衣裳。"

《金瓶梅》里的人,生得盲目,死得糊涂,都停留在了浮华世界的表层,"从来只没有看得破的",而"看得破时又忍不过"。而《红楼梦》则能窥见欲望的"空",去追求真正永恒的价值——爱与美。

六
"红烧猪头肉"与《金瓶梅》的作者身份

《水浒传》里,英雄好汉大块吃肉,大碗喝酒,画风是这样的:"小二,烫酒上来,切几斤熟牛肉!"吴用请阮家兄弟:"沽了一瓮酒,借个大瓮盛了,买了二十斤生熟牛肉,一对大鸡。"(第十四回)终于有一次讲究的,宋江喝起了鲜鱼汤。这可苦坏了李逵,把别人碗里的鱼肉和鱼骨头都用手捞着吃了,还没吃饱,宋江只好又给他买了二斤熟牛肉。好笑的是,喝了鲜鱼汤之后,宋江夜里却闹了一晚上肚子,都疼晕过去了。

再看鲁智深的一顿大餐:"那庄家连忙取半只熟狗肉,捣些蒜泥,将来放在鲁智深面前。智深大喜,用手扯那狗肉,蘸着蒜泥吃。一连又吃了十来碗酒。吃得口滑,只顾讨吃,那里肯住。"(第三回)梁山好汉的人生就是打打杀杀,也只能这样吃。反之,吃得如此粗陋,才会"生活在别处",去打打杀杀。

所以,英雄演义的尽头才有凡人的生活。我们来看西门府最寻常的一天。

《金瓶梅》里的烟火气——也说饭食和"饭局"

第二十三回,潘金莲、李瓶儿和孟玉楼一起下棋,李瓶儿输了,出钱做东。金莲让人买了坛金华酒、一个猪首和四只蹄子,教来旺媳妇宋蕙莲去烧:走到大厨灶里,舀了一锅水,把那猪首、蹄子剃刷干净,只用的一根长柴火,安在灶内,用一大碗油酱,并茴香大料,拌的停当,上下锡古子扣定。那消一个时辰,把个猪头烧的皮脱肉化,香喷喷五味俱全。将大冰盘盛了,连姜蒜碟儿,用方盒拿到前边李瓶儿房里。旋打开金华酒筛来。

对了,"上下锡古子扣定"是密封,原理类似现代的高压锅,因此才能在两个小时内用一根柴火烧烂。果然是宋蕙莲的绝活。潘金莲们居然吃起了红烧猪头肉!真正的市井美食,真够接地气的。

和《水浒传》相比,《金瓶梅》里的美食终于色香味有了,人间烟火有了。

我们看潘金莲亲手包裹肉水角、李瓶儿洗手剔甲做葱花羊肉馅的扁食,给西门庆吃;西门庆安抚生气的春梅和金莲,也很实际:"教秋菊后边取菜儿,筛酒,烤果焰(馅)饼儿,炊鲜汤咱每吃。"

西门庆常吃的是血皮、猪肚和腰子这类食物,纯粹的市井吃法。西门庆去王六儿那偷情,吃的是韭菜猪头饼。在花园里,潘金莲剥鲜莲蓬子给他,他嫌涩,不吃。西门庆不懂,莲蓬吃的是情调。《红楼梦》里宝玉的"荷叶莲蓬汤",西门庆肯定不感兴趣。

同样是吃螃蟹,《金瓶梅》里第六十一回酿螃蟹,里面塞上肉馅，用椒料、姜蒜米儿团粉裹起来，用香油、酱油醋腌好，再炸，口感酥脆。

善于向《金瓶梅》致敬的曹雪芹，也特别擅长写美食。《红楼梦》第三十八回的螃蟹宴，在藕香榭水边的亭子里，旁边有桂花树，大家慢慢剔着吃。黛玉只吃了一点蟹肉，心口便微疼，宝玉连忙让人把合欢花浸的酒烫一壶来。吃完螃蟹，还要用菊花叶儿桂花蕊熏的绿豆面子去腥，最后是诗会，写菊花诗、螃蟹诗。

除螃蟹宴外，曹雪芹还写了很多美食：藕粉桂糖糕、松穰鹅油卷、一寸来长螃蟹馅的饺子。芳官吃的饭是："一碗虾丸鸡皮汤，又是一碗酒酿清蒸鸭子，一碟腌的胭脂鹅脯，还有一碟四个奶油松瓤卷酥，并一大碗热腾腾碧莹莹绿畦香稻粳米饭。"还有著名的"茄鲞"，几只茄子，要十来只鸡来配！有宝玉想喝的"荷叶莲蓬汤"、贾政送给贾母的"椒盐莼齑酱"、探春和宝钗让厨房里做的"油盐炒枸杞芽"……诗意而高蹈的大观园，有这样的美食来打底，就不会虚浮空幻。

如果说《红楼梦》的美食是贵族的，有审美性，那么《金瓶梅》的就是市井风味，饮食男女，欲望饱满。《红楼梦》写贵族，像诗；《金瓶梅》写小市民，是散文。《红楼梦》的美食基本是家宴，即使宝玉参加薛蟠们的饭局，参与者都是世家子弟，顶多有一两个妓女陪酒。《金瓶梅》比《红楼梦》早二百多年，却走出了家庭，走向商业、城市，充满市井气。

商业和城市让资源和人口流动起来，三教九流，人来人往，催生了五花八门的"饭局"。饭局，本质上是一种社会学。吃饭是其次，关键是"局"，而局的重点就是排座次。排座次那可就讲究了，按传统的规矩，"在朝序爵，在野序齿"，就是说官场按官位大小排，民间按年龄大小排。

不过，《金瓶梅》开篇的第一个饭局就打破了传统规矩。西门庆和应伯爵们在玉皇庙结义，西门庆说应二哥年龄最大，是大哥。应伯爵摆着手说："如今年时，只好叙些财势，那里好叙齿？"西门大官人最有钱，自然是老大。于是把猪羊卸开，鸡、鱼、果品整理停当，大碗大盘摆下两桌，西门庆坐了首席。应伯爵说的是实话，《金瓶梅》这个时代，有钱才是老大。书中的饭局，可谓三天一小场，五天一大场，似乎永远都会这样吃下去。不过呢，西门庆死后，热闹都跑到春梅家、张二官家去了，风光都是别人家的了。

张爱玲说："就因为对一切都怀疑，中国文学里弥漫着大的悲哀。只有在物质的细节上，它得到欢悦——因此《金瓶梅》《红楼梦》仔仔细细开出整桌的菜单，毫无倦意，不为什么，就因为喜欢——细节往往是和美畅快，引人入胜的，而主题永远悲观。"[1]一面是色，一面是空，在色与空的对峙中，照见生命的本质，这是两书共有的文学观和哲学观。

也说兰陵笑笑生的阶层

最后，我们试着去猜猜兰陵笑笑生的出身。小说虽然是虚构的产物，但写衣食住行需要真实生活打底，因此文字里能大致透出作者的阶层。

比如《红楼梦》后四十回，林黛玉居然吃起了江米粥和五

---

[1] 金宏达，于青：《张爱玲文集》（全本），合肥：安徽文艺出版社，1996年。

香大头菜,食材一般也就罢了,菜名也过于市井气,说明续作者应该不是贵族阶层。《金瓶梅》的作者应该也不是大富大贵之人。他写西门庆去京城,蔡太师、老太监请西门庆吃饭,都是"珍馐美味"一般的套话。但一写到西门庆家的饭局,就妙笔生花,令人食指大动。

显然,作者对市井生活更熟悉,没当过大官,不可能是呼声最高的王世贞。王世贞生于嘉靖年间,死于万历时期,时间倒能对得上。他为什么要写《金瓶梅》?据说是为了复仇。因其父被严嵩和严世蕃父子陷害,他得知严世蕃爱看小黄书,就写了一部《金瓶梅》,并在内页涂上秘制毒药。严世蕃越看越爱,沾着口水翻页,最后毒发身亡。这种说法相当不可信。一心复仇的人,能如此从容地写一部旷世巨著?炮制此说法的人并不懂文学。再说,王世贞可是官至南京刑部尚书,死后被赠太子少保。可是,翻开《金瓶梅》,不难发现,兰陵笑笑生其实对豪门贵族的生活相当陌生。

第七十回西门庆去东京述职,蔡太师的翟管家请西门庆吃饭,词话本写:"都是光禄烹炮美味,极品无加。"何太监请西门庆吃饭,是"预备头脑小席,大盘大碗,齐齐整整"。按说,词话本是不会放过铺陈美食的机会的,可是,这里却对这高规格的大餐惜墨如金。大概率因为作者不了解这种场合的饮食,只好写几行套话,敷衍过去。

第十八回,西门庆的亲家陈洪被参,西门派家人来保到东京找蔡太师"走后门"。守门的官吏拿了来保的一两银子,然后就请出小管家高安,高安接了十两银子,接着就带来保见了学士大爷蔡攸。蔡攸坐在堂上,看见揭帖上有"白米五百石",

又让高安领来保拜会管办此事的礼部尚书李邦彦，还亲自告诉他李家在哪里。恰好，李邦彦散朝回家，门吏就带着高安和来保进去，事儿就成了。

这未免也太容易了吧？再说，彼时的西门庆，只是清河县的一个富户，亦无官职，最显赫的关系不过是女儿嫁给了东京八十万禁军教头杨提督的门下陈洪的儿子陈敬济……这曲里拐弯的关系，居然能直接见到大学士和礼部尚书，不免惹人生疑。

《红楼梦》里的刘姥姥若是知道了，一定会说："可别骗我！"当初她来到荣国府门前，看见的是大石狮子，是挺胸叠肚指手画脚的门人，还有簇簇轿马……她掸掸衣服，蹭到角门前搭话，还没人搭理。最后是一个好心的门人给她指了周瑞住的胡同的方向，才找到周瑞家的。你能想象守门的请出林之孝或周瑞？即便请出来了，就能直接带着去见贾政或贾母？

所以，我们据此猜测兰陵笑笑生没当过大官，不熟悉贵族生活，自然不会是王世贞，应该是不会错的。兰陵笑笑生之所以写出这样的场景，最可能的原因，是他没有经历过富贵生活。

文学需要想象力，但有些场景却要尊重经验和常识。

《金瓶梅》：世情与市井　　　045

[清]佚名：《金瓶梅》插图，现藏于美国纳尔逊艺术博物馆。该插图是依照明朝《金瓶梅》的版画翻画的，此图是对西门庆引新娘见醉客的描绘。从人物动作、穿着、物件等可一窥当时的生活场景。

孙大海 中国艺术研究院红楼梦研究所、中国红楼梦学会办公室主任

主要从事《红楼梦》《聊斋志异》等中国古代小说研究,在《红楼梦学刊》《北京社会科学》《蒲松龄研究》等刊物发表论文多篇,主持国家社科基金后期资助项目"《聊斋志异》清代评论研究"。

《聊斋志异》：乡野与精怪

可以说，蒲松龄所写的鬼的世界太像人的世界了！

引　言
《聊斋志异》：古代文言小说的集大成者

　　《聊斋志异》[1]是清代小说家蒲松龄在康熙年间创作的一部文言短篇小说集。明清两代，白话小说最为盛行，《聊斋志异》的横空出世，则将文言小说创作推到了与白话小说经典比肩的高度。在小说史上，《聊斋志异》往往被视为中国古代文言小说的巅峰之作。一方面，《聊斋志异》具有集大成的特点，它继承、融合了魏晋志怪、唐传奇等前代文言小说的题材、笔法、风格；另一方面，《聊斋志异》又体现出很强的创新性，在叙事、语言、审美、主旨等层面都有突破，提升了文言小说的水准与品格。

　　《聊斋志异》在乾隆三十一年（1766）刊行后，很快便流行开来。它与《红楼梦》一短一长，一文一白，成为清代小说中接受度最高的两部经典。许多清代志怪小说，如《夜谭随录》《淞隐漫录》等，都是在《聊斋志异》的直接影响下产生的。而现

---

[1] 本篇《聊斋志异》的文本皆出自于天池注，孙通海等译：《聊斋志异》，北京：中华书局，2015年。

当代以来的小说创作，比如孙犁、汪曾祺、莫言等人的作品中，我们同样能够看到对《聊斋志异》的借鉴。

如果将《聊斋志异》的影响扩大到艺术改编领域，我们的感受可能会更为直观。一些比较经典的影视剧，如《侠女》《画皮》《倩女幽魂》，甚至《捉妖记》（又名《聊斋之宅妖》），等等，都是基于《聊斋》篇目的再创作。20世纪80年代末的《聊斋》电视系列片，更是成为几代人的"聊斋"记忆。

然而，影视观赏与文本阅读毕竟不同，这种差异甚至可能造成对《聊斋志异》的评价失当。比如，《聊斋志异》里面存在大量狐鬼花妖的描写，而有的影视改编倾向于渲染其中的"惊悚"氛围，这就容易使一些浅层的接受者为《聊斋志异》打上"恐怖""鬼故事"的标签。但是，如果大家细读《聊斋志异》就会发现，全书近五百篇作品，能够吓到人的其实超不过两三篇。蒲松龄实际上是"贴着人"去讲述狐鬼故事的，拨开荒诞不经的情节，令读者感受更为深切的是蒲松龄所处的时代与社会。

《聊斋志异》这一篇选取的"核心词语"是"乡野与精怪"。精怪是《聊斋志异》的一类主要表现对象，乡野社会又是精怪故事产生的温床，这两个概念的组合看起来颇为相宜。同时，我们还需认识到，乡野社会与蒲松龄的作者身份也存在着内在统一性。

蒲松龄生长在山东淄博的农村，仅在三十一二岁的时候有过一次短暂的南游入幕经历，其余人生大部分时间都是在家乡附近的村镇度过的。可以说，蒲松龄是一位典型的乡村知识分子。乡村的生活经验与思想观念，也使蒲松龄写出了与众不同的精怪故事。前面我们提到了两部《聊斋》仿作——《夜谭随录》与《淞隐漫录》。这两部书的作者一位是京城旗人和邦额，一位是沪上文人王韬，二人的生活阅历、社会环境与蒲松龄截然不同，很难写出《聊斋志异》中的乡野气。这一篇着重揭示蒲松龄如何利用他的乡村生活经验与思想观念去创作《聊斋志异》，随着我们探讨的深入，蒲松龄所经历与表现的时代与社会，也会逐渐被勾勒清晰。

本篇第一节从乡野空间入手，去观察人与精怪遇合故事的发生过程，最终探讨具有"自然"象征意味的精怪在人类社会面临的"规训"问题。第二节进一步探讨精怪与人类社会的融合过程，辅以分析狐鬼花妖"多具人情"的现象。第三节开始关注蒲松龄的思想观念，首先拈出"诚笃"这一带有乡土气息的淳朴品质，它是蒲松龄塑造人物、构建情节的关键。第四节进一步扩展到蒲松龄朴素的善恶观与正义感，重点分析小说中"刺贪刺虐"的内容，更具现实意义。第五节聚焦到与蒲松龄本人息息相关的功名观念，这一部分不仅与小说中的科场题材互为映照，也能折射出现实生活中的世态炎凉。第六节以子嗣问题为切入点，探讨蒲松龄的宗族伦理观及其对小说创作的影响。

可以说，我们是将蒲松龄的生活经验与思想观念作为连接"乡野"与"精怪"的纽带，进而观察《聊斋志异》中的中国社会。以此为线索，我们也会在讨论过程中，尽量关联《聊斋志异》研究中的重要论题，以加深大家对《聊斋志异》的理解与认识。

一
从"野合"到"规训"

  《聊斋志异》与其他几部重要的古典小说相比,作者信息更为清晰、全面。我们探讨《聊斋志异》里的中国古代社会,从蒲松龄本身的社会身份入手是十分恰当的。蒲松龄是一个典型的乡村知识分子,他生长在山东农村,一生除了一次短暂的南游经历之外,便再也没有出过山东了。蒲松龄少年即有文名,但科场不顺,大半生都在坐馆与应考中度过,所以他的生活圈层也基本处于社会中下层。蒲松龄与乡村、农民有着难以割舍的天然情感,乡土文化也滋养着蒲松龄的创作,因而《聊斋志异》中的"乡野气"要明显重于其他志怪小说。

  与此同时,蒲松龄也有一种儒家知识分子的身份自觉和使命担当,尽己所能地去服务身处的乡村社会。蒲松龄所作的《农桑经》《药祟书》《日用俗字》等,都是对乡民生活产生直接帮助的实用读物。蒲松龄还把自己的《聊斋》故事改编成更适合乡民接受的《聊斋俚曲》,宣传一些朴素的价值观。认识到这种联系,我们便可以将《聊斋志异》作为了解清代乡村社会生活、思想观念的窗口,蒲松龄的"乡村"背景与"儒家知识分子"属性,则是我们思考一系列问题的两个重要维度。

乡野空间与野外遇合

  蒲松龄熟悉乡村的生活环境,从而使作品在不知不觉中融入一种乡村体验。比如,《口技》开篇就写:"村中来一女子,年二十有四五。携一药囊,售其医。"这个开场,我们乍一读,可能觉得无甚新奇,可如果细细体会,就能发现是有味道的。乡村的生活空间相对封闭,平时人员流动不是很大,这一天忽然来了一个年轻的售医女子,一下子就增加了神秘感。我们还可以引一个同题材的作品做比较,林嗣环的《口技》开篇称:"京中有善口技者。"这里的空间是"京中"。京城的人员流动大,能人异士多,说"有善口技者",我们并不会觉得有多意外,更不会觉得神秘。此外,蒲松龄开篇并没有直接给出"口技"的信息,他是通过一步步铺垫引出口技的。两相比较,就能发现蒲松龄很会写故事,而且乡村空间体验的运用在这里也恰到好处。《聊斋志异》中还有许多涉及乡村民俗、技艺的描写,都能带给我们类似的体验。

乡村的外围往往是体现农耕生活形态的农田、打麦场等,《聊斋志异》中的不少故事也是以此为叙事空间的。《荞中怪》篇就写有一年秋天,长山县安老汉种的荞麦熟了,因当时临近村子有贼偷庄稼,安老翁就命令佃户趁着月光把收割的荞麦运到场上。等佃户装车推走后,他自己留下守护还没运走的庄稼,头下枕着长矛,露天躺在地上,稍稍闭着眼休息。《狼三则》的第二则,则写一个屠户,利用田野打麦场中的柴草垛躲避狼的攻击。类似这样的细节,没有乡村生活经历是很难写出来的。

在一些书生与异类女性的情感故事中,也会运用到乡野空间的场景。在乡野空间里,蒲松龄写出了动人的相遇与离别。比如,《胡四姐》篇写尚生与胡四姐的重逢:有一天尚生在田野里看着佣人割麦子,远远看见四姐坐在树下。这个场景十分有画面感，田野风光中的麦地与树木能自然映入读者的脑海。其实，在中国古代的诗歌中，有很多关于男女野外相会的动人描写。比如，《诗经·郑风·野有蔓草》写道："野有蔓草，零露漙兮。有美一人，清扬婉兮。邂逅相遇，适我愿兮。"意境十分具有感染力，两千多年来总能唤起共鸣。《聊斋志异》也体现了这种文学基因，比如《阿英》篇写甘珏一天偶尔到野外游玩，遇见一个十五六岁的少女，姿致娟娟，看着甘珏微笑，像有话要说。这个场景也是很美好的。

乡野空间再外一层，又可扩展到人迹稀少的山野，这里发生的鬼狐故事就更多了。比如，《鲁公女》篇中的张于旦就是在寺庙中读书的时候，遇到了出外打猎的鲁公女。鲁公女去世后，她的鬼魂与张于旦在寺庙中相处。这篇小说有一处也很动人，就是鲁公女要去投胎转世了，张于旦去送鲁公女，一直抱着她走了六七里的荆棘野路。这一去，隔山隔水隔生死，可能再也无法相见了。他们那一路的心境，很值得揣摩回味。《双灯》篇写魏运旺与狐女的分别，则在叙事空间上实现了从村庄到山野的迁移。那一天，狐女忽然出现在魏运旺家的墙头上，说是要从此永别了，请魏运旺送送她。魏运旺把狐女送到村外，见到狐女的两个丫鬟挑着双灯在等候。几个人又一起爬上了南山，狐女便与魏运旺作别了。魏运旺有点不舍，彷徨地站在山头，遥遥望着双灯的光亮一闪一闪的，直到渐渐远去看不见为止。小说最后还补充了一种村里人的视角："是夜山头灯火，村人悉望见之。"这种十分怅惘的分别场景，正是通过乡野空间、夜路、灯光共同实现的。

这里，我们还要重点谈一下人与精怪野外遇合的叙事模式，它在我国古代小说中很早便存在了。蒲松龄在描写时避免了滥情化的趋向，而有意识地提升其格调。《荷花三娘子》篇写一个叫宗湘若的读书人，在一个秋日去巡视田垄，只见庄稼茂密处不住地摇晃。他不免心中起疑，待走过田间小路去那里察看，发现有对男女正在地里野合。男子被宗湘若惊跑了，剩下的女子其实是个狐女，她开始挑逗宗湘若。这时宗湘若说："野田草露中，乃山村牧猪奴所为，我不习惯。以卿丽质，即私约亦当自重，何至屑屑如此？"宗湘若其实并不排斥与女子交往，但这段话却体现了他作为读书人的身份自觉。他有意与"山村牧猪奴"不分场合的滥淫行径划清界限。类似的还有《毛狐》篇，农人马天荣一日在田间干活，看见一个少妇浓妆艳抹，踩着庄稼从田埂上走过来。这其实是一个狐女。马天荣怀疑她迷路了，他环顾四野无人，于是便调戏她，想与她野合。狐女以"青天白日，宁宜为此"为由拒绝了，而是和他相约晚上家中相会。马天荣的所为，其实正是宗湘若所谓的"山村牧猪奴"行径。这里，我们看到的是蒲松龄的价值取向。蒲松龄虽生长于农村，但他的道德感与见识是高过农夫的。这是他知识分子身份属性的一面。蒲松龄理想中的人与精怪遇合场景多发生在书斋，且异类女子往往具有诗词曲艺等方面的才艺。比如《绿衣女》篇中，绿蜂精绿衣女即与书生于璟书斋相会，且绿衣女又妙解音律。这里体现的便是一种文人性的格调与趣味。

精怪之自然率真

我们探讨《聊斋志异》中精怪女子与人类的遇合，观察其

"野性",不能仅仅停留在其异于人类的"动物性"上,还要更进一步领略其性情之美。

精怪女子的成长,因为不被世人的规则、礼法束缚,往往具有更接近自然本真的一面。这一点对于人类而言,当然也是一种理想却很难达到的生命状态。可以说,精怪的自然率真是具有高度审美意义的一个重要特点。接下来,我们结合两个例子来说明。

《红玉》篇写书生冯相如与狐女红玉相遇的场景:

> 一夜,相如坐月下,忽见东邻女自墙上来窥。视之,美。近之,微笑。招以手,不来亦不去。固请之,乃梯而过,遂共寝处。问其姓名,曰:"妾邻女红玉也。"生大爱悦,与订永好,女诺之。夜夜往来,约半年许。

这一段常因语言表述简洁传神而受人称道,而狐女红玉自然、任情的特点也颇具代表性。她从墙头上看冯相如,也许是被冯相如吸引,也许是单纯的好奇。她对着冯相如微笑,却面对冯相如的招手,不来亦不去,这是一种坦荡自然、落落大方的姿态。冯相如坚持邀请她,她才同意与冯相如在一起。这里又没有多少扭捏,她看待感情,也完全顺从自己的内心。如果红玉的行为真实发生在某位邻家女身上,那她在当时的社会观念下一定是大胆或违礼的。但如果我们把这种行为放在一个更接近赤子、本真的精怪身上,这种表现便是十分自然的。所以,我不太认为这段描写是红玉主动追求爱情,更不是引诱男性,她就是基于一种本真的相遇与情感流露。

另一个例子是婴宁。婴宁是一个爱笑的狐女，这种笑是她不谙人事、纯真自然的表现。王子服心念婴宁，一直收藏着婴宁当日拈过的花，可婴宁看到后，却不理解王子服的相思之情，直接说你若喜欢花，我折一大捆送给你。王子服说，他喜欢的不是花，而是拈花的人，婴宁却说咱们都是亲戚，这种亲戚感情是不用说的。王子服又说，亲戚之爱与夫妻之爱不同，夫妻之爱要同床共枕，但婴宁还是不理解，只说："我不惯与生人睡。"婴宁的这种纯真，已经有点近乎憨痴了，但作为性情之美，它又达到了十分纯粹的状态，甚至带有一种自然的哲学象征意味。婴宁也因而成为《聊斋志异》中性格最为鲜明的人物形象之一。如果提到中国古代小说史上最爱哭的人，人们会想到林黛玉；那提到最爱笑的人，人们一定会想到婴宁。

而无论红玉还是婴宁，随着她们对人世生活的介入，其本真性情不可避免地要与世俗观念发生冲突，此即为《聊斋志异》中的精怪形象普遍要面临的"规训"问题。

被规训的精怪

探讨精怪被规训的现象，我们仍然可以借红玉与婴宁这两个形象继续考察。红玉与冯相如交往没多久，就被冯相如的父亲发现了。冯父是一个道德观念很强的人，他严厉训斥了冯相如与红玉。他对冯相如说："你这畜生干了些什么事！咱家如此穷苦，你不刻苦攻读，反而学做淫荡之事。被人知道，丧你的品德；别人不知道，也损你的阳寿！"他又对红玉说："女孩子不守闺房戒律，既玷污了自己，又玷污了别人！倘若这事被人发觉，丢丑的该不只是我们一家！"冯父是按照世俗女子的标准去指责红玉的，红玉听了这一番道理，觉得很羞愧，主动要求离开冯生，并愿意成人之美，为冯生介绍一门亲事。红玉的底色本是纯真善良的，接受这一番教育后，她更着意以一种"妇德"的标准去做事。后来，冯家吃了官司，家破人亡，红玉收留并抚养了冯相如的儿子，并且帮助冯相如重振家业。评点家们常常将红玉与存赵孤的程婴、公孙杵臼相提并论，红玉最后实际上成长为一个知礼明义的贤妇形象。

婴宁的被规训，则是通过她不再发笑体现出来的。婴宁后来嫁给了王子服，但她不分场合、不懂节制地笑，在日常生活中显然是不合时宜的。后来，王家因为婴宁吃了官司，王子服的母亲也训斥婴宁："憨狂尔尔，早知过喜而伏忧也。"自此之后，婴宁就不再笑了，即使逗她也不笑了。

比较而言，红玉的被规训更多是世俗礼法观念的影响，这与蒲松龄本人的道德追求密不可分，而婴宁的被规训还体现着自然本真与世俗利害关系的冲突，体现着成长必须要经历的觉悟与改变。其实不只精怪，这对于我们每一个普通人可能同样适用。因而，婴宁的被规训，也存在着更普遍的象征意义。

其实，精怪野性的自然纯真，与乡村人淳善的品质亦有相同之处，有的研究者也认为《聊斋志异》中的一些精怪女子，就是蒲松龄基于对乡村女子的认识而刻画的。在这个意义上，山野之怪与村野之人在"野"的共同属性上更能升华出一种自然本真的审美理想。

二
"忘为异类"的精怪

鲁迅在《中国小说史略》第二十二篇中写道:"明末志怪群书,大抵简略,又多荒怪,诞而不情;《聊斋志异》独于详尽之外,示以平常,使花妖狐魅,多具人情,和易可亲,忘为异类,而又偶见鹘突,知复非人。"这就指出了《聊斋志异》在精怪描写上有别于其他志怪小说的重要特点。那么,蒲松龄为什么会把精怪写得"多具人情,和易可亲,忘为异类"呢?本节我们将从三个方面进行说明。

异类描写的现实基础

《聊斋志异》作为一部志怪小说集,要描写许多狐鬼花妖的故事,这必然离不开情节上的想象与虚构。虽是想象与虚构,却也离不开现实基础。

就仙界、冥界的设定而言,它们本就在长期的观念认识与创作积累中与现实社会建立了某种同构性。比如,它们都具有同人间一样森严的等级秩序,都融入了现实社会普遍认知的道德伦理。毕竟,在古人的观念中,人死而为鬼,也有一小部分可以成仙。鬼与仙在根本上都与人存在联系。

比如,《席方平》篇中写席方平要为父亲申冤,在冥间层层告状。从城隍,到郡司,再到冥王,一级一级告上去,主事者皆是营私舞弊。席方平一直告到二郎神那里,才使问题得到根本解决。阴间官僚机构的不作为，其实恰恰对应着现实政治生态的恶劣。百姓诉苦无门，有冤难伸，而现实批判的力度又是需要有节制的。在这样的背景下，将现实投射到冥间，将诉讼之难写到极致，不失为一种有效的艺术处理方式。

《聊斋志异》中常常见到人物入冥或与鬼怪相处的描写，作者通过饮食差异、形体差异、感官差异等突出人鬼之别，可在一些生活方式与观念上，鬼还是无法摆脱人的痕迹。比如，《章阿端》篇使用了"人死为鬼，鬼死为聻"的说法。章阿端与丈夫都已去世变成了鬼，而章阿端丈夫的鬼魂后来又死去变成了聻。于是，小说里面出现了章阿端的鬼魂给丈夫的聻做道场烧纸的现象。这其实就是一种现实生活经验在冥间想象世界中的直接运用。可以说，蒲松龄所写的鬼的世界太像人的世界了！如果需要在鬼的世界处理生者与逝者的情节，就只能让鬼再死一次了。

仙人的描写同样如此。《聊斋志异》中有一篇《仙人岛》，仙人岛其实是一个仙人生活的海岛空间，其中居住着桓文若父女，绿云、芳云两个小仙女读圣贤书，做八股文，又懂得声律，能作诗词。她们其实更像人间的才女。作者对于她们的想象正是基于人间现实。"仙女"身份的处理，更像是艺术化的提纯与加工。也正因如此，王勉这个心高气傲、自命不凡的人间才子，才能在仙人岛上相形见绌、心服气折。

至于精怪描写的现实基础，在《聊斋志异》中更是俯拾皆是。《狐谐》篇就写了一位狐女，在文人酒宴上应对酒令，谈吐诙谐，才华远远超过了座中善俳谑的士人孙得言。其实，古代社会中，妓女与男子在酒桌上互相嘲谑的现象也是十分普遍的。《金瓶梅》中的妓女李桂姐和帮闲应伯爵即每每如此。蒲松龄写

《狐谐》时应该也是受到这类现象的启发。《狐谐》篇孙得言嘲讽狐女的一句酒令称:"妓者出门访情人,来时'万福',去时'万福'。"或许就隐隐带有一定的身份指向。

当然,精怪的身份又与仙、鬼存在很大的不同。如果说仙、鬼本质上与人关联,精怪的出身则具有不可忽略的动物属性。基于这一点,我们接下来就重点分析《聊斋志异》中精怪的动物性与社会性问题。

精怪的动物性与社会性

在传说故事与志怪小说中,动物修炼成精的一个重要标志,就是可以幻化成人形。这种想象当然离不开人以高等生物自居的自我中心意识。动物虽然可以幻化成人形,但又不能完全等同于人,因为他们本质上的一些动物属性是无法割弃的。从形体的具象表征来看,"狐狸尾巴"即是一个典型标志。精怪幻化成人的同时,也存在着露馅的风险,这既是一种观念认识,也能为小说情节的发展提供动力。从早期志怪到《西游记》《封神演义》等成熟的精怪小说,我们总能看到"露出狐狸尾巴"式的桥段。《聊斋志异》同样也不例外,而且还进行了一些有趣的发挥。比如《董生》篇,董生与狐女欢好的时候,竟然摸到了长长的狐狸尾巴,十分恐惧。面对狐女的诘问,董生说出了"我不畏首而畏尾"的趣语。

《聊斋志异》中的精怪描写,不仅仅满足于形体上的变化,更充分表现了精怪融入人类生活的社会属性。我们会在《聊斋志异》中看到很多像人一样去活着的精怪。比如《周三》篇,写了一个叫胡二爷的狐叟。他平日就在一户村民家中居住，村民们有什么婚丧嫁娶之事他还会去随礼。胡二爷身上没有发生什么奇异的故事，小说只是写有的人家被狐狸骚扰，他以一个类似"顾问"的身份帮着解决问题。在这里，胡二爷的狐狸属性是被高度弱化的，他已充分融入了村民的生活。

《聊斋志异》还有许多篇目写狐狸主动向人示好，借人类的房子居住。这也体现了精怪对人类社会属性的追求。倒是人类，往往认为狐狸非我族类，对其充满了警惕与戒备之心。比如《胡氏》篇，写一胡秀才（实为狐秀才）主动到一个富户人家应聘塾师，主人对胡秀才的才华很认可，但对他的身份有点怀疑。胡秀才中意于主人的女儿，便请自己的父亲（其实是一只老狐狸）向主人来提亲。主人不同意，直接点明了对胡氏父子身份的怀疑，胡父果然也现出了狐狸的真实面目。于是，人狐两家兵戎相向，大打出手。后来，胡秀才与主人讲和，放弃了娶主人女儿的想法，而主人也没有完全拒狐狸于千里之外。他认为自己的儿子可以娶胡秀才的妹妹。这样，两家最后还是结了婚姻，建立了融洽的社交关系。这个故事反映的观念很有意思，人与狐族类有别，人无法接受自己的女儿"下嫁"给狐狸，但可以接受娶狐女为妻妾，这明显体现了人类中心与男性中心的旨趣，也可以解释为什么《聊斋志异》中美好的情感故事只发生在男人与狐女之间，那些纠缠女性的雄狐，都被当作祟人的妖怪除掉了。

通过《胡氏》这个例子，我们还可以发现，《聊斋志异》中的精怪常是以一个大家族的面目出现的，这也能体现出精怪社会性的一面。精怪家族的成员多了，他们与人类社会的联系也会更充分。比如,《凤仙》篇不仅写狐女凤仙与书生刘赤水交往,凤仙的二姐水仙还嫁给了丁生。《狐梦》篇写毕怡庵与一个狐女交往,后来又借狐女之口称:狐女的一个姐姐嫁给了毕怡庵的一个堂兄弟,还生了两个女儿。这更体现出狐狸社交圈与人类社交圈的充分交融。

在精怪与人类建立联系,确立社会属性的同时,我们还能更进一步看到人伦关系对于精怪生活的渗透。比如翁婿关系,《青凤》篇狐女青凤的叔父像父亲一样照顾着青凤,对她的管教也很严格,他不能接受青凤与狂生耿去病在一起。这里,胡叟阻止青凤与耿去病交往,并非由于人狐族类之别,他只是看不上耿去病狂妄轻薄的举止。后来,是青凤周旋其间,使耿去病在胡叟落难时救了胡叟的命,两个人的积怨才得以化解。《长亭》篇中,石太璞帮狐女长亭一家驱鬼,狐翁也承诺将女儿长亭嫁给石太璞。可后来狐翁反悔了,不仅不想嫁女儿,还要恩将仇报杀死石太璞,但长亭对石太璞是有情的,在长亭母亲的帮助下促成了二人姻缘。后来,虽然在长亭和她母亲的请求下,石太璞又救过胡翁一命,但这对翁婿关系的矛盾直到最后也没能化解,二者仍是老死不相往来。蒲松龄的"异史氏曰"就在这一篇的末尾感叹道:"天下之有冰玉之不相能者,类如此。"可见,精怪的社会属性背后,写的还是人类社会的一些普遍问题。

精怪的叙事与审美意义

随着精怪越来越多地与人类接触,并逐渐有了社会属性,他们本身的神异特征也在弱化。《聊斋志异》塑造精怪,不会像《西游记》《封神演义》等神魔小说中那样着重刻画神力法术。通常,在《聊斋志异》里精怪没有露出真实身份前,小说写得就像一个世情故事。这正是鲁迅所说的"多具人情,和易可亲,忘为异类"。只有在精怪们露出常理难以解释的一面之时,也即"偶见鹘突"之时,读者才意识到精怪的身份特征。

比如,《阿英》篇写甘珏与阿英从相识到成亲,一切都很正常。阿英是一个善解人意的女孩子,婚后也得到了甘珏兄嫂的喜爱。一年中秋节,甘珏和嫂子都想让阿英做伴。在阿英想去嫂子那里的时候,甘珏留住了阿英;而第二天,通过嫂子的谈话,甘珏竟发现阿英晚上同时在陪伴嫂子。如此一来,阿英的分身术便成为一种无法解释的"鹘突"现象,进而导致其鹦鹉精身份的暴露。

从叙事角度来看,这种处理方式往往能实现一种出人意料的效果,同时,也能给读者带来"恍然大悟"的阅读体验。因为当读者回味之前的描写时,会发现精怪的某些特征恰恰符合其动物本性。比如,《阿英》篇曾写阿英穿着翠绿色的衣服,又能言善辩,这都很符合鹦鹉的特点。再比如,《阿纤》篇中阿纤的老鼠精身份也是后来奚山重访其家时,根据种种异象揭示出来的,这时候再去联想阿纤沉默寡言、善于劳作,并能积聚大量粮食的描写,也会觉得再自然不过了。

由于精怪神异功能被充分弱化,有时即使他们显示出真实身份,往往也力量有限。比如,阿纤除了善于囤积粮食,小说中没有写她还会什么其他法术。这使得她在被奚家怀疑的时候,只能认命离开。《葛巾》篇,葛巾、玉版两朵牡丹花在盗贼围攻的紧迫情境中,也没有表现出法术,她们只是靠形象气质吓退了盗贼。有时,精怪还要仰仗人类的力量,比如《白秋练》中的白鱀豚精白秋练,就需要人定期为她补充洞庭湖水才能生活。

相比于法术神力,蒲松龄更注重强化精怪形象的审美意义。那些精怪的动物属性与其形象、性情、气质之间的联系,本就蕴含着很多艺术性的巧思。比如,《绿衣女》篇中的绿衣女,本是一只绿蜂。绿衣女的绿衣纤腰、娇细歌声,恰有绿蜂的特点,同时也具备一种独立的审美价值。

更重要的是,《聊斋志异》还写出了精怪的诗性,提升了其审美与文化品格。比如白秋练将诗词雅趣融入了自己的生命,她身体不适时,甚至可以以吟诗为解药。有的精怪本身就是诗歌中的传统意象。比如,《黄英》篇写菊花精黄英,即反复强调其与陶渊明的文化联系。小说写黄英的弟弟陶生大醉而卒化为一株菊花,带有文士风流的浪漫想象。《香玉》篇写黄生钟情于牡丹花精,自己死后也化作了一株牡丹。这种情感力量超越了物我的界限,为小说赋予了更为纯粹的审美特征。

三
仙人贵"朴讷诚笃"

谈完狐鬼花妖多具人情的一面,也看到了他们一些可贵的人格品质,那么,对于人本身而言,《聊斋志异》最着重刻画的是怎样的品质呢?本节我们就来探讨这个问题。

"朴讷诚笃"的提出

《聊斋志异》里有很多讽刺人性、戏谑人类道德缺点的小短篇，比如《种梨》《骂鸭》《劳山道士》等，就是针对自私、贪婪、懒惰等现象而发。这些小短篇，也是《聊斋志异》较早被译介到国外的篇目。除了篇幅上的原因，也在于这些篇目讽刺的对象在世界范围内具有普遍性。这些篇目写的是反面例子，那么，《聊斋志异》肯定了怎样的正面品质呢？我认为，应该是"朴讷诚笃"四字，通俗来说，就是为人质朴、不善言辞、诚实厚道。这几个字在书中其实也并非总是一起出现，它们还会各自组成其他的词语，但提炼出的"朴讷诚笃"四字，仍具有足够的概括性。

"朴讷诚笃"的品质，在《聊斋志异》中通常被赋予男性形象。这四个字的提出，是在《蕙芳》篇。在青州东门内，有一个叫马二混的人，以卖面为生。马二混因为家里穷，未能娶妻，只同老母亲一起生活。可是有一天，忽然来了一个十六七岁的美丽少女，坚持要做马二混的妻子。这个女孩子名叫蕙芳，真实身份是一个下界的仙女，她的到来，大大改善了马家的经济状况。可是，蕙芳为什么会选择马二混呢？她的理由是"以贤郎诚笃"，也就是说看中了马二混的老实本分。

看到这里，我们很容易想到董永与七仙女、牛郎织女一类的传说故事。在唐前志怪小说中，也有《白水素女》等作品与之相似。这样的故事里，男性形象都是家贫无妻，却有孝顺、善良、踏实、勤奋等民间普遍认可的品质，因而得到仙女们的眷顾。蒲松龄创作《聊斋志异》时从民间听了不少故事，也读过前代小说，不能否认，《蕙芳》篇中的描写自有我们传统文化中的性格基因，但同时我们也应注意到，这种性格与蒲松龄本人之间的联系。

蒲松龄在《蕙芳》篇中特别强调了马二混"其人但朴讷，并无他长"，这个人除了老实本分，也实在没有什么其他的长处了。就这一点，蒲松龄在"异史氏曰"中专门发了一段感慨：马二混这个人，名字里有个"混"字，字面上的直观感受不是很文雅，而且他从事的是卖面的生意，属于比较低端的阶层。蕙芳这个仙女到底看上他哪一点了？蒲松龄给出的结论是"于此见仙人之贵朴讷诚笃也"。蒲松龄后来还开了一个玩笑，说像我这样的人，鬼狐都是不待见的，大概我能令仙人满意的可能也只有一个"混"字了吧。蒲松龄这是在自嘲，他感觉自己半生潦倒，也就是在瞎混了。

但实际上，蒲松龄在别人眼中，恰恰就是一个"朴讷诚笃"之人。蒲松龄同县的后辈张元在《柳泉蒲先生墓表》中，就提到蒲松龄"性朴厚"，"接乎其人，则恂恂然长者；听其言，则讷讷如不出诸口"。蒲松龄给人的感觉就是一个朴实、厚道的人，虽然他文章可能写得雄肆激昂，但现实中的他，其实并不善于言谈。

如此看来，蒲松龄肯定是"朴讷诚笃"之人，一方面固然源自文化传统，另一方面似乎也有意无意刻画了一些和他自己性情相近的人物。而且，除了受民间观念和蒲松龄出身的影响，"朴讷诚笃"的性格似乎也离不开乡土人情的浸染。

"朴讷诚笃"与小说叙事

蒲松龄是怎样把"朴讷诚笃"的性格融入小说叙事中去的呢？这里我们主要谈两点。

第一，"朴讷诚笃"在小说叙事中往往起着决定情节走势的关键作用。

正如《蕙芳》篇所言，"仙人贵朴讷诚笃"。仙人看重"朴讷诚笃"，也会将"朴讷诚笃"作为行为依据。比如《庙鬼》篇写到一个叫王启后的书生遭到鬼物的骚扰纠缠。一天，一个神明武士出现，降服了鬼物，并怒斥道："朴诚者汝何敢扰！"朴诚，成为王启后获得神明护佑的直接原因。

《锦瑟》篇中的王生任劳任怨地去做"淘河、粪除、饲犬、负尸"一类工作。仙女锦瑟见其朴诚，便提拔他去做西堂主簿。后来，锦瑟遇虎，王生不惜用自己的手臂去喂老虎，从而救下锦瑟。王生的所作所为，倒并非因为爱慕锦瑟，而完全是一种朴诚的善举，但恰恰是王生这种不计利害、心系他人的品格感动了锦瑟，主动要与他结姻。王生的命运也因而发生了很大的改变。

"朴讷诚笃"的品行还会体现在亲情之中。《张诚》篇，写了张讷、张诚这对同父异母的兄弟。从二人"讷""诚"的命名，我们已能看出蒲松龄的用心了。兄弟二人十分关爱彼此，却意外经受了生死离别。最后，在观音菩萨的救助指点下，二人才得以重聚。

第二，蒲松龄十分善于在小说中围绕"朴讷诚笃"制造对比效应，并以此充实情节，刻画人物。

蒲松龄在《聊斋志异》中很反感自命不凡、夸夸其谈的人物,这恰恰是"朴讷诚笃"的反面。比如,《司文郎》中的余杭生自以为文章高妙,在其他书生面前毫无读书人应有的谦逊与尊重。他甚至在王平子拒绝的情况下,强自查看王平子的文章,极尽嘲讽。王平子是朴讷之人,无言以对,只能羞愧地听之任之。文鬼宋生欣赏王平子的为人,与之结为好友,并且狠狠地教训了余杭生一番。蒲松龄后来在"异史氏曰"中谈道:"余杭生公然自诩,意其为文,未必尽无可观;而骄诈之意态颜色,遂使人顷刻不可复忍。"可以看出,蒲松龄对于余杭生的不满,并非在其才华,而是性情。小说在结尾又安排了一场王平子与余杭生在旅店的偶遇,这时的余杭生"深自降抑,然鬓毛斑矣",大概岁月也能磨平一个人的性格棱角吧。

《聊斋志异》里还写了一些假诚笃之人,可为真诚笃之对比。比如《云翠仙》篇,梁有才上泰山进香的时候遇到了云翠仙母女。梁有才看中了云翠仙,一路跟随,殷勤照顾这对母女,并且巧言令色地推销自己,"朴诚自表,切矢皦日"。云母被梁有才的表象迷惑,同意将女儿嫁给他。成亲之后,云翠仙发现梁有才游手好闲,嗜赌成性,贫困得无法度日。后来,梁有才甚至萌生了把云翠仙卖掉换钱的想法。云翠仙的身份其实是一只狐精,她最后也让梁有才得到了应有的报应。

虽然云翠仙不幸遇到了一个假的朴诚之辈,但这个故事也折射出朴诚品质在爱情婚姻中的关键作用。这一品质在《聊斋志异》中确实是可以作为择偶标准的。比如《凤仙》篇,狐女水仙谈与丁生结合的想法时,即称:"妾以君诚笃,故愿托之。"丁生也确实是诚笃之辈,他虽然家境殷实,但并没有再娶妻妾,只与水仙相伴始终。

"朴讷诚笃"与情痴形象

当"朴讷诚笃"与婚姻爱情联系起来的时候，我们还可以进一步探讨《聊斋志异》中的情痴形象。

《阿宝》篇中的孙子楚是《聊斋志异》中最为经典的情痴形象。小说写其性格，即为朴诚迂讷。这里的"迂讷"，比一般的"朴讷"程度更深，人家随便说的话，他会信以为真。所以，孙子楚也常被别人戏弄。我们说孙子楚"痴"，正是有这种呆、憨的成分在。

小说写孙子楚与阿宝的情感关系，也利用了他迂讷的性格。阿宝是有名的大家闺秀，容貌绝美。去提亲的人家络绎不绝，却都被阿宝的父亲拒绝了。有好事者便怂恿孙子楚也去向阿宝提亲。孙子楚很实诚，果然就找了媒人。阿宝听说此事后，认为这件事根本没有可能，她听说孙子楚一只手长了六根手指头，就开玩笑说，如果孙子楚能断去多余的手指，她就嫁给他。结果孙子楚一听就当了真，真的用斧子断掉了自己的手指。阿宝听说后很奇怪，就又开玩笑说，除非孙子楚去掉他的痴病，才能嫁给他。但孙子楚坚持说，自己没有痴病。其实直到此时，孙子楚都没有见过阿宝。

孙子楚第一次见阿宝，是清明节的时候，阿宝出来郊游。孙子楚深深地被阿宝吸引，魂也不知不觉跟着阿宝回到了家中，与阿宝相伴。阿宝梦中也会见到孙子楚。孙子楚被家人招魂后，能说出阿宝家中的情况。阿宝这时才觉得很奇异，也开始感念孙子楚的深情。回到家中的孙子楚仍然思念着阿宝。这次，他的魂竟然附在一只鹦鹉身上，飞到了阿宝的身边。两人交心之后，阿宝令鹦鹉衔去自己的绣鞋作为定情信物。阿宝的父母见阿宝对孙子楚情深，也便同意了这门亲事。

孙子楚朴诚迂讷的性情，使他对人对事都极为纯粹；当他对阿宝产生爱慕之情后，也是极致的情坚志凝，因而才有了离魂与魂化鹦鹉这种奇异的情节。所以，当我们称孙子楚为情痴时，不仅要看到他多情的一面，更应注意到这背后起决定作用的性格底色。

孙子楚婚后三年，因消渴病（即糖尿病）去世，但冥王却因为孙子楚的朴诚和阿宝的节义，又准许孙子楚复活。后来孙子楚参加乡试，竟阴差阳错提前知晓了考题，顺利中举；第二年，孙子楚又中了进士。这样的结尾就又回到我们前面所说的"仙人贵朴讷诚笃"的叙事模式了。

另外，结合孙子楚这个形象，还有必要补充说明一点。蒲松龄虽然肯定"朴讷诚笃"的性格，但也能认识到这类人缺乏治生能力，这是一种现实的局限性。孙子楚婚后并不能管理家人生业，一切家事都是阿宝在操持。而在《成仙》篇中，周生的弟弟也是因为性情朴拙，不能治家人生产，导致家境逐渐贫困。这也说明，蒲松龄并未将"朴讷诚笃"的性格价值绝对化。

在《阿宝》篇的末尾，蒲松龄的"异史氏曰"还有一段引申之论："性痴则其志凝，故书痴者文必工，艺痴者技必良；世之落拓而无成者，皆自谓不痴者也。且如粉花荡产，卢雉倾家，顾痴人事哉！以是知慧黠而过，乃是真痴，彼孙子何痴乎！"这段议论，将"痴"的性情阐释到一种更普遍的层面。《聊斋志异》中不仅有痴于情者，也有痴于物、痴于艺者。《书痴》中的郎玉柱即因痴于书，致有书中仙子颜如玉与之相伴，而郎玉柱同样是朴讷的性格。另外，这段议论以慧黠太过为真痴，也是对精明性格的反思，在《周克昌》篇末，蒲松龄还曾提道："其精光陆离者，鬼所弃也。"这又恰可与"仙人贵朴讷诚笃"相映照。

总之，"朴讷诚笃"是蒲松龄贯穿在整部《聊斋志异》中的理想性格。它不仅影响着小说叙事，书中关于"痴"的形象提炼亦以此为依托。

四
凛凛公心，照察善恶

前面一节的讨论，我们是结合蒲松龄的性情生发的；而在小说创作中，篇目立意、价值判断、人物评价等内容，又往往与作者的善恶观念存在着紧密联系，本节我们就先从蒲松龄的善恶观谈起。

蒲松龄的善恶观

清代《聊斋志异》的各个版本，都是以《考城隍》开篇的。这篇小说讲的是宋焘重病之际魂灵被引入冥间，考中了城隍，但是宋焘很孝顺母亲，恳求在母亲百年之后再赴任。他的孝心感动了一众神灵，准许他还魂尽孝。清代的评点家们都很看重《考城隍》开宗明义的作用，肯定了它推本仁孝的意义。实际上，这篇也直接表明了蒲松龄的善恶观，对于理解整部小说具有重要的参考意义。小说写宋焘考城隍时所作的文章有这样一句："有心为善，虽善不赏；无心为恶，虽恶不罚。"这句话得到诸位神灵的普遍称赞。

我们今天理解这句话，可以从三个方面着眼。

首先，它奠定了一种赏善罚恶的基本立场。《聊斋志异》也包含了大量的果报元素，甚至有的篇目直接以"果报"命名。关于中国古代的善恶观，早在《周易·坤·文言》中便有"积善之家，必有余庆；积不善之家，必有余殃"的说法，后来佛教传入中国，也有"善恶有报"的提法。这些观念，在民间渐渐发展成"善有善报，恶有恶报"的俗语。生长于乡村的蒲松龄不可避免会受到这种朴素善恶观的影响。

其次，这句话讲究善恶赏罚的对等原则，即针对善恶的具体情况给予恰当的赏罚。这使得善恶赏罚具有了一定的标准，甚或量化的可能。在中国古代小说的果报故事中，冥司常常要结合一个人一生的作为评判他的善恶，确定赏罚措施。因为大部分人都是既有善举，又有恶行，所以善恶会抵消一部分。《夷坚甲志》卷十六之《卫达可再生》中有一个特别形象的场景：鬼吏搬来记录着卫仲达行善与作恶的两部簿册，分别放在天平的两端，通过天平的重量高低来为卫仲达的善恶下一个最终的结论。《聊斋志异》其实也体现了类似的情形。《刘姓》篇写一个姓刘的人侵占了村里人的土地，发生了纠纷。后来他入冥，被指出了这项罪恶。可待鬼吏查阅他的生平，发现刘某还曾救助过一对逃荒的夫妇，使他们既免于分离，又保全了性命。综合看来，刘某并不该死，于是就还魂复生了。

再次，这句话还突出了心念在善恶评判中的作用，即重视行为动机。有心为善，是为伪善，所以不能奖赏；无心为恶，是无意之过，也不应该严厉惩罚。这样的观念在《聊斋志异》中也很普遍，比如《黎氏》写黎氏对丈夫前妻留下的孩子们很好，这其实是有心为善，因为黎氏本是一只狼精，她真正的目的是想找机会吃掉这些孩子；《小翠》篇，小翠失手打碎了王家的珍贵花瓶，她认为这是无心之举，不应该受到王太常夫妇的谴责。

在中国古代小说中，有时心念本身就能构成善恶。还举前文《卫达可再生》的例子。卫仲达发现载其罪恶的簿书多至盈庭，十分不解地说："仲达年未四十，平生不敢为过恶，何有簿书充塞如此？"鬼吏称："心善者恶轻，心恶者恶重，举念不正，此即书之，何必真犯？"这就对心念有了更严格的要求。《聊斋志异》判断善恶，同样注意对心念的监督。比如《李伯言》篇，写李伯言入冥判案，正好碰到了亲家的案子，他稍微萌生了一点偏袒的意思，还未执行就发现殿中起了火，这是冥间对他的警示。

综合而言，蒲松龄信奉赏善罚恶的果报观，并在具体评判中秉持公允而严格的态度。

刺贪刺虐

蒲松龄的善恶观也使他进一步养成了疾恶如仇的个性。虽然蒲松龄平时待人接物有朴讷之态，但若遇到不平之事，也会表现出性格中强硬的一面。我们可以看两个例子。

蒲松龄年轻时曾在同乡孙蕙的任上做过幕僚，二人关系十分融洽。后来孙蕙官授户部给事中，他的家人却仗势横行乡里，鱼肉百姓。蒲松龄实在看不过去，就给孙蕙写信，直陈孙家人的恶行。这让孙蕙很没面子，他与蒲松龄的关系也开始恶化。二人最终老死不相往来。

康熙四十八年（1709），淄川利津知县俞文瀚与新任漕粮经承康利贞巧立名目征收各项杂费，令百姓苦不堪言。蒲松龄为了百姓奔走请命，直接与俞文瀚、康利贞对抗，致使俞文瀚被撤换，康利贞被革职。此后，蒲松龄又给王士禛等人写信，坚决阻止康利贞复任漕粮经承，维护了淄川百姓的利益。

这两件事让我们看到了蒲松龄作为一个乡村知识分子的责任担当，以及刚正耿直的个性。蒲松龄也把这种担当与个性融入《聊斋志异》的创作中。郭沫若曾为蒲松龄写过一副著名的对联："写鬼写妖高人一等，刺贪刺虐入骨三分。"所谓"刺贪刺虐"，指的即是这一部分作品。

蒲松龄在小说中面对黎民疾苦、社会丑恶是敢于发声的。他批判的笔触既针对基层，也能指向最高统治者。

比如《放蝶》篇写王岜生做县令的时候，每次审理案件总是按照违法的轻重程度，罚犯人交纳蝴蝶来为自己赎罪，大堂上常常同时放出千百只蝴蝶。每逢此时，王岜生就拍案大笑。这完全是县令根据自己的喜好，随意破坏基层司法规则，将治下搞得乌烟瘴气。类似的现象也发生在名篇《促织》中，只因天子喜好促织，官僚系统便层层施压，横征暴敛，导致基层百姓疲于奔命，甚至有家破人亡的风险。所以，蒲松龄在"异史氏曰"中说："天子一跬步，皆关民命，不可忽也。"《促织》虽然写的是明代宣德年间的故事,但蒲松龄的批判反思对于清代统治者同样具有借鉴意义。

蒲松龄在小说中并不喜欢刻意迎合,为尊者讳。清兵的许多残暴行径,他都会直接描写出来。比如《鬼隶》篇,他就写到"北兵大至,屠济南,扛尸百万"的惨象;《张氏妇》篇又写"凡大兵所至,其害甚于盗贼","甲寅岁,三藩作反,南征之士,养马兖郡,鸡犬庐舍一空,妇女皆被淫污"。这直接表达了对官军的不满。《聊斋志异》中诸如此类篇目,针对性与批判力度都太强,很容易惹祸,不适合在社会上传播。后来赵起杲刊刻出版《聊斋志异》青柯亭刻本的时候,直接把这样的内容删去了。

《聊斋志异》还刻画了不少贪暴官员的丑恶嘴脸。比如《潞令》篇宋国英担任潞城县令期间,贪暴不仁,尤其是催逼赋税最为残酷。被他用棍子打死的老百姓常常横七竖八地躺满县衙大堂。有一个叫徐白山的人讽刺他说:"你作为百姓的父母官,竟然是这样耍威风的吗?"没想到宋国英竟还洋洋得意地说:"不敢,不敢!我官虽小,但到任一百天,已打死五十八人了。"这简直是厚颜无耻,把作恶当成荣耀了。

《聊斋志异》作为志怪小说,一个优势是可以把人间的丑恶用虚构手法,进行更为极致的表达与讽刺。比如《梦狼》篇便利用梦境的巧妙叙事,直接把某甲的衙门写成了鱼肉百姓的虎狼之所。

前面我们提到,《席方平》篇中的冥间官僚系统正是现实的投射。席方平为了替父申冤,生而死,死而生,生而复死,死而复生,历尽各种酷刑与波折,以一己之力对抗整个贪腐系统。

这种极致的反抗精神,恰恰与小说的志怪笔法相得益彰。而在席方平那种百折不挠的强大意志力的背后,我们也能隐隐感到蒲松龄刚正耿直的作者气质。

关于"正义叙事"的反思

了解完蒲松龄的善恶观与《聊斋志异》中刺贪刺虐的笔触,我们还可以进一步反思《聊斋志异》中的正义叙事问题。

毫无疑问,蒲松龄主张赏善罚恶,疾恶如仇,他是绝对追求公平正义的。但就现实而言,被欺凌的弱势群体往往没有发声空间,以及伸张正义的有效渠道;作恶之人也常常不会得到应有的惩罚。刘勇强先生在《中国古代小说史叙论》中曾经指出清代小说果报叙事中的柔化现象,也即所谓的"恶有恶报"法则不再被小说家严格执行了,这涉及小说家观念的变化,以及具体叙事情境的考量。《聊斋志异》显然不属于这类作品,但我们却能从中找到一些反思的角度:诸如《聊斋志异》这种善恶分明、追求绝对公平正义的叙事,并非贴近现实的客观反映,而是充满了作者叙事的强力干预。

《聊斋志异》中能够伸张正义的叙事的强力包括以下几类:

一是清官断案。现实中当然存在着冤假错案的可能,《聊斋志异》也会在《胭脂》这样的公案故事中加入错判案的元素,但小说的结尾一定是有清官可以解决问题的。

二是侠客复仇。这是绕过正常司法系统的处理方式,自有其社会、历史、文化根源。由于侠客形象"神龙见首不见尾"的特点,小说叙事也往往可以省去很多冗余的交代。

三是因果冥罚。通过对冥间刑罚场面的描写，使善恶果报观念得以具象呈现。这种叙事常常注意制造冥罚与现实体验的同步效果，以增强可信性及警醒意义。

四是神力法术。这同样是借助超能力实现叙事意图。其中不乏一些巧妙的构思设计，比如《向杲》中写向杲变成老虎去复仇，可以摆脱现实的杀人指控与诉讼纠纷。

五是偶然巧合。这在很大程度上体现了作者叙事的自由性，甚至是随意性。有时也表现为制造一种神秘规律。比如，《仇大娘》写魏家越是陷害仇家，越能阴差阳错帮助仇家。

综合看来，《聊斋志异》中的这种叙事的强力寄托了很多世俗观念上的理想与期待，一些超自然力的运用也与《聊斋志异》的志怪特性相匹配。公平正义的实现更使整部小说读来颇为快意。但这种快意并不能遮去现实层面的不公、无奈与悲哀。蒲松龄大概也常常会有这样的感受吧，可他还是愿意用笔给自己、给后来人一些希望。

最后，我们也应认识到《聊斋志异》中的个别正义叙事是带有时代局限性的，尤其是对女性的态度。比如《崔猛》篇，李申之妻被某甲夺去，她本是受害者。崔猛为李申复仇，杀死某甲后，竟然也杀掉了李申的妻子。王监生寡婶未有恶行，又遭王氏父子所烝，亦可谓无辜，却同样在李申找王监生父子复仇时被杀。在崔猛与李申二人的侠义观里，隐含着对失节女子的惩处，尽管她们的失节是被动的。又如《梅女》篇，写典史夺人之妻，其妻则于阴司被罚为娼妓代之赎罪，这里有一种"淫人妻者，人亦淫其妻"的果报观念，完全忽视了女子的人格独立性。这一观念在《喻世明言》之《蒋兴哥重会珍珠衫》隐含的因果叙事中同样有所表现。认识到这些善恶果报观念的不足，我们也可以更全面地理解《聊斋志异》和它所处的社会背景。

五
功名幻灭，世态炎凉

我们一直强调要从"乡村知识分子"的角度去把握蒲松龄的思想个性，去认识《聊斋志异》的创作特点。蒲松龄的科场观念、经历和体验，是从这种解读方式切入小说文本的又一个重要角度。

蒲松龄的功名观

蒲松龄的家族虽世居农村，却有耕读之风。蒲家其实可以看作是一个乡村的书香门第。从当时的文化背景看，读书自然要以参加科举考试为主要目的。明末清初，虽然南方地区的一些读书人受周边商业环境影响，以科举进身的观念有所松动；但在山东这些相对封闭的农村里，登科致仕仍是读书人最理想的人生路径。在蒲松龄的长辈中，只有他的叔祖蒲生汶考中过进士，做了玉田知县。蒲松龄的祖父、父亲这一支虽然也读书，但在科举上并没有什么成就。蒲松龄的父亲蒲槃为了家中生计后来不得不弃儒经商，但他还是坚持让儿子们读书，来延续家族科举的希望。

蒲松龄少年成名，似乎也并没有让家人失望。顺治十五年（1658），十八岁的蒲松龄初应童子试，即以县、府、道三试第一补博士弟子员，获得了秀才的身份。可以说，蒲松龄科举之路的起步是十分顺利的，接下来要通过乡试考举人，会试考进士。其实，中了举人之后，便有机会做官了，社会地位也会得到很大提升，《儒林外史》就为我们生动刻画了范进中举前后各方面的变化，可蒲松龄偏偏就卡在了乡试这一环。他一生参加过十几次乡试，都没有考中。乡试每三年一次，正如蒲松龄自己的诗所言："三年复三年，所望尽虚悬。"他从二十出头到六十余岁的大把年华，也就在这一次次的铩羽而归中不觉度尽了。

有的朋友可能会问，蒲松龄为什么这么执着，要坚持考一辈子呢？这就和蒲松龄的功名观念密不可分了。

前面已经谈到，蒲家本就有耕读的家风，自然会对子弟们灌输科举入仕的愿望。从更深的层面看，也是儒家文化及科举制度的深层影响。儒家本就讲究"修齐治平"，在强调读书人道德涵养的同时，也使他们具备了积极用世的使命感。而"立功"与"扬名"又常是结合在一起的。《左传·襄公二十四年》记鲁国大夫叔孙豹立德、立功、立言三不朽之论。科举制度为读书人提供了入世进身之阶，也即实现"立功"与"扬名"的一条可行途径。"功名"一词，便渐渐有了科举层面的属性。尽管我们今天看来，儒家文化中的事功与科举的成功存在着很大的不同，但对许多身在局中的读书人而言，参加科举考试，求取功名，是与入世立功的使命感融汇在一起的。蒲松龄参加科举考试，从理想的层面看，正离不开儒家知识分子的这种身份自觉。

蒲松龄参加科举考试，当然也会有一些现实或者世俗层面的考虑。尽管蒲槃的经商在很大程度上改善了家里的经济状况，但蒲松龄与兄弟们分家、儿女陆续出生后，很快便要面临治生问题了。科举入仕，其实也是改善这种家庭处境的一种理想途径，甚至不排除有扬眉吐气的意图。蒲松龄后半生主要以坐馆教书为生，这种治生方式倒也使他一直没有远离读书应举的氛围。但需要说明的是，蒲松龄本人并不反对经商，他在《黄英》篇曾经借人物之口谈道："自食其力不为贪，贩花为业不为俗。人固不可苟求富，然亦不必务求贫也。"他肯定在贫困处境中通过行商去改善生计的做法。《聊斋志异》中出现过众多儒商形象，蒲松龄一方面对其区别于奸商的道德性与文人性都做了充分肯定，另一方面也强调了其不忘治学、应举这一最终目的。《刘夫人》篇中，刘夫人以"读书之计，先于谋生"劝廉生经商。廉生得到资产后又辍商复学，得中举人。这里，我们看到的是蒲松龄思想上的灵活变通和更深层面上对儒家知识分子身份的坚守。

《聊斋志异》中的科举描写

蒲松龄准备科举考试的过程中，也一直在进行着《聊斋志异》的创作。他的科场经历、体验也自然融入小说之中。

比如，《司文郎》篇，文鬼宋生即拭泪自述："少负才名，不得志于场屋。"这很像蒲松龄的自我概括。徐康眉批即云："此皆蒲先生现身说法，故痛哭流涕言之。奇才屈抑，何世无之？"同样是《司文郎》篇，王平子在一次全力准备的乡试中，竟以犯规被黜。此处也应融入了蒲松龄的自身经历。康熙二十六年（1687）秋试，本是蒲松龄准备最充分的一次，可他却因"越幅"犯规被黜。宋生称："此战不捷，始真是命矣。"这何尝不是蒲松龄自己的喟叹！

《叶生》篇也被评点家冯镇峦称为蒲松龄"自作小传"。这篇同样反映了"时数限人，文章憎命"的观念。叶生科场蹭蹬，死后犹有功名之念。他并非文章做得不好，因为他的学生按照他的做法去写文章就顺利中举了。小说借叶生之口说："是殆有命。借福泽为文章吐气，使天下人知半生沦落，非战之罪也。"

其实，在蒲松龄五十岁的时候，他的妻子刘氏也劝过他放弃应考："君勿需复尔。倘命应通显，今已台阁矣。"（《述刘氏行实》）蒲松龄觉得妻子说得有道理。可是，当他看到子孙们入闱的时候，心里还是会有隐隐的希望与侥幸想法。也就是《王子安》篇曾提到的："无何，日渐远，气渐平，技又渐痒。"

蒲松龄猜不透命运的事，只能靠克己修身来要求自己。他在《司文郎》篇还写道："凡吾辈读书人，不当尤人，但当克己。不尤人则德益弘，能克己则学益进。"但当从现实层面反思科场问题时，蒲松龄也并不能完全做到"不尤人"。《聊斋志异》对科场的批判主要表现在两个方面。

一方面为贿赂舞弊之风。比如《神女》篇中，神女因"今日学使之门如市"，赠米生白金二百，以"为进取之资"。《司训》篇亦呈现了"教官各扪籍靴中"，向学使"呈进关说"的科场恶习。蒲松龄对贪婪的教谕、训导等极为痛恨。《饿鬼》《考弊司》两篇，更是将学官盘剥、勒索秀才的丑状从阳间写到冥世。小说中，科场弊端的解决往往需要依靠超现实的强力。《于去恶》篇即以张飞巡察阴曹、阳世之举消解两间不公。这在某种程度上也突出了士人对于现实境况的无力感。王士禛在《于去恶》篇末评语中即指出："数科来关节公行，非唉名即垄断，脱有桓侯，亦无如何矣。悲哉！"

另一方面，《聊斋志异》也极力批判了考官有眼无珠的现象。《司文郎》篇中，能以鼻嗅辨文优劣的瞽僧即言曰："仆虽盲于目，而不盲于鼻，帘中人并鼻盲矣。"《贾奉雉》篇中的考官亦缺乏鉴别力，颠倒贤愚。郎生认为，若使此辈考官欣赏贾奉雉佳作，需要"另换一副眼睛肺肠"。《三生》篇中，某考官因"黜佳士而进凡庸"，与名士兴于唐的恩怨经历三世才得以化解。有意思的是，他们最终的和解是以科场提携、扶助的方式实现的，这正体现了科场失意者的潜在愿望。《于去恶》篇中，冥间的阅卷官被设定为乐正师旷与司库和峤，他们一个目盲，一个贪财，其实正是对考官有眼无珠和贿赂舞弊两方面的形象批判。

不过，需要注意的是，蒲松龄在《王子安》篇曾以"初失志，心灰意败，大骂司衡无目"归纳落第士人的一般性心态。我们并不能排除蒲松龄将他一些情绪化的体验带入到了《聊斋志异》的创作之中。

更进一步来说，蒲松龄的批判其实并没有触及科举制度的本质。《儒林外史》中，吴敬梓曾借王冕之口说："这个法却定的不好。"闲斋老人亦认为《儒林外史》"终乃以辞却功名富贵，品地最上一层为中流砥柱"。这都是从根本上质疑科举制度的看法，但蒲松龄恰恰是认可这种制度，并甘愿投身其中的。就这个意义而言，蒲松龄的科举观确实是限制了他批判的深度。

科场与世态

《聊斋志异》中,《王子安》是一篇颇能反映士人科场心态的作品。小说写王子安困于场屋,入闱后期望甚切。临近放榜时,王子安痛饮大醉,这时候的痛饮正反映出王子安内心的焦虑与愁苦,汲汲于功名,精神高度紧张。王子安醉酒中接连收到三条喜报,分别是他中举、中进士、殿试翰林的好消息。这令王子安矜矜得意,"自念不可不出耀乡里"。其中自有虚荣心作祟,但同时也意味着一种长期压抑心态的释放。直到后来与长班争执,王子安才发现自己原来被狐狸戏弄了。这种借士人等待放榜的紧张心理制造恶作剧的情节,在后来的小说描写中我们也能看到。《官场现形记》第二回"赵孝廉下第受奴欺"一段,即写赵温的奴仆贺根为发泄对主子的不满,找到一个卖烧饼的小贩假充报子,谎传赵温中了会魁,最终讹了赵温十两银子。而王子安在幻相迷狂中,"自念不可不出耀乡里"的心理,又能引导我们将考察的目光从士人本身移向他们周围的人与社会。

《聊斋志异》中的《镜听》篇,即从家庭视角写出了科场结果引发的一系列变化。山东益都县的郑氏兄弟都是读书人,大郑出名早,父母偏爱他,对大儿媳也好;二郑科场失意,父母不太喜欢他,也就讨厌二儿媳。二郑媳妇就劝二郑发奋努力,为老婆争口气。这一年乡试后,天气还很热,两个媳妇都在做饭。忽然有骑马的人登门报喜,说大郑考中了举人。郑母赶紧跑进厨房喊大儿媳说:"老大考中了,你可以凉快凉快去了。"二郑媳妇又气又难过,一边掉泪一边做饭。不一会儿,又有人来报喜说二郑也考中了举人。二郑媳妇听说,用力一扔擀面杖,起来说道:"我也凉快凉快去!"这句话是她心中积聚已久的气愤之情的彻底释放。蒲松龄在"异史氏曰"中说"贫穷则父母不子",直接道出了科场成败对家庭伦理的现实影响。

《凤仙》篇中的凤仙虽身为狐女,却也是一个好胜之人。凤仙二姐夫丁生家境富裕,家庭聚会时凤仙的父亲十分亲近丁生,亲手给他送水果,而与凤仙相好的刘赤水则受到冷落。凤仙气愤不过,劝刘赤水一定要努力备考,博个功名,为闺中人吐气。她还用一面镜子专门监督刘赤水读书。后来刘赤水果然中举,圆了凤仙的心愿。

《胡四娘》篇则写出了一种隐忍的等待。胡四娘的丈夫程孝思是入赘到胡家的,这种身份令胡家其他人对程孝思极为鄙夷,甚至连仆婢也对他加以揶揄。胡四娘的二姐曾说:"程郎如作贵官,当抉我眸子去!"丫头春香也开玩笑奉上自己的眼睛。但程孝思与胡四娘面对家人的嘲讽都隐忍不发,程孝思更是暗自努力。后来,程孝思连战连捷中了进士。这时候,家人开始极尽谄媚奉承,胡四娘却"凝重如故"。倒是胡四娘的丫头桂儿追着要挖掉春香的眼睛。虽然胡四娘始终稳重,但丫头之间这种残忍的报复行为,已可令读者想见程孝思、胡四娘一方承受的巨大的精神压力。

蒲松龄了解世态炎凉,他也很厚道,在小说中成全了那些承受着科场精神压力的妻子。《醉醒石》第十四回《等不得重新羞墓 穷不了连掇巍科》则展示了另一种结果:妻子莫氏含辛茹苦相伴丈夫苏秀才十年,却仍看不到他中举的希望。终于,她决定改嫁离开。功名幻灭,世态炎凉,真正的现实可能就是这样残酷而无奈的。

六
子嗣寄托与伦理叙事

伦理类题材在《聊斋志异》中亦占有不小的比重，蒲松龄的乡土宗法观念亦可从中体现，本节就以子嗣问题为中心展开讨论。

《聊斋》同题改编中的子嗣问题

《聊斋志异》的很多作品都是基于前代小说既有的题材类型进行的加工与再创作，如果我们比较《聊斋志异》与前代小说的同题材创作就会发现，除了笔法风格层面的纯熟，《聊斋志异》在思想内容上也有很多变化，其中子嗣问题便是一个比较突出的方面。而这一问题，我认为也体现着蒲松龄作为一个乡村知识分子的身份印记。

我们可以先来看两个例子。

在唐代小说中，出现了不少侠女复仇型故事，如《原化记》之《崔慎思》、《集异记》之《贾人妻》等。其中一种重要的情节类型是：侠女为了复仇隐姓埋名时，为了表现得更像一个普通人，她们会找一位男性成亲过正常的生活。侠女的真实身份，丈夫当然是不知情的，夫妻二人不久有了孩子。有一天，侠女复仇成功，提着仇人的人头来见丈夫，并说明了实情。为了躲避后续的麻烦，侠女要从此离去，但临走前她想再去看看孩子。待侠女离去，丈夫找孩子的时候，发现孩子已经被侠女杀死了。

唐代小说中很多侠女形象都是冷静，甚至无情的，她们杀死孩子，远走高飞，应是要永远断绝念想。这个故事在唐代之后，也不时被小说家改写，而侠女杀子的结局基本上都被保留了下来。

然而，到了《聊斋志异》，故事里关于孩子的描写就发生了变化。《聊斋志异》里有一篇就叫《侠女》，故事主线仍是侠女复仇。在侠女与老母亲隐姓埋名伺机复仇的过程中，得到了邻居顾生母子的接济。顾生的母亲对侠女有好感，很希望侠女能嫁给顾生，为顾家延续子嗣。侠女因有复仇任务在身，拒绝与顾生成亲，但为了报答顾生母子，她还是私下与顾生发生了关系，为顾家产下一子。侠女为了产子，甚至还推迟了自己的复仇计划。后来，侠女大仇得报，同样对顾生说了实情并远走高飞。侠女临行前不仅没有杀子，还预言孩子将来能光耀门庭。后来此子果然十八岁就中了进士。

还有一个例子，在明代的《耳谈类增》《万历野获编》等笔记中，皆记载了刘庭蕙失子复得的奇异故事。其大概情节是：刘庭蕙的儿子丢失，有异类变作刘家儿子的模样在刘家生活，且比刘家儿子更加聪颖。后来，真正的刘家儿子被偶然发现，回到家中。家中的假儿子被识破，逃走。《聊斋志异》中的《周克昌》篇即是根据这个故事改写的。历史上刘庭蕙实有其人，且其家有七子。《周克昌》则虚构为淮上贡生周天仪，只有周克昌这一个儿子，这便凸显了周天仪失子所带来的子嗣危机。周克昌丢失后，一个精怪变作周克昌的模样在周家生活。周克昌本是顽钝之人，连秀才都没考上，但这个假周克昌却聪颖异常，中了举人，还娶了赵进士家的女儿做妻子。后来假周克昌离开，真周克昌回来，他直接继承了前者的功名与娇妻。周妻也生有一子,延续了家里的香火。

《侠女》与《周克昌》的改写,都有意识地突出了子嗣问题,并且还将科场功名与子嗣统一在了一起。这种现象也引发我们思考蒲松龄写作背后的文化心态与思想动机。

子嗣功名的补恨意味

如果我们将考察视野扩展到整部《聊斋志异》,就会发现,书中士人大多怀有子嗣焦虑。比如,宗子美"常患无子"(《嫦娥》),乐仲"无嗣之戚,颇萦怀抱"(《乐仲》)等。在《小翠》《阿英》等篇目中,异类女性能否产子,成为她们同士人交往中的重要问题。与此相适应,《聊斋志异》中也出现了仙女生子、狐鬼生子、失子—遇子、存孤、老来得子等诸多与子嗣相关的叙事模式。《聊斋志异》中那些比较圆满的故事结局,通常会叙及子嗣的延续。

联系中国古代传统观念来看,子嗣问题实与孝道紧密相连。一方面,子嗣传承可视为个人生命与家族血脉的延续。另一方面,子嗣传承也留下了光耀门楣的希望,子孙获得功名可使父祖生辉。

前已提及,追求科场功名是明清时期一种普遍的世俗愿望。某些父母本身并非读书人,却希望子辈科场扬名。《聊斋志异》中甚至出现了一些极端的例子。比如《某乙》篇,小偷某乙获得财富后,做了三件要事:建楼阁,买良田,以及为儿子纳监。《金和尚》篇,金和尚聚敛财物,声势煊赫,却不满足。他买一养子,悉心培养,后此子中举,"由是金之名以'太公'噪","向之'爷'之者'太'之,膝席者皆垂手执儿孙礼"。这种子辈功名带给父辈的殊荣，是金钱、权势难以替代的。对于祖辈、父辈本为读书人的家庭而言，其"继书香"的愿望便更为强烈。蒲松龄之妻刘氏便曾对自家"三子一孙，能继书香"（《述刘氏行实》）的状况感到欣慰。《张鸿渐》篇，名士张鸿渐流亡在外，后归家得知儿子参加乡试，不禁对妻子潸然泪下："流离数年，儿已成立，不谓能继书香，卿心血殆尽矣！"《邵女》篇，寒士邵生本希望女儿嫁个读书人，却因家贫，无奈将女儿嫁给富户柴廷宾为妾。此举遭到儒林耻笑。后来，邵女之子"八岁有神童之目，十五岁以进士授翰林"。邵生不仅使继书香的愿望得以实现，更因外孙荣身显贵。士林之人本羞与为伍，至此，"始有通往来者"。

那些获得科场功名的子孙辈，对于父祖共享声名荣耀之事，也颇为用心。《曾友于》篇，曾友于父子同中举人，他们"不赴鹿鸣，先归展墓"。这种获取功名后及时拜祭父母的行为，正体现了《孝经》令子孙扬名，以显父母的孝之内涵。《太医》篇中，孙评事的愿望是："我必博诰命以光泉壤，始不负萱堂苦节。"后来，孙评事病重，不禁感叹："生不能扬名显亲，何以见老母地下乎！"

《聊斋志异》很多故事结局都回归生活常态，子辈、孙辈多读书、入泮，显示出一种充满希望的生活前景。《霍女》篇末，霍女现身，送给小仙银两，并言："将去买书读。"这个细节体现着长辈的关爱，又流露出对后辈"继书香"的朴素期待。如果将《聊斋志异》士人中子辈与父辈的功名状况进行对比，便会发现，多数情况下两辈士人命运竟呈截然不同之态。《聊斋志异》中的父辈士人形象多为偃蹇困顿者，主要表现为生活贫寒、鲁钝福薄、科举失意和英年早逝。子辈士人形象则为春风得意者,主要表现为:天资聪颖、少年登第、仕途顺利和前景光明。父辈的失意、遗憾之处皆被子辈弥补,父辈的扬名心愿也凭借子辈功名实现。这样的情节模式,从行文结构看,可视为一种完美结局,而从更深层面看,则体现了落魄士人欲借子辈功名吐气、补恨(即补偿遗憾)的意识。

关于子辈功名与父辈功名的关系,明清小说中也多有涉及。《儒林外史》第十七回,浦墨卿等人即由赵雪斋与黄公同辰不同命,进而谈论到子辈进士能否替代父辈进士的问题。这样的争辩,其实反映了父辈看待子辈功名的复杂心理。他们固然希望子孙获取功名,但又往往会为自身的不济而抱恨不已。他们关于子辈功名的补恨意识,也是在个人年齿徒增、功名无望的条件下,才逐渐变得强烈。蒲松龄对自己的子孙们也报以很高期望。蒲箬、蒲筠入泮时,他曾喜道:"眼中但见一芹青,抱卷亦犹生颜色。"(《四月十八日,喜箬、筠入泮》)后来,孙子蒲立德亦入学,蒲松龄对他提出了更高的功名期待:"微名何足道?梯云乃有自。天命虽难违,人事贵自励。"(《喜立德采芹》)而当蒲篪放弃读书,决定另谋生路时,蒲松龄则失望言道:"今忽吐微情,弃卷拟执鞭。废读从此始,使我心刺酸。"(《篪欲废卷》)遗憾的是,蒲松龄和他的三子一孙,最终都没考中举人。蒲松龄也只能借助《聊斋志异》中的完美结局,满足他对子辈功名以及个人补恨愿望的想象了。

伦理叙事中的子嗣

除了补恨寄托,子嗣也构成了伦理叙事中的重要一环。乡村社会的宗法伦理是维系地方生活秩序的重要道德基础。蒲松龄作为一个颇具使命感的乡村知识分子，也会有意识地在小说中宣扬伦理道德。他根据"父慈子孝，兄友弟恭，夫义妇顺"等人伦标准，树立了许多人物典型。比如《曾友于》篇中的曾友于，即是一个致力于维系家族和睦、团结的道德完人。在《聊斋志异》的清代传播中，道德伦理型故事曾经很受欢迎，因为接受者所处的思想、社会环境与《聊斋志异》反映的面貌相差不大，人们很容易从中产生共鸣。《聊斋志异》也确实发挥了一定的教化作用。但近现代以来，《聊斋志异》中的道德伦理型作品在评价中逐渐被边缘化，因为其中很多思想观念现在看来已显得不合时宜，甚至颇为陈腐。因而，我们今天再来解读这些作品，也更侧重于其叙事层面的价值。这里，我们重点探讨《聊斋志异》伦理叙事的一个重要主题——存嗣争产。

以《段氏》篇为例，段瑞环四十余岁而无子，其妻连氏却为人好妒忌，不许丈夫纳妾。后来，随着夫妻二人的衰老，段瑞环的侄子们开始欺占抢夺段瑞环的财产，到了寸土不留的地步。连氏此时后悔已晚。正在她绝望之时，忽然出现的一个年轻人段怀给其生活带来了转机。原来段怀的母亲曾经是段家的婢女，因与段瑞环有私情被连氏赶走了，而那时婢女已经怀有段瑞环的骨肉了，也即段怀。段怀帮着连氏争回了自家的家产，连氏经历了极致的悲喜体验，也总结出了一个道理："如三十不育，便当典质钗珥，为婿纳妾。无子之情状，实难堪也！"这篇小说虽意在教化，但情节的转折与对比，仍能为读者带来一些阅读乐趣。

《小梅》同样涉及存嗣争产的现象，且更着重于刻画人物。

小梅作为小妾不仅具有理家能力，能为丈夫王慕贞分忧，还在子嗣争产问题上具有先见之明。她在与王慕贞成亲、生子的重要节点，皆主动邀请当地有名望的乡绅黄公来见证。小梅母子离家几年后，王家发生变故，王慕贞病逝，族中无赖欺凌孤寡，王家家产日损，奴婢四散，王慕贞前妻长子又夭折，在这个紧要关头，是小梅带着儿子出现，力挽狂澜。当族人质疑小梅儿子身份的时候，小梅再请黄公作证。至此，可见其心思之缜密。而黄公这种功能性人物在存嗣争产型情节中也常能见到。比如，《醒世姻缘传》亦涉及复杂的族人争产问题，小说安排徐大尹这一人物始终串联着晁梁的重要经历，见证其身世，也是为争产情节埋伏笔。

最后，需要说明的是，《聊斋志异》中的一些子嗣故事在后世解读中，还会分化出不同的方向。比如，《土偶》篇写的是丈夫马某早逝，妻子王氏不改嫁。后来王氏祭拜的丈夫土偶竟然通灵，令妻子怀孕生子。面对邻人的质疑，官府帮着证明此子确为马某之子。这个故事如果只考虑其中的现实情节，则会有另一种解读方向，即官府所为可能只是为保全王氏名节的息事宁人之举，此时神异情节成为一种掩饰。这样看来，《聊斋志异》也是常读常新，说不尽的。

叶楚炎　中央民族大学文学院

主要研究方向为中国古代小说、明清文学等。著有《明代科举与明中期至清初通俗小说研究》《明清通俗小说婚姻叙事研究》，在《文学评论》等刊物发表论文八十余篇，主持国家社科基金后期资助项目"明清通俗小说婚姻叙事研究""《儒林外史》原型人物考论""古代通俗小说的文本标识与文体建构"等。

《儒林外史》：科举与士林

不仅是士人的梦想会无可挽回地走向崩颓，『士人』这一群体也在走向毁灭，而唯有放弃士人的身份，他们才能以新的面目开始自己的重生。

引　言
科举制度与科举身份：
士人的类别归属和角色定位

我们都知道《儒林外史》[1]是中国古代小说中的一部杰作，无论是胡适还是鲁迅，都将《儒林外史》视为中国小说中第一流的伟大作品。但我们可能不太了解《儒林外史》的"伟大"之处。表面看来，写于清代的《儒林外史》假托明代的历史，呈现的是明清士人在科举制度下的生存境况。就题材而言，它不如历史演义、神魔小说那样热闹；从现实意义的角度说，科举制度也早已消泯于历史的尘埃中，似乎与我们的现代生活没有任何关联。事实上，《儒林外史》自有一番在中国小说中独具一格的精彩，而其重点呈现的被围困于科举制度中的士人的窘境，也是我们这些现代人仍然要面对的现实难题。

为了便于大家了解《儒林外史》，我们先简单地介绍一下明清的科举制度。明清的科举考试分为三级，乡试、会试以及殿试。通过乡试的士人叫举人，通过会试的士人叫贡士，而通过

---

[1] 本篇《儒林外史》的文本皆出自[清]吴敬梓：《儒林外史》，北京：中华书局，2013年。

殿试后便成为进士。但科举考试的流程绝不止这三级，它的复杂之处在于，在乡试以下它还有程序繁复的资格考试阶段，而绝大多数士人之所以无法参加乡试，原因就在于他们难以通过乡试以下的这些资格考试。资格考试主要有两级。第一级是童子试或童试，参加考试的士人叫童生，只有通过童子试，他们才能成为秀才。我们看到童子试、童生，就会觉得参加考试的都是小朋友，但其实不是。"童"不标识年龄，而只标识士人在科举考试中的初阶地位，一个十岁左右的小朋友去考童子试固然是童生，倘或一个士人考到五六十岁还没有考上秀才，他依然还是童生——我们后面将要讨论的周进和范进就是这样的老童生。童子试主要分为三个层次：县试、府试和院试，分别在县里、府里以及省里考，童生只有在某次童子试中连续通过这三个层次的考试才能进学成为秀才，倘或在其中的某一层次落榜，下次参考时只能从头由县试开始考起。

通过童子试后，士人就从童生晋级成为秀才了。如果对科举制度稍有了解，可能会有一个错觉，觉得秀才就可以参加乡试了，但其实不是，秀才还必须通过第二级的资格考试即科考，才能参加乡试。与童子试一样，科考也主要分为三个层次：县试、府试和院试，并且同样，在某次科考中只有连续通过这三个层次的考试，才能获得乡试的资格。

所以简单说来，明清的科举制度既包括乡试、会试、殿试这三级考试，也包括乡试之下以童子试、科考为主的资格考试，而一个士人，从最初阶的童生，必须通过这层层的考试，才能最终考到殿试，成为进士。对于士人而言，考试层级的繁复其实也不是最大的问题，最大的问题是每一级考试的录取率都低得吓人。以明代为例，童子试的录取率是5%，也就是说一百个童生中只有五个能考取秀才；决定秀才能否参加乡试的科考的录取率是在8%~16%左右，这也就意味着非但不是所有的秀才都能参加乡试，而且能通过科考参加乡试的秀才只有10%左右；录取率最低的是乡试，只有3%~4%，之所以录取率如此之低，是因为通过乡试对于士人而言有着非同一般的意义——关于这一点，我们到后面的部分再说；相对于乡试，会试的录取率要好一些，能到10%，但需要注意的是，相对于在省里举行的乡试，会试荟萃了全国最顶尖的士人，而且还不只是应届的考生，往届的举人只要没有考上进士的，都可以参加会试，所以一个参加会试的考生要和历年以来全国所有最顶尖的士人竞争，争取从10%的录取率中脱颖而出成为贡士，其难度可想而知。对于某位士人而言，通过会试之后，就可以对他说一声恭喜了，因为殿试的录取率几乎是100%，也就是说，只要不出意外，基本上所有通过会试的贡士都能在殿试中取得进士的名号。这当然是可喜可贺的，但我们千万不能被这百分之百的比率蒙蔽，因为回过头去看一看，童子试、科考、乡试、会试，每一级考试录取率都低得吓人，能最终进入殿试的士人实在是凤毛麟角。因此，到了殿试，100%的录取率只是一个幻象，而每一级考试90%乃至更多的淘汰率才是科举考试的实质。

　　了解到明清科举考试层级的繁复以及每一级的低录取率，我们才会知道科举考试对于士人来说意味着什么：不是他们平步青云、光耀门庭的现实依靠，而是日复一日、年复一年泯灭希望的无尽折磨。尽管他们以中举人、中进士为人生的最大目标，但绝大多数士人终其一生都只能停留在秀才甚至是童生这样的初阶位置上，永远不可能往前再迈进一步。而除了科举制度，他们又别无其他实现理想和人生抱负的晋升渠道，因此，尽管科举制度给予的机会极为有限，但他们也只能将所有的希冀都投到这极为有限的机会上，在一次又一次努力、失败的无限循环中消耗自己的人生和意志。需要注意的是，对于普通人而言，人是一年一年地老去，但对于科举中人来说，他们的生命周期是和科举考试的时间密切结合在一起的，乡试、会试，以及乡试之前的科考都是三年一次，因此，从这一意义上说，他们不是一年一年，而是三年三年地衰老，倘或这一次没有把握住科举的机遇，到下一次考试的时候，他们已经老了三岁。

  从以上介绍中，我们可以想见明清科举社会中士人普遍的生存境况，而这些生存境况都淋漓尽致地呈现在《儒林外史》中。从士人身份的角度看，由于科举制度的存在，士人到达科举考试的层级，决定着他们会具有怎样的科举身份：童生、秀才、举人、进士等身份都由此而来，这些科举身份也都被带入了《儒林外史》中，既成为那些形色各异的士人最显著的外在身份标识和类别属性，同时也塑造着他们的性格，成为影响他们行为方式以及处世之道的关键要素，可以说，在科举身份与小说人物的角色定位之间，存在着千丝万缕的联系，而这也是后面我们要分析和讲述的重点。

  事实上，之所以《儒林外史》能如此深切而全面地呈现科举社会中士人的生存境况，与作者吴敬梓的家世、生平也有着密切的关联。吴敬梓出身于全椒吴氏，在其曾祖一辈，兄弟五人中有四人考中进士，吴敬梓的曾祖吴国对是顺治十五年（1658）的探花。吴氏家族因为科举而发家，并由此成为全椒当地的望族。但吴敬梓这一房，自祖父开始便没有在科举上取得更为显赫的功名。吴敬梓的祖父吴旦、父亲吴霖起都没有通过乡试，而吴敬梓自己也只是一个秀才。科举对家族盛衰变化以及个体士人命运的深刻影响，出身科举世家同时又是科举中人的吴敬梓可以说对此有着极为深刻的感受和认知，而这些也都成为他写作《儒林外史》的重要资源。

乾隆元年（1736），吴敬梓被举荐参加博学鸿词之试，但他未赴廷试。此后，经过了冷静的思考和抉择，二十岁左右便已进学成为秀才的吴敬梓决定不再应科举考试，以争取一种更为自由的人生状态。而这一与科举制度的决裂也最终促生了《儒林外史》这部杰作的诞生。

一

童生：初阶士人的沉沦与传奇

《儒林外史》塑造了形色各异的诸多士人，在这些士人中，周进、范进应该是知名度最高的。即使是没有读过《儒林外史》的人，也至少应该听说过"周进撞号板"和"范进中举"。而周进、范进不仅是全书正文部分最先出场的两个主要人物，而且他们在出场时还有一个共同的身份：童生。

童生的穷困潦倒

我们在导言中曾提到，童生是最初阶的科举身份，而这身份也就意味着周进、范进到了五六十岁的年纪都没有通过决定一个士人能否进学成为秀才的"童子试"，这一童生的身份也直观地显现在他们所戴的帽子上。在明代，士人成为秀才后就可以戴方巾，方巾是一种方形软帽，同时也是成为秀才后士人身份的标志。由于没有考上秀才，在周进、范进刚出场时，一个戴的是"旧毡帽"，另一个戴的则是"破毡帽"，毡帽与他们童生的身份相符，而"破""旧"二字，则正显示出他们的困窘，这种困境和他们初阶的童生身份密切相关。

在古代社会，士人虽然是四民之首，但与农、工、商相比，在读书、应考之外，士人既缺乏谋生的手段，也少有固定的收入，对于童生来说尤其如此。与当了秀才之后便可以处个好馆或是当八股选家的士人不同，由于处在科举阶层的低阶，童生找到类似的工作要难得多，而读书、应考又是需要耗费钱财的事，对于大多数童生而言，常年沉沦于贫困的境遇是他们生活的常态。由此我们可以理解周进、范进出场时小说对他们穿着的描写。周进出场时是在新年的正月，按照常理，应该穿新衣服，可除了一顶旧毡帽，周进身上穿的直裰，右边袖子同后边坐处都破了，而脚上的大红绸鞋也是旧的。另一个老童生范进也是如此。范进初次出场时是在十二月上旬，但范进穿的却是件麻布直裰，因此冻得乞乞缩缩。可以说，几行文字间，这些破旧、单薄的衣冠既给我们栩栩如生地刻画出贫寒的周进、范进,也典型地呈现了童生阶层的普遍面貌。

童生人格遭遇侮辱

经济状况的贫寒还不是这些童生遇到的最大的难题,由于处于科举的初阶,他们要时常面对来自其他阶层的士人的歧视和欺侮,这构成了对于这些童生更为严重的伤害。周进的故事其实就是围绕这些伤害而展开的。

在山东省兖州府汶上县的薛家集,周进遭遇了当时刚刚进学的新秀才梅玖。在酒席之中,梅玖处处针对周进,不断用言语挤对和侮辱周进,他宣称"老友是从来不同小友序齿的",即身为童生的周进没有和自己平等交往的资格。他说了一个"一字至七字诗":"呆,秀才,吃长斋,胡须满腮,经书不揭开,纸笔自己安排,明年不请我自来。"表面上说的是秀才,但实际上其中的每一句肆意嘲笑的都是周进。最后又以"但这个话不是为周长兄,他说明了是个秀才",再次刻毒地点明让周进困窘难堪的这一童生身份。(第二回)可以说,在这场宴席中周进受尽梅玖的欺凌。而奇怪的是,在此之前,周进与梅玖素不相识,两人之间也并无宿怨。梅玖为何要如此凌虐周进呢?

其原因便在于两人科举身份的差异,周进是一个老童生,梅玖是一个新秀才,在这场宴席中,其他参与者都是普通的乡民,而唯有周进和梅玖是士人,因此也唯有周进头上的那顶"破毡帽"可以衬显出梅玖头上戴的"新方巾"的荣耀。就此而言,梅玖之所以要如此肆无忌惮地欺侮周进,就是为了向众人炫耀自己刚取得的秀才身份,因此他不放过任何一个可以挤对周进——同时也是凸显自己的机会，而身为童生的周进只能成为这一炫耀的牺牲品。

不仅是在面对更高阶层的士人时，这些童生会受尽欺侮，在面对普通大众甚至自己的亲戚时，这些童生也是被嘲笑和损害的对象。在薛家集的宴席上，当梅玖在用言语欺凌周进时，薛家集的那些普通乡民也随之一起笑起来，这种集体性的鄙视和嘲弄同样严重地伤害着周进。而在范进的故事中，则集中展现的是来自亲戚的伤害。由于缺少应考的盘费，范进去向自己的岳丈胡屠户借钱，却被胡屠户骂了一个狗血喷头，说他是"癞虾蟆想吃起天鹅肉"，又骂他："像你这尖嘴猴腮，也该撒抛尿自己照照！不三不四，就想天鹅屁吃！"（第二回）从这些辱骂中，我们同样可以想见平日里范进所遭受的损害和侮辱。

因此，当我们深切地读懂并理解了老童生周进与范进的生存窘境之后，再回过头来读"周进撞号板"以及"范进中举"这两个经典情节，就不会觉得这些情节只是对于周进、范进这些士人的讽刺。周进撞号板之后，"只管伏着号板哭个不住。一号哭过，又哭到二号、三号，满地打滚，哭了又哭"，范进因中举而发疯，"拍着手大笑道：'噫！好！我中了！'"，并且"头发都跌散了，两手黄泥，淋淋漓漓一身的水"。（第三回）固然从这些夸张的描写中，我们可以看到充满了喜感的辛辣讽刺，但我们更应该将周进、范进在数十年科举之途的辛苦跋涉中所遭受到的一切都填充到这些夸张可笑的言行中，如果我们明了这些老童生所受到的数十年如一日的嘲讽、欺凌、侮辱、伤害，我们就不会只觉得这些言行夸张可笑，而是能够体会到他们大哭大笑背后深沉的苦痛，并充满怜悯地看待他们的言行，而这也正是鲁迅所指出来的《儒林外史》"戚而能谐，婉而多讽"的精华所在。

初阶科举身份的隐喻

奇妙的是，以童生身份出场的周进、范进最后都通过科举考试考中了进士，并成为显宦。但倘或我们追寻一下他们实现这一身份逆转的过程，就会发现中间充满了各种虚幻。由于撞号板所引发的风波，周进被一众商人同情，最后这些商人集资替他捐了一个监生。监生的身份也就意味着周进可以绕过程序繁难、录取率极低的资格考试，得以更为便捷地进入乡试考场，而一直考不上秀才的周进，也就像是坐上了高速列车一般，接连通过了乡试、会试和殿试，成了进士。在周进任官后，他在广东担任负责考试的学道，并遇到了前来赴考的同样是老童生的范进，出于某种共情，周进细心地一连看了三遍范进的卷子，终于发现其中的好处，并取中范进为秀才，也从此将范进送上了科举的坦途。

从这些科举奇遇记中，我们一面要为周进、范进终于得偿所愿而欣慰，一面却也不免会感觉这种奇遇似乎过于虚幻。事实上，在周进和范进的故事中，作者刻意运用这样的手法，将无比真实的童生生涯与他们此后的科举奇遇嫁接到一起，并用后者的虚幻来衬显前者的真实。在这样的衬显下，给我们留下难以磨灭的深刻印象的是周进、范进的童生身份，而此后他们成为进士的传奇更像是他们毕生追寻的那个梦境，他们可以通过不可思议的奇遇达成这样的梦境，也就意味着其他士人同样会为了这种虚幻缥缈的可能性心甘情愿地付出毕生的代价，但如同周进、范进一样真的能获得这些"奇遇"的士人又有几人呢？从这个角度说，小说起首部分的周进、范进的故事并不意味着士人都能到达理想的归宿，而是昭示着群体性的士人落难历程的开始，而这同样也是他们共同的初阶科举身份——童生所隐喻的。

二
秀才：地方文化精英的理想及其困境

相对于童生，秀才的生存境遇看似要好得多。成为秀才之后，便可以去一个好馆，通过教授学生读书获得一些钱财的收入；或者像《儒林外史》的马二先生一样，做一个选家，通过编选八股文选也能保证基本的衣食所需。并且由于童子试的低录取率，成为秀才颇为不易，因此在地方上，相对于其他的普通民众，秀才具有文化精英的声望和地位，并受到较多的尊重。由此我们可以理解新秀才梅玖在一众薛家集的乡民中为何会如此突出，他的趾高气扬并非只是由于个体性格的原因，也确实是秀才这一身份赋予了他如此倨傲的底气。

但倘或不与其他民众相比，而是将秀才放在整个由科举考试划定的身份体系中，那么秀才仍然也只是初阶的科举身份。并且与童生一样，秀才也没有直接参与选官的资格，他们都属于"民"的阶层，而不是"官"，如果从这个角度着眼，我们会发现，就生存境遇的困窘而言，看似地位更高的秀才与童生之间也并没有区别。

赤贫秀才倪霜峰

在《儒林外史》第二十五回出现了一个士人，他的样子是"头戴破毡帽，身穿一件破黑绸直裰，脚下一双烂红鞋，花白胡须，约有六十多岁光景"，看到这副样子，我们会产生一个错觉，小说开始部分出场的周进仿佛又来到了我们的面前：同样戴着旧毡帽，衣服、鞋子同样都是破旧的，同样也都是六十多岁的年纪。这个士人并不是周进，他叫倪霜峰，而他的身份也并不是周进刚出场时的童生，而是一个秀才。

说到这里，大家可能会有一个疑问，之前我们说过，考上秀才后士人便可以戴方巾，这也成为他们身份的标志。倪霜峰如果是秀才，为何戴的是毡帽呢？在《儒林外史》中，士人戴的每一顶帽子都有特殊的讲究，也都不曾戴"错"。在这里，倪霜峰看似戴了一顶与身份不符的帽子，但从其实际生活状况来看，我们就知道他为何要这么戴了。在小说中，倪霜峰出场时"手里拿着一张破琴，琴上贴着一条白纸，纸上写着四个字道：'修补乐器'"。也就是说，倪霜峰虽然是一个秀才，但由于太穷，因此只能从事修补乐器的行当，而倘或他戴着方巾去修补乐器，非但招揽不到生意，还会成为别人的笑料，因此他只能换戴毡帽，这一帽子的微妙变化正显现出倪霜峰的极端窘迫。

而对于倪霜峰为什么会这么穷困，我们也能从他的自述中找到原因："我从二十岁上进学，到而今做了三十七年的秀才。就坏在读了这几句死书，拿不得轻，负不得重，一日穷似一日，儿女又多，只得借这手艺糊口，原是没奈何的事。"可以说，倪霜峰的"穷"就是因为做秀才做出来的：秀才的读书生涯只会耗费钱财，却难以带来更多的经济收入，在日复一日、年复一年的入不敷出中，倪霜峰堕入了赤贫的境地，只能借修补乐器勉强糊口，就连自己的亲生儿女也都一个个地卖了出去。

从倪霜峰的故事中可以看到最为悲惨的"秀才"是怎样的，但进一步说，这也并非是秀才的极端状态，而是深刻地反映了秀才本质的生存境况：对于缺乏谋生手段以及经济来源的秀才而言，堕入这种穷困潦倒的境地其实是自然而又普遍的事情。《儒林外史》正是借倪霜峰这一人物呈现了这种秀才本真而又普遍的困窘。

无赖秀才和异化的马二先生

困窘的不仅是秀才的经济状况，还有他们的道德品行。在第二十二回牛浦郎的故事中出现了两个秀才，一个"穿一件茧绸直裰，胸前油了一块"，另一个"穿一件玄色直裰，两个袖子破的晃晃荡荡的"，从"胸前油了一块"以及"两个袖子破的晃晃荡荡的"这一细微却又极其生动的描写中，我们同样可以料见这两个秀才的经济状况也是困窘不堪的，但与老实本分的倪霜峰不同，这两个秀才一出场就以辱骂和殴打的手段对付王义安，最后从王义安那儿勒索了三两七钱碎银子才放过他。从这一幕中，我们可以看到这两个秀才的言行、举止与读书人完全没有任何的关联，却与地痞无赖颇为一致，而这种秀才的"无赖化"既是这些秀才品行堕落的一大表征，同时也代表了秀才品行变迁的某种必然趋势：由于经济状况的日趋恶劣，他们只能尽量凭借自己的身份和智识谋生，而这种对于身份、智识的无底线利用也就必然导致无赖化倾向的产生。

当然，《儒林外史》对于秀才品行的变化也没有都局限在堕落这一单一的维度上，秀才品行的异化同样是作者吴敬梓关切并重点表现的对象。在《儒林外史》第十四回中，马二先生是一个令人印象深刻的人物，他古道热肠，虽然自己没有多少钱，却还是尽力去资助蘧公孙、匡超人。即便是对曾要欺骗自己的洪憨仙，马二先生也以德报怨，在其死后帮忙料理了他的后事。可以说，在小说上半部所写到的诸多形象趋于负面的士人中，马二先生的侠肝义胆与温厚的性情可谓是一个异数。但《儒林外史》同样深切地反映了老秀才这一身份对于马二先生品行的深刻影响。

在马二先生游西湖这一经典情节中，马二先生对于西湖的景致并不在意，也无多少会心，他始终在看的其实是女性，先是一船一船的乡下妇女，然后是家世更好的那些在船上换衣裳的女客，此后在净慈寺中，马二先生更是近距离地领略到"那些富贵人家的女客，成群逐队，里里外外，来往不绝，都穿的是锦绣衣服，风吹起来，身上的香一阵阵的扑人鼻子"的风情。将这些描写单列出来，仿佛会觉得马二先生也有那种"无赖化"的倾向，但由于这些叙述是夹杂于马二先生游西湖的诸多细致描写中，同样前后又铺叙了马二先生对蘧公孙、洪憨仙、匡超人等人的襄助，我们又恍惚有马二先生不曾看女性的错觉，觉得对于马二先生的这一猜疑是对于这位温厚长者的厚诬。但事实上，这也正是作者用笔微妙的地方：他既写出了马二先生对于其他人的热情无私的帮助，但也同时借游西湖、看女性，深切地呈现了马二先生隐秘的内心世界。从根本上说，马二先生内心的情感抑或欲望是正常与正当的，但由于马二先生是一个选家，需要常年在外从事选八股制艺的事情，因此他也就常年远离自己的家庭和正常的婚姻生活。从这一意义说，小说正是借游西湖这一经典场景来揭示马二先生被压抑以至于有些扭曲的情感和欲望，而这也和马二先生的侠肝义胆、古道热肠糅合在一起，形成了更为复杂的性格面相。

如果说，通过王义安故事里的两个秀才，我们可以看到品行低劣的秀才那种愈发无赖化的倾向，那么马二先生的故事却向我们展现了端方温良的品性在长时间的秀才生涯中同样会被异化。由于出路狭窄，被视为地方文化精英的秀才只能长时间地困守在这一身份中，并陷入经济状况、品行以及情感不断受到侵蚀和扭曲的窘境。

三
贡生与监生：功名捷径抑或异路功名

贡生杨执中的人生选择

对于秀才而言，如果他们不能进入乡试考场并通过乡试获得举人的名号，那么他们就无法获得选官的资格，也就永远要停留在"民"这个阶层上。每次的乡试中，能进入乡试考场的秀才是极少数，而举人的名额更为有限，因此终其一生，绝大多数的秀才都只能困守在秀才这一身份中，难以再逾越半步。但考不上举人的秀才也不是完全没有出路，在科举制度中官方也给他们设立了科举考试之外的其他出口，这就是出贡。所谓出贡，也就是秀才在满足一定的条件后——如成绩或是资历等——可以通过出贡的方式进入国子监，并能够获得参与选官的资格。这样的士人被称为"贡生"，根据出贡的方式不同，又可分为岁贡、恩贡、拔贡、优贡、副贡等。出贡使得原本只是"民"的秀才也可以参与选官，成为仕宦，《儒林外史》第四十八回讲述老秀才余大先生通过出贡的方式被任命为徽州府学训导。对于始终无法考上举人的秀才来说，倘或要做官，出贡也算是一条不错的出路。

尽管出贡可以做官，但相对于科举正途，通过出贡的方式成为官员被当时的人视为"异路功名"，非但所获得的都是类似于府学训导这种低微的官职，也大多没有更好的仕宦前景。在《儒林外史》第十一回中，杨执中自称"乡试过十六七次，并不能挂名榜末"，按照三年一开科计算，乡试过十六七次至少要经历五十年，而在参与了五十多年的科举考试都不能考中举人的状况下，杨执中最后也是通过出贡的方式成了贡生。在成为贡生之后，和余大先生一样，杨执中也被任命为教官，即"应天淮安府沭阳县儒学正堂"，但杨执中最终没有接受这一官职，度其缘由，应是这一低微的官职很难符合杨执中对于自我的期许，因此，杨执中辞却了这一官职。

除了可以选官，贡生还有一重便利，即出贡后便可以到京城参加乡试。在明清两代，由于科举水准相对较高，南方各省的乡试竞争都极为激烈，即使是最优秀的士人也没有把握能够从竞争如此激烈的乡试中脱颖而出。但在出贡后，士人便可以去京城参加乡试，由于京城竞争相对没有那么激烈，举人名额也稍多，士人也便可以拥有更多的考中举人的概率。在马二先生出贡去京城赴考后，万中书称这"倒是个功名的捷径"，其原因也便在于此。

可问题在于，出贡的秀才都是此前无法通过本省乡试考中举人的士人，到了京城之后，理论上有比本省更大的考中举人的可能性，但考虑到乡试整体的低录取率，这些贡生考中举人的机会依然渺茫。在《儒林外史》中没有写到一个由于出贡而最终考上举人的士人，其背后的依托或许也在于此。因此，"功名捷径"未必确实，通过出贡，直接选官、屈就于异路功名，是这些士人更为现实同时也是更为普遍的选择。但问题在于，在选官之后这些秀才也就丧失了继续参加科举考试的资格，因此，究竟是选官成为位置低微的教官，还是在年老志颓的状况下继续考下去，去博取越来越微薄的机会，也便成为摆在这些贡生面前的一个艰难选择，而无论他们怎样选，二者都与他们热望的科举荣耀有着悬殊的距离。

由此我们可以反观杨执中成为贡生后的人生选择，小说中没有提及他继续应考，这就意味着两个选项他都舍弃了，其背后的缘由是两个选项都难以匹配杨执中虽已年老可依然高炽的功名之心。因此，杨执中选择走另一条求名之路，有关这一点，我们后面再展开。通过杨执中的选择，我们可以看到理论上是功名捷径的出贡其实只是食之无味，弃之也并没有那么可惜的"鸡肋"而已。

严监生和严贡生

与贡生身份有些类似的是监生，士人出贡后会进入设立于京城的国子监成为监生，但贡生只是监生诸多生源中的一种，在小说中更多的监生并非由出贡而来，而是通过援例，即捐纳一定钱财的方式"买"来的。不是秀才的普通平民也可以交纳钱财援例入监，这就产生了两方面的影响，一方面援例入监使得那些无法通过童子试成为秀才的士人可以绕过繁难的资格考试而触及乡试。在《儒林外史》中，周进撞号板后，金有余等商人每人捐了一些钱，帮周进捐了一个监生，原本只是童生的周进凭借着监生身份进入了乡试考场，并最终连捷中了进士。因此，与贡生相似，监生也成为周进这类士人的功名捷径。但从另一方面来看，由于可以用钱买监生的身份，诸多才疏学浅之人也得以进入国子监，这既导致了作为国学的国子监品质与声誉的下降，同时也使得"监生"往往成为不学无术的代名词，明清小说中塑造了诸多这种不学无术的监生，正是这一社会现实的生动写照。《儒林外史》里的蘧公孙便是如此，他在八股制艺方面一窍不通，但由于早先家境优渥，因此家里帮他援例捐了一个监生。

《儒林外史》里最有名的监生莫过于严监生，两茎灯草这一情节，既让严监生为普通读者所熟知，同时也在这一人物身上打下了吝啬鬼的烙印。事实上，倘或细读文本并仔细统计，你会发现在《儒林外史》中，严监生是花费钱财最多的士人之一，仅仅用吝啬来看待严监生未免有些简单了。相对于严监生对待钱财的态度，更值得关注的是他的"监生"身份。小说中没有明确叙及严监生是如何成为监生的，但从他有钱，而且所做的事情和科举考试完全没有关系等可以推测出，严监生应该也是通过交纳钱财的方式进入国子监的。因此，在科举身份上，严监生与他的哥哥严贡生就形成了一个意味深长的对照：两种身份看似相类，但严贡生是秀才出贡，算是这一类异路功名中的"正途"；而严监生的监生身份则是买来的，更是异路中的异路。这种异路中的异路的监生身份，进一步养成并深化了严监生的谨小慎微、胆小怕事的性格，同时，两者之间身份的差距，也是严监生颇受其兄长严贡生欺凌的重要原因，而防止严贡生觊觎、抢夺其家产，也是严监生各种行为背后的关键因素。

　　从"贡生"与"监生"中，可以看到科举身份对于士人命运的深刻影响，这两种相类的科举身份都属于异路功名，却由于其中存在的差别依然会形成彼此之间的倾轧。而从科举阶层整体性的角度来看，在由秀才、举人、进士等组成的科举序列中，贡生与监生都只是旁逸斜出的枝杈，尽管他们的存在给深陷科举泥淖的士人别开一条出路，但这条出路或许也就意味着他们要与自己的科举理想永别，同时即使是这条出路，也并非人人都能企及，做贡生靠的是秀才的年资，买监生则更是要有钱，这笔资金同样也并非家境贫寒的普通士人所能筹措。从这个意义上说，周进的科举之路是一个真正的传奇：这不仅在于暮年的周进绕过了童子试，之后能以风驰电掣的速度到达科举顶峰，还在于他能够获得一众商人的无私资助，对普通士人来说这种事情只会发生于梦幻中。

四
举人：咫尺千里的科名之路

通过乡试便可以成为举人。与资格考试阶段取得的秀才不同，举人可以直接参与选官，因此，乡试其实是横亘在"官"与"民"之间的一条鸿沟，只要能跨过这条鸿沟，士人就可以实现身份从"民"到"官"的飞跃。明白了这一层，我们就会知道为什么范进在中举之后会发疯，因为这意味着他再也不是受人嘲笑、被人歧视的一介寒儒，而是被众人艳羡并且争相追捧的"老爷"。不只是这种身份的变化，由于举人可以为官，因此也就成为极具价值的"投资"对象，这种投资可以是金钱、田地、房产，也可以是投资者自己，在范进中举后，张静斋给范进送了五十两银子以及东门大街上三间三进的一所空房子，自此以后，有送给他田产的，有送店房的，还有些破落户两口子来投身，情愿做范进家奴仆的。范家瞬间便从一无所有、连饭都吃不上的赤贫状态，改变为"奴仆、丫鬟都有了，钱、米是不消说了"的富贵人家，从中我们既可以看到科举的巨大魔力，也由此可以理解为什么这些士人仿佛中了魔一般，不惜将自己毕生的时间都耗费在科举考试中，去追逐那看似虚无缥缈的科举梦想。

近在咫尺的科名悬望：举人王惠的漫长等待

虽然举人可以为官，并且进士的荣耀看似也近在眼前、唾手可得，但会试的录取率只有10%，并且在三年一次的会试中，举人要和所有来自全国的应届、往届考生一起竞争，能从举人考上进士，绝非易事。从比例上说，能最终考上进士的举人只是极小的一部分，而绝大多数举人只能永远停留在这个阶层中，在看似近在咫尺的科名悬望里体会那种遥不可及的绝望。

在《儒林外史》中出场的第一个举人是王惠，并且他刚出场时是以一个新举人的面貌出现在读者眼前的。与第二回出场的新秀才梅玖一样，新举人这一身份也使得王惠趾高气扬、倨傲无礼，但与梅玖不同的是，由于科举身份更高，王惠施展傲慢的方式也与之有异。在薛家集的宴席上，梅玖几乎每句话都会针对周进，并用言语肆无忌惮地对周进进行嘲讽和侮辱，实际上梅玖是用践踏周进的方式凸显自己头上的那顶新头巾。不同于梅玖的眼中满是周进，王惠的眼中则是完全没有周进的存在。在周进与王惠攀谈时，王惠仿佛目空一切，既没有看到眼前这个人，也不会在意他到底是谁。而在用餐时，王惠更是完全无视周进，自己带来的鸡、鱼、鸭、肉堆满春台，却让也不让就坐在面前的周进，只顾自己大吃大嚼，任由周进在旁边看着。通过这一幕，我们看到了王惠较之于梅玖更为盛气凌人的傲慢，并且这种傲慢是通过完全目中无人的状态凸显出来的，而在其背后，举人，尤其是春风得意、志得意满的新举人的身份，提供了王惠如此倨傲的充足底气。

但王惠的倨傲并没有永远地保持下去，在他再次出场时，距离和周进的相遇已经过去了十几年，此时的王惠已是五十岁年纪。在与同乡荀玫的交往中，我们完全看不到那个倨傲无礼的王举人，反倒在对荀玫几乎无微不至的照顾中充分体现出其温厚、友善的性情。

对于王惠的这一性格"转变",可以从两个方面去理解。其一,周进与荀玫的地位不同。王惠在与周进的相遇中,是凭借高高在上的举人去无视身份微贱的童生,而他与荀玫的交往,则是同年之间身份平等的往来。彼此之间科举身份的差异,是王惠选择采用倨傲抑或亲善态度的根本原因。其二,王惠在成为举人之后,经历了十数年的等待,成为进士时已经五十多岁,从王惠"须发皓白"的形貌中,也完全可以想见这十数年的停滞和等待对于王惠意志的摧折,因此,新举人时的倨傲之所以消失,根本原因不在于性格的转变,而是长时间科举考试不断失意的消磨。

从安排情节的角度看,对于王惠所施加的无视和侮辱,当时只是老童生的周进没有任何进行反击的能力,因此,科举对于王惠的摧折有替周进复仇的意味,王惠这一前倨后恭的转变也会令读者觉得快意。

从表现主题的角度看,科举考试对于士人性格的影响也从中充分彰显出来:对于那些年老志颓、灰心丧意的科举中人而言,在人生的某一阶段他们或许也像王惠一样春风得意、志得意满,但科举考试的不断失利足以摧毁这一切。科举既拥有让士人"朝为田舍郎,暮登天子堂"的神奇魔力,也同样具有将士人的意志、抱负乃至性格都打磨殆尽的可怖力量。

尤其值得注意的是,不同于周进、范进等人在童生生涯中的长时间等待,王惠是十数年都停留在举人这一身份中,看似近在咫尺的进士,实则有千里之遥,这种无限接近的错觉与遥不可及的现实之间的强烈反差,产生了更大的改变士人的能量。

举人的集体性堕落：唐二棒椎

相对于最后还是中了进士的王惠，《儒林外史》下半部出现的唐二棒椎由于没有考中进士，身份仍是个举人，但奇妙的是，倘或不是小说中明确交代了唐二棒椎是一个举人，我们完全感觉不到他的这一身份。唐二棒椎的言行举止与举人完全没有任何的关联，我们看不到举人王惠的那种盛气凌人的倨傲，也看不到范进中举后别人对他的奉承和巴结，甚至小说都没有交代这个举人老爷的名字，"二棒椎"显然只是一个贬义明显的绰号，从中完全无法体会到一个举人应该具有的社会地位和名望。

事实上，正是从这个完全不像举人的举人身上，我们反而可以看到科举制度中举人的某些真实面貌。在小说中，涉及唐二棒椎最为重要的情节是他向余大先生请教的那个问题：他和一个侄子同年考中的举人，那个侄子来拜他的时候，送的是"门年愚侄"的帖子，如果他要回拜，是否应该用"门年愚叔"的帖子。这个问题引发了余大先生的勃然大怒：因为血缘关系被这些科举中人置于科举关系之后的次要位置上，这不啻是对于名教礼法的变乱。通过这一问题，唐二棒椎的不学无术以及被科举蒙蔽的昏聩都展现无遗，而"举人"也便由此成为意味深长的一个反讽：真正有才学、有操守的余大先生始终无法通过乡试，而类似于唐二棒椎这样腹中空无一物且完全不懂得礼法为何物的士人反而能侥幸考中举人，在低到可怜的录取率背后，科举考试缺乏公平、公允的标准更令人觉得荒谬和绝望。

除此之外，身为举人的唐二棒椎非但没有被人尊重和追捧，反而成为五河县极力追捧方家、彭家的诸多士人中的普通一员，和唐三痰、成老爹等人并无区别。这也意味着，即便是在地方上，举人也不再是那个高高在上的科举存在，而只是同样屈服于财势的普通大众，在对于财势无品行底线的趋附中，举人既自动放弃了自己作为高阶士人的优越感，同时也消泯甚至悖反着士人所理应担负的社会责任，这种泯然众人矣的社会现实，同样也是看似与进士近在咫尺的举人集体性堕落的一个重要表征。

五
进士与翰林：金字塔顶端的惶惑

速成的功名、速朽的品行：荀玫的堕落

《儒林外史》里也写到了攀登到科举金字塔顶峰的进士这一群体。前面几讲所说的周进、范进以及王惠都属于这一群体。可需要注意的是，这些士人都在科举考试的某一个阶段经历了令人绝望的漫长停滞和等待，虽然他们最终登顶，但放眼他们的整个科举生涯，很难说他们是科举的成功者还是失意者。周进、范进的学生荀玫则完全没有经历这种长时间的等待，他二十多岁就进学成为秀才，然后便连捷中了进士，可以说，荀玫是最为纯粹的科举成功者，也是科举之途上早达的典范，可即使荀玫已经以成功者的姿态登上金字塔的顶端，科举对他的影响依然挥之不去。

科举制度是一种选官制度，也就是通过考试的方式决定哪

些士人有资格出任官员。相对于贡生、监生、举人所获得的官职，进士出身的士人不仅所获的官职品秩更高，还拥有更好的仕宦前途，这是诸多士人将进士视为他们人生奋斗目标的根本原因。然而，在成为进士之后，虽然科举考试已经结束，但科举式思维却远未结束——下一步是获取更好的官职和更远大的仕宦前景，可以说，科举考试既开启了士人对于功名富贵的追求，同时也将这种追求内化为他们持之以恒、奋斗不休的人生信条。

在这方面，荀玫就是一个显例。在薛家集的一众乡民中，荀玫的父亲荀老爹可谓一个异数，他体现出的恳挚本分和尊师重道与其他乡民都不太相同，而这也代表了荀玫的家教与他本初的性格。但在成为进士后，荀玫便迅速背弃了他的父亲荀老爹所赋予他的这些本性，他更关心功名和升迁，而在荀玫的母亲去世之后，他竟然听从了王惠的建议，试图匿丧，以避免仕途受阻，好尽早考取科、道官员。就如同他的迅速登顶一样，荀玫从一个本性淳朴的少年蜕变为满腹功名热念、背弃孝道的小人，其堕落的速度同样迅疾。最后荀玫因为贪赃被拿问也正是这一堕落的必然结果。

从荀玫的故事中，我们更为深切地看到了科举考试对于士人那种无休无止的影响力，而所谓的科举成功与失意也便有了更复杂的意味：从科举停滞与等待的角度看，周进、范进无疑是失意的，可他们某些朴质的品性却也因此保存数十年之久，荀玫则相反，速成的功名带来的却是品行的速朽，这或许也是周进、范进等人虽是晚遇却可能在仕途保持令名，而年少得意的荀玫却终不免因贪赃被拿问的缘由所在。

把荣耀生生世世延续下去：鲁编修的困惑

从科举阶层的角度看，已经到达金字塔顶峰的荀玫等一众进士还不是最高的，因为还有一个顶峰上的顶峰，这就是翰林。在科举考试中，通过殿试的一甲三人都直接进入翰林院为官，状元任翰林修撰，榜眼、探花任翰林编修。此外，还会在二三甲进士中进行考试，即"馆选"，选出"庶吉士"进入翰林院学习。三年后，这些庶吉士再进行考试，优秀者留在翰林院任编修、检讨等职，其余则另授给事中、御史等职，被称为"散馆"。严格说来，馆选并非科举考试，但馆选却承接殿试而来，可以视为科举考试的一个延伸，而能够进入翰林院也就意味着他们是进士中最拔尖的人——或者是殿试的前三名，或者是馆选中的优胜者。更为重要的是，在明清两代，翰林官是包括阁臣在内的高级官员的主要来源，因此，如果谈到古代士人的最高理想，尚且不是进士，而是位于顶峰上之顶峰的翰林。

在《儒林外史》中写到了两个令人印象深刻的翰林，一个是鲁编修，一个是高翰林。《儒林外史》中往往将某位士人的姓名、字号等都交代得较为周全，但对于这两位士人却不是如此，我们只知道他们姓鲁、姓高，至于他们的名字，小说中完全没有提及，只是以"编修""翰林"去称谓他们。这一笔法显然有微妙的用意：对于这些登上了顶峰上的顶峰，看似最完美地实现了士人理想的翰林而言，似乎名字已经无关紧要，身份本身的荣耀足以掩盖一切，而这也是他们赢得世人景仰的全部原因。虽然从科举身份的角度看鲁编修、高翰林已经别无遗憾，但当他们到达科举顶峰时，他们人生的惶惑才刚刚开始。

鲁编修初出场时便抱怨自己是一个"穷翰林"。翰林院确实是一个清水衙门，但在翰林院任职的官员可以在乡试中担任主考，也可以担任省里的提学道，这都是有各种公私馈赠甚至是科场舞弊收入的差事，同时也是鲁编修期盼的差事，这从鲁编修的话中也可以知道，这些"肥美的差都被别人钻谋去了"，他只能"白白坐在京里，赔钱度日"。从鲁编修的谈吐中，我们看不到士人雅致的趣味与高洁的品行，只看到俗到不能再俗的对于钱财的希冀和愁绪。对于鲁编修而言，编修的意义似乎只是一个能够牟取到更多利益的职位，而当牟取的利益与这一期许并不相符时，鲁编修也便陷入了满腹愁怨的境地中。令鲁编修困惑愁怨的还不只是钻谋不到肥美的差事，其自身的科举荣耀无法延续下去，则是令他更为愤懑的事情。

鲁编修并无子嗣，只有一个女儿鲁小姐，因此，无人可以延续科甲成为鲁编修最为深切的忧虑。为了缓解自己的忧虑，鲁编修按照培养儿子的方式，将自己的女儿鲁小姐培养成了一个精通八股的绝世高手，但由于女性不能参加科举考试，也就意味着鲁小姐这样的绝世高手并无用武之地，而鲁编修的忧虑也就没有办法得到根除。为此，鲁编修又尝试通过为女儿结亲的方式解决这一问题。他看中了同样出身世家，并且看上去甚有才学的蘧公孙，让蘧公孙与鲁小姐成就婚姻，入赘到自己家中。可结亲之后鲁编修才发现，蘧公孙对于八股制艺一窍不通，并且根本没有通过科举考试获取科名的念头。而这不仅导致了鲁编修和蘧公孙翁婿之间的矛盾，也成为鲁编修最后病亡的诱因。而在鲁编修死后，鲁小姐又成为鲁编修人生理想的继承者：她督促自己和蘧公孙的孩子苦学，同时也将自己在八股方面的毕生技艺倾囊相授，试图用这样的方式弥补鲁编修和她自己的人生遗憾。

　　由此可以看到，对科举中人而言，对于科名、仕宦的追寻与渴望显然不是一朝一夕，而是一生一世。更进一步看，甚至也不是一生一世，而是生生世世。鲁编修无疑是科举成功者，可科举的成功也使得他永远无法摆脱对于利益的不懈追求和对科举成功的极度期许。因此，编修既是这一人物身份与性格的标志，也成为人物的终身禁锢，鲁编修永远也无法从这样的身份中走出。更进一步看，鲁编修又不仅仅只是一个特殊的个体，对于所有的科举中人来说，科名、仕宦都是生生世世的事情：科举失败者会寄希望于子嗣去实现成功，科举成功者更试图通过子嗣的科名来延续成功。只要成为士人，踏上科名之路，就子子孙孙再也没有停歇下来的时候。这种命运无休止的往复循环，无疑比及身而止的科举折磨更要令人绝望。因此，攀上进士以及翰林这样的科举顶峰，并不意味着科举考试的功德圆满，而只是重新开启了新一轮的循环。

六
雅集与祭祀：曲径通幽的求名之途

名士的空虚、惶惑和俗态

　　除了各种身份的科举中人，在《儒林外史》中还写到了诸多名士，这些名士有的曾参加科举考试，但对于科举考试最终采取了隔绝或疏远的态度，有些则根本与科举考试无关，无论是哪种情形，他们在小说中都有一个共同的身份"名士"。

表面看来，名士与科举考试保持距离，也便不会受到科举式思维的影响，从而避免了在科名与利益交织的人生漩涡中无法脱身。但究其实质，这些士人之所以选择做名士，而不是一直沉迷于科举，并非因为他们勘破了科举对于士人生存境况和品行造成的负面影响，而是因为他们无法用科举的方式得到期许中的科名，因此只能退而求其次，转而用其他的方式去获取"名"，做名士就是他们共同选择的一条道路。

与科举之士稍有不同，《儒林外史》中写到的名士多以群体性的状貌出现在小说中，围绕几次重要的文人雅集：莺脰湖之会、西湖之会、莫愁湖之会等，这些名士蜂拥而来，也由此展现出名士群体更为普遍而丰富的景观。这几次雅集各有特色，代表了名士群体的不同性格面相。在莺脰湖之会中，主办者是世家公子二娄兄弟，由于他们饶有资财且出手豪阔，因此莺脰湖之会也成为让旁人"望若神仙，谁人不羡"的一次盛会，但与表面的这种光鲜相比，与会的名士却是形貌各异：有的古貌古心，有的怪模怪样，有的打哄说笑，有的吟诗击剑。参与者本身的奇形怪貌与雅集呈现出的雅洁雅致形成了鲜明的反差，而这也成为对于莺脰湖名士群体的一个集中隐喻：这只是一群徒有名士之表的士人，除了形色各异的求名之心外，他们的内里都是空空如也。

与莺脰湖之会的豪阔相比，西湖之会的特色则是寒酸。和财力雄厚的二娄公子不同，西湖之会的参与者多是一些寒士。

西湖之会名义上是一次以诗歌唱和为主题的文人雅集，实际上无论是写诗的过程还是诗作的内容都完全被消泯，作为文人雅集的西湖之会也就同样处于空空如也的虚无状态。但从另一方面看，从"每位各出杖头资二星"的凑份子开始，直到对于馒头价格的锱铢必较，随着"诗"被遮蔽、"雅"被消解，被填充了经济内核的西湖之会又变得充实起来。这一"充实"却也使得西湖之会完全偏离了原本文人雅集应有的面貌和风韵，而成为市侩气十足的杂合。经由揭示这一杂合本质，所有笼罩在与会士人身上的"诗人""名士"名号都烟消云散，名号之下的原初身份暴露无遗，这些所谓的士人只是头巾店老板、巡商、时医而已，这既是西湖之会浓郁市侩气的由来，也是"诗"与"雅"完全没有存身之地的根本原因。

到了莫愁湖之会，聚会的主角又发生了变化，这虽然还是由名士组织并参与的雅集，但主角变成了六七十个唱旦的戏子，而以杜慎卿为代表的一众莫愁湖名士则成了他们技艺的观赏者。在莫愁湖之会中，杜慎卿们赢得了名震江南的风流之名，同时这些名士的隐秘需求也在这样的观赏中得到了极大的满足。由此我们也看到了这种风流、雅致背后的污浊与俚俗。

可以说，小说写及的文人雅集是这些所谓的名士借以成名的良机，同时也是我们可以更为清晰地审视他们内在的契机。这些名士看似远离科举，所做的都是一些风雅之事，但他们从未摆脱科举功利思维的影响，同样沉溺于名利之中，无论是对于写诗的趋之若鹜，还是刻意摆出的清高姿态，既是他们"求名"的方式，也是他们遮掩自己求名之心的幌子，就其内在的空虚、惶惑和俗态的展现而言，他们与科举中人完全没有任何区别，而从品行的堕落程度与趋势来说，二者也完全一致。

泰伯祠大祭：挽救儒林危机

可以说，《儒林外史》全面而深刻地向我们展现出科举制度下儒林士人所处的生存困境，这些士人或是晚遇或是早达，或是显宦或是名士，或是科举得意，或是功名蹭蹬……无论他们现实的境遇如何，都深陷在名缰利锁的泥淖里无法自拔，而整个儒林也处于士风日下的衰颓中。

在这样的颓势中，也有一些士人试图用建构礼乐的方式去挽救整个儒林的危机，这些士人就是下半部书写到的虞育德、庄绍光、杜少卿、迟衡山等。他们努力的高潮是泰伯祠大祭，小说细致地叙述了整个祭祀的过程以及所有参与其中的士人在其间担任的职司，而泰伯祠大祭也承载了这些士人重建礼乐以挽回儒林颓势的希望。需要注意的是，参加泰伯祠大祭的士人良莠不齐，其中既有虞育德这样品行高尚的士人，也有像马二先生这样热衷科名的科举之士，还有诸多参加过莺脰湖之会、西湖之会以及莫愁湖之会的名士。对于杜少卿、迟衡山等人来说，泰伯祠大祭是凝聚了他们心血和理想的盛典，但对那些名士而言，参与泰伯祠大祭不过是另一种与那些雅集相同的求取声名的机会，并可以用这次的祭祀来作为自己名士身份的名帖和日后自我吹嘘的谈资。因此，泰伯祠大祭在将整个情节推向高潮的时候，其自身其实也存在着这样的裂隙，而此后泰伯祠一步步地倾颓乃至崩塌，既代表着虞育德等士人礼乐理想的崩塌，其实也是这一裂痕不断发展的必然结果。

从这个角度来看，主导整个儒林变迁的，并非小说中着力去书写并褒扬的虞育德、庄绍光、杜少卿等主要人物，而是前面通过历次雅集所汇聚起来的诸多"名士"，他们虽然多是小说中的次要人物，但在他们身上，却更为深切地体现出科举对于士人乃至士林命运的巨大统摄，这些名士不仅是更为普通却又更为典型的儒林代表，也以自己的理想与追求向我们展现着科举制度对于士人无所不在且无比强大的影响力。

就此而言，我们也能对于《儒林外史》卧闲草堂本第三回的一处评语有更深的认识："慎毋读《儒林外史》，读竟乃觉日用酬酢之间无往而非《儒林外史》。"虽然《儒林外史》反映的是科举社会中明清士人的各种状貌以及他们的生存境况，但小说所呈现的又不仅仅只是这一特定社会文化下的那些特殊人物，而是有着更为深刻和久远的意义。

尽管我们已远离了那个科举盛行的时代，可那种以"功名富贵"为代表的功利性思维仍然会影响甚至左右我们的行为方式：书中所写到的那些言行举止还是会时常出现在我们的周围，甚至也牢牢地存在于我们自己的身上。这也就意味着《儒林外史》所呈现与反思的一切从未离我们远去，甚至通过这部小说我们亦能更为清晰透彻地反观自己，而这部小说也注定有着更为长久的生命力。

七
"幽榜":《儒林外史》的成书之谜

"幽榜"之惑

《儒林外史》全面而深刻地呈现了科举社会中士人的生存境遇,但以这样的眼光再看《儒林外史》的结尾,我们多少会觉得有些奇怪。现在我们看到的《儒林外史》多是五十六回,最末一回也就是第五十六回被称为"幽榜"。在这一回中,全书诸多的人物被置于一张类似于进士"金榜题名"的榜文中,但由于此时这些人都属于"已故儒修",因此这张榜文也就被称为"幽榜"。

"幽榜"的设置完全仿照科举考试而来,进入"幽榜"的五十五名士人被分为三个等级:第一甲、第二甲、第三甲,这也就是科举考试殿试的三甲进士。在第一甲中有三个士人,第一名是虞育德,第二名是庄绍光,第三名是杜少卿——这也是下半部书里的三个重要人物。表面看来,在与科举制度关系如此密切的《儒林外史》中,以一张类似于科举榜单的"幽榜"作为结尾似乎并无不可,但倘或我们了解《儒林外史》一路走来对于科举制度不断的批判、反思,我们就会知道,以赋予科名的方式给予书中人物以最终的荣耀,这样一种方式与整部书的意旨实际上是格格不入的。在全书中,吴敬梓所做的就是不断在探索士人如何才能摆脱科举制度的影响,并找寻到一条能够保持自身品行与自我尊严的出路,而以被纳入"幽榜"的方式回归科举的体系，显然与吴敬梓的这一创作本意相背离。

实际上，有不少学者都怀疑"幽榜"一回并非吴敬梓所写，而是出自其他人的手笔。这一怀疑也有切实的依据。在清人金和为《儒林外史》所写的跋语中便有"何时何人妄增'幽榜'一卷"，以及幽榜这一回"陋劣可哂，今宜芟之以还其旧"之语。和吴敬梓一样，金和也是全椒人，吴氏、金氏都是全椒的世家大族，并且两个家族世代通婚。金和的母亲就是吴敬梓的族兄吴檠的孙女，吴檠同时也是小说中杜慎卿这一人物的原型。金和与吴氏家族的关系如此密切，因此他的这一说法也受到了很多学者的重视。

除了意旨的不符之外，在"幽榜"一回中还出现了很多令人难以理解的错讹，考虑到全书末尾的重要性，很难想象吴敬梓会以如此不严谨的态度去应对这一回的写作。当然，对于这些错讹，也有些学者认为吴敬梓是在用这样的手法进行讽刺：利用朝廷开列的采访儒修榜单以及将这些人物纳入榜文时的疏漏，去讽刺明代统治者在这件事上的漫不经心。结合《儒林外史》往往被视为"讽刺小说"来看，这一说法当然有其合理性。但"讽刺"只是一种手法，而不是目的，很难想象到了小说的末尾，吴敬梓又在重拾从手法到文学意蕴都不甚高明的这种简单的讽刺，而综合全书来看，吴敬梓其实也没有始终停留在"讽刺"的阶段，而是不断以更为深刻的方式去进行批判和反思。

除了被一些学者集中怀疑的"幽榜"一回，在《儒林外史》下半部中还出现了一些"奇怪"的故事，包括郭孝子、萧云仙、沈琼枝、汤由、汤实、汤镇台、凤四老爹的故事等，这些故事涉及英雄传奇、历史演义、侠义公案、精怪妖魔等题材，并且充斥着所谓惊奇炫异，令人觉得可惊可怪的特色，这也使得原本题材冷淡的《儒林外史》看上去热闹了很多。如果将其与《儒林外史》本身的士人题材对读，我们便能觉察出他们在精神、意趣以及深刻程度上大相径庭，在叙述风格以及思想意旨等方面，两者之间也存在着颇多抵牾之处。因此同样有学者怀疑这些故事可能也不是吴敬梓所写。

因此，在《儒林外史》的成书问题上笼罩了诸多的迷雾：吴敬梓的原著究竟是多少回？这些可疑的部分倘或不是吴敬梓所写，又是因为何种原因进入《儒林外史》的？这些可疑故事的作者又究竟是谁？……而对于普通读者的阅读而言，这些问题的存在也似乎是一个颇具意义的提醒：提醒大家关注故事之间的参差和裂隙，并由此进一步去思考吴敬梓小说写作的本意。

"四大奇人"之尾章

如果"幽榜"一回并非吴敬梓所写，那么全书的结尾就是第五十五回所叙述的"四大奇人"的故事。这四大奇人身处市井之中，都是普通的市民，他们非但不是士人，与士人群体也基本全无关联，但这四大奇人却比沉溺于科举迷途中的士人都更像"士人"：他们各拥有一项琴棋书画方面的绝技，而他们也从不试图用这样的绝技作为筹码为自己带来更多的名利。不仅是这些绝技的持有和运用，四大奇人对于淳朴天性的保持以及对于名利诱惑的警惕和抵制，更是让书中的那些深陷名缰利锁难以自拔的士人都为之汗颜。从四大奇人身上，我们不仅可以更为清晰地看到小说的叙述脉络以及意旨的流动，也能探察到吴敬梓对于士人命运与出路的终极思考。

从叙述脉络和意旨表达的层面说，《儒林外史》的正文部分，从第二回开始到第二十五回，都属于上半部。整个上半部，写的是科举社会中儒林世风日下，各类士人品行堕落——到了上半部的末尾，匡超人的故事完美演绎了士人是如何堕落的，而牛浦郎则以其卑劣不堪的状貌显示出士人的道德底线已经跌落到何种程度。下半部从第二十六回开始，从儒林已经极度衰颓这一低处起笔，渐写渐高，直至写到品行最受推崇的士人虞育德、庄绍光、杜少卿等人，他们退出科举秩序并且重建礼乐理想的努力，让我们看到了儒林重振的迹象，这一努力的高潮是泰伯祠大祭。但在泰伯祠大祭之后，他们的礼乐理想也逐渐衰落，小说中的士人又走向了新一轮的沉落和堕落，而其终点便是陈木南、陈和尚、丁言志等末流士人。在第五十五回，已经崩塌的泰伯祠代表了虞育德等士人重建礼乐这一理想的最终崩塌，但这并不意味着作者对于士人的命运彻底绝望，在这一回出现的市井四大奇人则蕴藉了作者对于士人出路新的探寻和希望。

通过前面几讲可以清楚看到，无论士人处于科举金字塔的哪个阶层，乃至他们采取与科举疏离、决绝的姿态，科举的影响都无处不在，或许只有完全摆脱"士人"的身份，他们才能从这样的影响中摆脱出来。

可以说，吴敬梓不仅以小说的方式呈现了科举社会中士人群体性的生存困境，更是在以一部小说的形式试图探寻士人如何才能保持个体的独立和自由，而其结论则可能相当无奈，这也是结尾部分的四大奇人所昭示的：只有当士人彻底斩断与科举制度之间的所有关系以及彼此连接的可能性，并摆脱士人的身份之时，他们才有可能获得新的出路。因此，这既是一个终极的解答，也是一个最无奈的答案：不仅是士人的梦想会无可挽回地走向崩颓，"士人"这一群体也在走向毁灭，而唯有放弃士人的身份，他们才能以新的面貌开始自己的重生。

[清]梁亯:《观榜图卷》(局部),现藏于台北故宫博物院。描绘了殿试结束后,在清晨时分,众人举火查榜的景况。

［明］仇英:《观榜图卷》(局部)，现藏于台北故宫博物院。仇英描绘殿试后人们争相观榜以及皇宫内举行的相关庆典礼仪等情景。本图是皇宫内的部分场景。

苗怀明 南京大学文学院

兼任中国俗文学学会副会长、中国红楼梦学会副会长、江苏省红楼梦学会会长,"古代小说网"微信公众号创办者及主持人。主要著作有《二十世纪中国小说文献学述略》《中国古代公案小说史论》《风起红楼》《梦断灵山:妙语说西游》等,整理出版《陶庵梦忆》《西湖梦寻》《浮生六记》等。

《红楼梦》：家族与个体

可悲的是,这种代际冲突一代一代上演,没有休止,成为人生的可怕轮回。

引　言
《红楼梦》的家族情结与文学书写

聚族而居，这是古代中国人的基本生活方式。他们从出生之日起就在家族中成长、生活，即便是外出做官、经商，最后也大多会叶落归根，重返家族。每个人都是自己所属家族的一分子，带有家族的鲜明印记。生活在家族中，好处是可以看得见的，那就是可以得到家族的庇护，这既是生活及安全方面的保障，同时也是思想和情感上的依托。当然，这种集体生活也是有代价的，那就是必须遵守家族的规矩和约束，必要时需要为家族牺牲个人的利益乃至生命。

家族和个体，既有温情的一面，也有残酷的一面，这不仅是中国古代社会文化的重要问题，也是中国古代文学的重要题材，特别是中国古代小说，对此进行了较为全面深入的展示，其中以《红楼梦》取得的成就最高，也最具典型性。

《红楼梦》所写的就是典型的古代中国人的生活方式，如果按照现代的家庭观念，贾府至少要分成七个小家庭，包括贾赦、邢夫人一家，贾政、王夫人一家，贾琏、王熙凤一家，李纨、贾兰一家，贾敬一家，贾珍、尤氏一家，贾蓉一家，这还没算上贾母、赵姨娘等人。但是贾府并没有分家，而是聚族而居，即便荣国府和宁国府分成了两家，但彼此的关系极为密切，形成一种松散的家庭状态。大家生活在同一个家族中，享受着共同的祖先带来的荣耀和好处，同时也接受着家族的约束。家族成员去世，不管是秦可卿还是贾敬，都不能埋葬，而是停灵于家庙，日后回到原籍安葬。

《红楼梦》以宏大的篇幅描写了整个家族从盛到衰的全过程，通过生动逼真的描绘展现了整个家族的各个方面，可以说，这是一部家族小说。要全面深入理解和欣赏这部作品，家族是一个非常好的切入角度。以下从家族与个体入手，通过几个专题，揭示《红楼梦》家族书写的各个方面。

家族与个人，这个话题并不仅仅属于《红楼梦》，这是中国文学史上一个带有普遍性的话题。结合中国古代文学的实际创作情况来看，考察作者的家世有其必要性。前文已经说过，古代中国人聚族而居，家族出身问题一直受到特别的重视，它往往关系到一个人的前途命运及社会评价，并由此形成一套十分完整严密的宗法制度。魏晋南北朝时期盛行的门阀制度更是达到极致。这种制度及观念早已渗透到社会文化生活的各个方面，并对文学创作产生相当的影响。名门望族是人们羡慕的对象，从《水浒传》中杨志的家族荣誉感和精神压力不难看出家族意识在人们社会文化生活中的作用和影响。

就文学的发展演进而言，作家的文学创作通常会受到其父祖等先辈的影响，形成某种独具特色的家族文学传统。古人所说的家学除学术研究外，实际上也包括这种文学传统和影响在内。这种影响可以是思想意蕴层面的，也可以是艺术表现层面的。中国文学史上的文学世家就是最典型的例子，如三曹、三苏等，这样的世家有时甚至可以延续很长时间，如明清时期吴江的沈氏文学世家，其文学传统共延续十三世，四百多年，产生文学家一百四十人。这无疑是中国文学史上的一个奇迹，与欧美等国家的文学传统明显不同，有着浓郁的民族特色。其形成机制及其背后的社会文化心态，都是值得深入探讨的。

在红学研究中，人们常爱提及父祖及家庭文化氛围对曹雪芹创作的重要影响，确实如此。一方面，家族对作家本人的成长和创作具有重要影响，另一方面，家族也会成为文学作品的重要表现对象。

在家族社会中生活成长，受家族文化的影响，作家也会在其作品中流露出浓厚的家族意识，乃至直接将家族或隐或显地写到作品中去，尽管具体表现形式有所不同，或承袭其先辈的创作传统，或关注家族题材，或表达家族观念。在中国古代小说中，英雄传奇小说、世情小说这两类小说大多是以家族为题材，对家族问题给予特别关注，前者风格浪漫，多从外部冲突描写家族的荣誉；后者则较为写实，多从内部展示家族的真实生存状态。

显然，《红楼梦》的阅读和欣赏也应该从这些方面着手。这是因为作者在成长过程中，受到家族变迁的重要影响，其人生道路因之而改变，由此产生强烈的创作冲动，同时他又以写实手法把自己的家族历史、记忆及情结融入作品中，使作品带有一定程度的自传色彩。这是中国通俗小说创作的一次创新。

事实上，家世问题在这部小说中表现得较为突出，曹氏家族的兴衰巨变不仅改变了曹雪芹这位伟大作家的命运，而且也在其心灵上留下了永不磨灭的烙印，深深地影响着其人生观与文学创作，成为他创作《红楼梦》的重要素材和动力。在这部作品中，作者将家族的兴衰巨变作为一条十分重要的线索，给予充分展示，尤其需要指出的是，曹雪芹还把与自己家族有关的一些真实的人物和事件也巧妙地写进了作品。

毫无疑问，作品对各类家族问题所表达的见解出自作者刻骨铭心的亲身经历和情感体验，故写得特别真切，也特别深刻。由此可见，为研读《红楼梦》的需要而考察曹家的家世是有其必要性的，考察作品中家族和个体的关系同样重要，这是红学研究中必不可少的一个基本步骤和环节，是深入理解作品的一个重要切入角度。

一
从家世变迁到传世名著

众所周知，《红楼梦》是一部带有自传色彩的小说，其作者曹雪芹的家世和生平对深入了解《红楼梦》有着特别重要的意义：一方面家族的巨变改变了曹雪芹的人生轨迹，对其思想和创作产生重要影响，另一方面家族从盛到衰的历程又作为素材原型，被曹雪芹写入了作品，家族意识和情结成为作品中的一个核心话题。

曹氏家族的盛衰

说到曹雪芹的家世，首先会遇到一个问题，那就是祖籍。

这个问题看似简单，但解决起来并不容易，因为祖籍应该从哪一代祖先算起，研究者们的看法并不一致。前提不同，得出的结论自然也就大相径庭。

总的来看，有关曹雪芹祖籍问题目前主要有两种观点：一为辽阳说，一为丰润说。主前说的代表人物为冯其庸，其观点主要见于《曹雪芹家世新考》[1]一书。主后说的代表人物为周汝昌，其观点主要见于《红楼梦新证》[2]一书。结合各种说法所依据的材料及其相关论述来看，以辽阳说最为可取，也最具说服力，因为这一说法有当时大量的文献记载可证，同时也与曹氏家族成员本人的认知和说法一致。

追根溯源，明末清初是曹氏家族命运际遇发生重大转折的一个关键时期，这种转折对后来曹雪芹的生平、思想乃至《红楼梦》创作都有着较为深远的影响，因此，本书以这个时期为起点来探讨曹雪芹的家世。

曹家的兴起

从相关文献可知，曹家原为汉族，其先祖是北宋大将曹彬，曹氏的一支于明初在曹俊的带领下从内地迁居辽阳，辽阳在今辽宁沈阳南。曹俊也因此成为曹氏入辽之始祖。之后，曹氏家族在东北繁衍生息，不断发展，度过了一二百年尊崇、安逸的快乐时光。

曹家命运发生重大变化是在明王朝与满族后金政权发生争

---

[1] 冯其庸：《曹雪芹家世新考》增订本，北京：文化艺术出版社，1997年。
[2] 周汝昌：《红楼梦新证》增订本，北京：中华书局，2016年。

战时期。后金天命六年，即明天启元年（1621），清太祖努尔哈赤率兵攻下沈阳。曹雪芹的高祖曹振彦与其父曹世选兵败被俘，归籍满族，成为包衣，隶属内务府正白旗。包衣为满语，即家奴的意思。从将门巨族到皇家奴才，曹氏家族的身份和地位发生了一系列重要的变化。这种变化深深地影响着其后代子孙的人生轨迹。

曹振彦归降后则随清兵入关，因战功得以升迁，并由武职改任文职，历任山西平阳府吉州知州、山西阳和府知府、两浙都转运盐使司盐运使等职，这是曹家成为"诗书旧族"及发达的开始。

曹振彦有两个儿子，即曹玺和曹尔正。其长子曹玺是曹雪芹的曾祖父。曹玺，字完璧，因战功而成为顺治的亲信侍臣，曾任内廷二等侍卫、内务府郎中。他同时兼有多方面的才艺。曹玺之所以能得到皇帝的重用，除个人有才干、有政绩外，还有一个重要因素，那就是他的妻子孙氏曾担任过康熙皇帝的保姆。有了这层特殊关系，康熙对曹家自然会另眼相看，果然在他登基后不久，康熙二年（1663），就让曹玺出任江宁织造。曹玺全家由此迁居江南。个人的才干和良好的机缘使曹玺脱颖而出，为曹家的兴盛奠定了坚实的基础。

江宁织造始设于明代，到清朝仍延续旧制，与苏州织造、杭州织造为江南三个重要织造府。从表面上看，这是一个采买物品、督造织染之类的差事，年俸也不过一百零五两银子，月支白米五斗。但这实际上是一个肥缺，为皇帝采买物品，其中巨大的油水是可以想见的，而且还是钦命官员，可以专折奏闻，承担着了解时政、体察民情、笼络遗民等重任，颇受皇帝重视。

曹玺没有辜负康熙皇帝的厚望，他上任后清理积弊，捐俸赈灾，受到当地民众的好评。两次进京述职，康熙都深为满意，给予嘉奖。正是由于这些缘故，曹玺受到康熙皇帝特殊的信任和器重。织造一职本为三年轮替，康熙则打破这种惯例，让曹家专差久任，并且世袭，可谓莫大的荣誉，这为曹家的繁盛发达打下了良好的基础。

江宁织造府的府址就在今天南京的大行宫附近，曹玺和他的子孙们先后在这里生活了六十多年，足迹遍及南京及周边的地区如苏州、扬州等。虽然二百多年过去了，今天仍可在南京及周边地区看到他们留下的一些遗迹。对曹氏家族来说，这座饱经沧桑、有着丰厚文化底蕴的六朝古都有着特别的意义，家族兴盛的历史在这里开始，衰败也在这里。对曹玺和他的儿孙们来说，南京并不是一个地理上的暂住地，而是他们的故乡。

曹家的鼎盛

曹家达到鼎盛，成为江南望族是在曹雪芹祖父曹寅担任江宁织造时。曹寅是曹玺的长子，他自幼聪慧，能诗擅曲，终生笔耕不辍，具有很高的文化修养，又素喜广交天下才士，在江南文坛上有着很高的声望。曹寅还是当时有名的藏书家和刻书家，家藏许多珍本秘籍，他曾主持《全唐诗》《佩文韵府》等重要文化典籍的校刊。

到了曹寅这代，曹家经过多年的积累和发展，已经成为《红楼梦》[1]中所说的"诗书旧族"（第十三回秦可卿语），家族内

---

1 本篇《红楼梦》文本皆出自［清］曹雪芹、高鹗著，［清］脂砚斋、王希廉点评：《红楼梦》，北京：中华书局，2009年。

部这种浓厚的文化及艺术氛围对曹雪芹的思想和创作无疑会产生重要影响，这可以从其良好的文化素养、文学创作水平中看出来。

曹寅少年时曾担任过康熙皇帝的御前侍卫、佐领，可能还做过康熙皇帝的"侍读"，有和皇帝接近的机会。两人在君臣关系之外，还有着非同一般的私人交情。康熙二十三年（1684），曹玺积劳成疾，不治而逝。康熙二十九年，康熙派曹寅担任苏州织造。康熙三十一年，康熙打破惯例，让曹寅承其父职，担任江宁织造，可谓照顾有加。受到重用的曹寅自然是忠心耿耿，尽职尽责，其才干和表现都让康熙皇帝感到非常满意，君臣关系十分融洽。

这样，经过几代人的苦心经营，曹氏家族终于在康熙年间达到鼎盛，成为在江南显赫一时的百年望族。康熙皇帝六次南巡，其中有四次是以江宁织造府为行宫，分别为康熙三十八年、四十二年、四十四年、四十六年。仅此一端，不难想象康熙对曹家的宠信程度，也不难想象曹家当时的财富和权势。这些史实还可以在《红楼梦》一书中找到一些线索和影子，比如作品第五回中写道"吾家自国朝定鼎以来，功名奕世，富贵传流，虽历百年"。虽然说的是贾家，但也可以在某种程度上看作是当时曹家的生动写照。

特殊的恩宠与显赫的地位固然为曹家带来了一般人无法企及的权势和声名，但同时也蕴藏着许多难以承受的风险和灾难。皇帝消费、大臣买单式的接驾带来的巨额开支必须由曹寅自己想办法填补，皇子、太监及其他官员的索要也只能是有求必应，家里上上下下、大大小小的开销，对一些文人才士的资助，此外还有买书、刻书，哪一项都需要大量银子。支出的银子远远超过家族所得，正所谓入不敷出，寅吃卯粮，由此形成的巨额亏空也就不足为奇。至于亏空的具体数量，江南总督在参奏曹寅时说是三百万两，康熙皇帝确认的数字为一百八十余万两。这些亏空如同一把利剑，时时悬在曹寅等人头上。就连处处要回护曹寅的康熙皇帝也一再叮嘱他要早日填补，以免日后麻烦，殃及子孙。

康熙五十一年七月（1712），曹寅因病去世，将三十二万两银子的巨大亏空留给了他年轻的儿子曹颙。幸运的是，曹家依然得到康熙皇帝的宠信和照顾，当年十月，曹颙承袭父职，担任江宁织造一职。在母舅苏州织造李煦的帮助下，曹颙很快填补亏空。可惜他仅任职三年，在康熙五十四年染病身亡。

曹颙早亡后，曹寅的次子曹頫继续得到康熙皇帝的关照，于康熙五十四年担任江宁织造一职。曹頫的亲父是曹寅的弟弟曹宣（后改名曹荃），他是家中的第四子，后过继给曹寅。曹頫上任后的前八年间，日子总的来说过得还算不错。不过，隐忧依然存在，旧的亏空虽然补上了，但新的亏空又开始出现。

曹家的衰落

等到康熙去世，雍正登基后，一切都变了，这是曹家命运的一个重要转折点。雍正皇帝的为人行事与其父亲康熙皇帝明显不同，他不再像父亲那样宠信、关照曹家，相反，他对曹家还颇有恶感，登基不久就开始找曹頫的麻烦。短短几年时间里，曹頫不断受到训斥、处罚，可谓言行失措，动辄得咎。这样一来，曹家的日子自然是一天比一天难过，在担惊受怕中惶惶度日。

雍正五年十一月（1727），灾难降临了。二十四日，山东巡抚塞楞额以骚扰驿站为名上奏，指责曹𫖯"多索夫马、程仪、骡价等项银两"，雍正皇帝立即批阅并处理，曹𫖯因此而被革职。十二月二十四日，曹𫖯又因"行为不端""织造款项亏空甚多""转移家产"等罪名被抄家，曹家受到致命打击，从此走上衰落之路。

不过，抄家的结果大大出乎人们的意料，并没有抄出什么金银财宝，只不过是一些田地房产和家里常用器具，此外还有一百多张当票。谁能想到，管理江宁织造、两淮盐政多年，曾先后接驾四次的曹家竟然已经破败到如此地步。可见曹家即使不被抄家，也已经开始走向破败了，其情景正如《红楼梦》第二回冷子兴所描述的："如今外面的架子虽未甚倒，内囊却也尽上来了。"

抄家之后，曹家的田产、房屋及奴仆们都被雍正赏赐给新任的江宁织造隋赫德，曹𫖯及其家属则于雍正六年被遣送回北京。当年，祖辈们怀着美好的梦想来到南京这座充满传奇的城市，在这里享受到无限的荣光和富贵，谁能想到，几十年后，他的儿孙们却又以如此悲惨的方式离开。

到北京之后，隋赫德见曹寅遗孀无法度日，生活极端困难，在得到雍正皇帝的批准后，便将查抄家产中的北京崇文门外蒜市口一带十七间半房及三对家仆还给他们。至于曹家回到北京之后的具体情况，因文献记载太少，目前还不太清楚。

曹雪芹的生平经历

说完曹氏家族的兴衰史，再看看曹雪芹的生平经历。尽管研究者追根溯源，在曹雪芹家世问题上取得了很大进展，将曹雪芹祖上数代人的生平经历勾勒得十分清晰，但他们还是不得不面对一个十分尴尬的事实，那就是曹雪芹究竟系何人之子。作为亲生父亲，这位神秘人物显然与曹雪芹有着更为密切的接触，对后者的人生、思想及创作当有着更为直接、重大的影响。

大多数研究者将曹雪芹父亲的候选人集中在曹颙、曹頫二人身上，其前提是曹寅为曹雪芹的祖父，而两人分别为其亲子和嗣子。从目前所掌握的材料来看，这一前提还是可以成立的，这有曹雪芹好友敦诚在《寄怀曹雪芹（霑）》一诗的诗注中所说"雪芹曾随其先祖寅织造之任"之语为证，还有其他材料为佐证。作为结交多年的好朋友，敦诚不至于连曹雪芹的祖父是谁都弄不清楚，因此他的话还是可信的。

但曹颙、曹頫两人的子嗣情况究竟如何，由于文献的严重缺乏，这一问题一直到现在还没有弄清楚。《五庆堂曹氏宗谱》中曹雪芹的缺失以及各类记载的空白，使这位作家在后人的心目中始终带有一种神秘色彩。

曹雪芹系谁之子是一个没有答案的死结，曹雪芹的生卒年、早年生活经历、小说创作过程等问题又何尝不是死结，好在这些问题还可以通过一些材料的排比、阅读看出一些眉目来。

曹雪芹的生年因无文献资料的确凿记载，现已难以确知，因此只能根据其卒年来进行推算。学术界对其卒年的看法不尽相同，存在着乾隆二十七年壬午除夕（1763年2月12日）和二十八年癸未除夕（1764年2月1日）两种主要说法。好在这两种说法只有一年的差距，对研究曹雪芹的生平经历及《红楼梦》不会有太大的影响。

据曹雪芹好友张宜泉《春柳堂诗稿》、敦诚《四松堂集》等书的记载，曹雪芹"年未五旬而卒"（张宜泉《伤芹溪居士》），"四十年华付杳冥""四十萧然太瘦生"（敦诚《挽曹雪芹》三首）。由此可知，曹雪芹只活了四十多岁，照此推算，他应当出生在康熙晚年。笼统地说曹雪芹主要生活在康熙、雍正和乾隆时期，这应该是没有问题的，了解这一点对把握《红楼梦》的创作背景以及深入理解作品是很有帮助的。短短四十多年的人生经历中，竟有十多年的时间用来创作《红楼梦》，由此可见作者对该书的重视和珍爱程度。

据相关记载可知，曹雪芹名霑，字梦阮，号雪芹，又号芹圃、芹溪居士。他出生在南京，并在那里度过了一段富贵繁华、快乐安逸的早年时光，接受了良好的教育和文化熏陶。这段无忧无虑的幸福生活尽管十分短暂，但给他留下了刻骨铭心的记忆，也成为其终身难以忘怀、挥之不去的一个情结。正如其好友所描述的："秦淮风月忆繁华"（敦敏《赠芹圃》），"废馆颓楼梦旧家"（敦诚《赠曹雪芹》），"扬州旧梦久已觉"（敦诚《寄怀曹雪芹（霑）》）。

对南京这座古老的文化名城，曹雪芹怀着深厚的感情，并将这种感情写进了作品。在《红楼梦》中，金陵是一个内涵丰富的意象，是一个可以安放灵魂的地方：作品的核心人物是金陵十二钗；贾母不满意贾政毒打贾宝玉，喊着要"立刻回南京"；贾敬死后，天子下旨令其子孙"扶柩回籍"；王熙凤最后的结局也是"哭向金陵"……作为贾氏家乡的金陵在某种程度上代表着人生的一种归宿，颇具象征意味。

曹家被抄的时候，曹雪芹才十岁左右，被迫随家人一起迁回北京，开始了贫困潦倒的失意人生。他没有享受到多少家族的荣耀和富贵，却注定成为家族苦难的承受者。此后，曹雪芹曾在右翼宗学供职，在这里，他和清宗室敦敏、敦诚兄弟二人结下了深厚的友谊，"当时虎门数晨夕，西窗剪烛风雨昏"（敦诚《寄怀曹雪芹（霑）》）。在北京城中，他见过旧族大家的破败，见过各色人等，对社会人生有着更深的认识和了解。后来，因生计所迫，曹雪芹迁至北京西郊一个人烟稀少的小山村，生活十分困顿，以至于沦落到"举家食粥酒常赊"（敦诚《赠曹雪芹》）的地步。但就是在如此困苦不堪的恶劣环境中，他仍一直坚持《红楼梦》的创作。大约在乾隆二十七年或二十八年（1763年或1764年），因幼子不幸夭折，曹雪芹感伤成疾，加之家境贫寒，无钱就医，在除夕之日"泪尽而逝"。一位伟大的天才作家就这样过早地走完了自己坎坷多难的人生历程。

从好友敦诚、敦敏、张宜泉等人的诗文及一些零星的记载中可知，曹雪芹"素性放达"（张宜泉《伤芹溪居士》），傲骨嶙峋，愤世嫉俗，"步兵白眼向人斜"（敦诚《赠曹雪芹》），与中国历史上的狂士如阮籍、嵇康等人的思想、性格及言行颇为相似，这既是出于个人的禀性，也与家世变迁的影响有关。在与朋友相聚时，他表现得较为诙谐、健谈。此外，他还十分喜欢饮酒，达到"酒渴如狂"（敦诚《佩刀质酒歌》）的程度。

曹雪芹才华独具，擅长各种才艺，除小说创作之外，他还"工诗善画"，其喜奇石、山水之画，常借丹青寄托怀才不遇之愤，抒发胸中不平之气，"醉余奋扫如椽笔，写出胸中魂磊时"（敦敏《题芹圃画石》），这种风格与《红楼梦》有着内在的一致。可惜其作品大都已佚失，今已无从看到。

曹雪芹的诗作有奇气，"知君诗胆昔如铁，堪与刀颖交寒光"（敦诚《佩刀质酒歌》），才思敏捷如曹植，"诗才忆曹植"（敦敏《小诗代简寄曹雪芹》），风格如唐代诗人李贺，"爱君诗笔有奇气，直追昌谷破篱樊"（敦诚《寄怀曹雪芹（霑）》）。可惜大多已失传，现仅存两句题敦诚《琵琶行》传奇的残诗："白傅诗灵应喜甚，定教蛮素鬼排场。"

坎坷多艰的短暂人生看似平淡无奇，没有多少值得关注之处，但是自从有了一部优秀的小说《红楼梦》后，一切都改变了。资料缺乏带来的诸多人生空白点固然意味着遗憾，但曹雪芹成功地让人们看到了其生命中最为精彩的一页。谁能想到这位"卖画钱来付酒家"的失意文人日后会成为人人景仰的伟大作家，围绕其个人与作品的研究竟然成为一门显学，吸引了成千上万的专家学者和业余爱好者。几百年后，显赫一时、养尊处优的帝王将相早已湮没于历史的陈迹中，人们念念不忘的偏偏是那些史籍无载的民间文化英雄，这正如《红楼梦》第一回中所说的："古今将相在何方？荒冢一堆草没了。"显然，人世间的得与失、荣与辱、显与隐是不能一概而论的，正所谓牢骚太甚防肠断，风物长宜放眼量。造化是公平的，它既然要劳其筋骨，苦其心智，必然会降下传承民族文化薪火的大任。对曹雪芹这样优秀的作家，亦当作如是观。

二
追忆逝水流年

苦难造就不凡

江宁织造曹氏家族，一个显赫百年、无比尊崇的江南望族，转眼之间大厦倾塌，分崩离析，家族成员沦落为潦倒失意、低人一等的阶下囚，身为家族主要成员的曹雪芹在其少年时期亲身经历了这一极富戏剧性的巨大变迁。这一变迁彻底改变了他的人生道路，安享富贵、快乐无忧的日子如风而逝，只能成为深埋心底的一份温馨记忆，底层生活的痛苦挣扎使他倍感人生的艰辛，人生前后两个阶段色彩极为鲜明的反差使他对人间冷暖、世态炎凉有着更为丰富、深刻的体验和理解，其心理由此所受到的冲击和影响是可以预见的。"秦淮风月忆繁华"，这是终生萦绕在其心头的一种挥之不去的情结。

家族的破败固然是一场灾难，没有人会心甘情愿地接受它，但从文学创作的角度来看，苦难与不幸又何尝不是一笔难得的人生财富和创作资源。没有这一阅历，曹雪芹就不会对家族内部的诸种内幕了解得如此透彻；没有这一巨变，其反思就不会如此全面、深刻，因而也就不会有着如此强烈的创作冲动。否则，很难想象会有《红楼梦》这部优秀小说的产生，一个整天泡在温柔乡里的纨绔子弟既不会有这种创作激情、情感体验，也不会有揽下这份苦差事的勇气和毅力。苦难摧垮了一个兴盛的百年望族，却成就了一位伟大的作家。这到底是该感到悲哀，还是该感到庆幸呢？也许很难给出一个统一的答案，但这就是历史的真实逻辑。

有了这番丰富、传奇的亲身经历，曹雪芹在审视社会、人生时自会有一种独特的视角，其所思所感也会与一般人不同。无疑，他对一些问题特别是家族、人生的认识异常深刻和通达。随着思考、感受的深入和强烈，他逐渐产生了一股强烈的创作冲动，要对世人倾诉些什么。最终，他选择了发展日趋成熟的通俗小说这种文学样式。显然，他并没有彻底绝望，现实人生的苦痛已经升华为民族艺术的精华，并孕育出传世名著《红楼梦》。

家族问题是小说"骨骼"

作为一部小说作品，所写人物、事件的真假也许并不是最重要的，最为重要的是曹雪芹通过作品表达的对家族问题的认知、情感以及具体表现形式，毕竟他写的不是史书，也不是自传。既然不愿意沉默，要对世人表达些什么，既然要借助小说这种最为普及的文学形式，说明曹雪芹并不仅仅着眼于曹氏家族，而是要借助一个家族的精细描写来探讨一些带有普遍性、规律性的问题。因为站得高，所以看得远、见解深。该书的成功并非偶然。

在《红楼梦》中，曹雪芹将其家族的兴衰历程作为小说的重要素材进行了艺术化的表现，对家族问题表现出特别的关注。尽管女儿问题、婚恋问题、青春问题、人生问题等也都是作品着重描写的对象，但它们都是在家族兴衰这个大框架中，作为家族叙事的基本组成部分来加以表现的。家族的变迁不仅是全书的重要内容和主要线索，同时也是其他故事展开的基本背景。

慨叹家族

从整体来看，曹雪芹在作品中对家族问题表达了一些思想和情绪：

作品是作者情感的投射，曹雪芹就通过作品表达了对家族的深厚感情。从作品的描写来看，这种深厚感情主要体现在几个方面：

一是对家族基业的开创者们如宁、荣二公充满敬意和景仰之情，透露出一种自豪感。这在作品中也时有表现，比如第五十三回"宁国府除夕祭宗祠"的祭祖场面的虔诚描写。尽管他在作品中描写的不是叛逆者，就是堕落者，这些人都是家族的破坏力量，但他仍希望有人将家族的基业传承下去，并发扬光大。

二是对家族破败的惋惜。比如第五回荣、宁二祖对警幻仙姑的嘱咐："使彼跳出迷人圈子，入于正路。"第十三回秦可卿给王熙凤的托梦："于荣时筹画下将来衰时的世业，亦可谓常保永全了。"从这两处描写可以看到，贾宝玉、王熙凤都有挽救家族的机会，然而他们都没有把握住。无论是人物的对话，还是场面的描写，作者都是郑重其事的，丝毫看不出有反讽、嘲弄的色彩。

三是对家族内部的种种弊端进行批评和指责。歌颂是一种表达感情的方式，批评同样也能传达这种感情，正如人们所说的第二种忠诚，只不过方式不同而已，正所谓爱之愈深，恨之愈切。不能因为这些尖锐、辛辣的批评就否定作者对家族的深厚感情。

　　作者的目光主要集中在贾府家族内部，特别是那些男性骨干成员如贾赦、贾琏、贾珍、贾蓉等人身上。作者批判的锋芒是尖锐的，可以说是笔无藏锋，他毫不留情地写出了这些家族败类的丑态，如贾赦的强娶鸳鸯、为几把扇子逼死人命；贾琏的四处寻欢作乐、偷娶尤二姐；贾珍、贾蓉的聚众赌博、玩弄尤氏姐妹等。他们本该为家族的振兴而努力，但都以荒淫无耻、坐吃山空的堕落方式成为家族的破坏力量。对家族的破败，这些人应该负主要责任，从作者的叙述中，不难体会到其深深的厌恶和愤恨之情。

　　因此，从这个角度来看，曹雪芹是个补天者，而不是所谓的掘墓人。他希望子孙们能延续、光大祖先传下的家族事业。正如毛泽东所说的："曹雪芹写《红楼梦》还是想补天，想补封建制度的天。"[1]

　　作为一个正常人，有谁会整天盼着家族分崩离析、断子绝孙？都希望自己的家族兴旺发达、常保永全。而在作为续书的后四十回中，兰桂齐芳、家道中兴结局的安排曾受到不少研究者的严厉批评、指责，甚至谩骂，但是，如果对前八十回有着全面、深切了解的话就会发现，这样的情节安排并不庸俗，它和曹雪芹的思想恰恰是一致的。也许有人不同意这一点，但不管怎样，人为地拉大前八十回与后四十回的思想差距，以此抬高曹雪芹，这并不是一种可取的态度和方式。

---

[1] 龚育之、逄先知、石仲泉著：《毛泽东的读书生活》，北京：生活·读书·新知三联书店，2021年。

反思家族盛衰

另外，曹雪芹对家族的描写是带有反思色彩的。他不是毫无原则地维护和赞美家族的一切，而是用挑剔的眼光审视着家族内部的种种弊端，思考着家族从盛到衰的深层根源所在。在作品中，家族成员父子、母子之间，夫妻、妻妾之间，兄弟、嫡庶之间，主仆之间，仆人之间，等等，几乎家族内外的所有人物关系及矛盾都得到了十分充分、详细的描写和展现，各种矛盾交织在一起，形成一股巨大的破坏力量，最终摧毁了这个百年旧族，造成了家族的悲剧。

对造成家族悲剧的根源，曹雪芹有着很清醒的认识，对家族主要成员的堕落、无能与钩心斗角，表现出一种特别的愤恨，并在作品第七十四回借助探春之口表达了这种情绪。除上层主子的腐化堕落之外，作品还特别写到奴仆之间的争斗，这些厨房、园子里的风波看起来无关紧要，但不断累积，和各种矛盾交织在一起，也足以构成毁灭家族的破坏力量。家族的衰败，每个成员都是有责任的，不管是高高在上的主子还是身份低贱的奴仆。

对家族主要骨干成员的批判显示了作者的深度，对家族弊端全方位的揭示则显示了作品的广度。作品对家族内部存在的诸多弊端的揭露涉及各个层面，无论是高高在上的家族骨干，还是身份低微的丫鬟仆从；无论是对外的交通外官，还是内部的钩心斗角；无论是男人们的荒淫无耻、坐吃山空，还是女人们的争风吃醋、惹是生非；无论是丧礼上的大肆挥霍、风光无限，还是月例的借贷生利、延期发放，等等，都得到了较为充分的展现。而这些都是导致家族破败的根由，也是作者批判的对象，它们逐渐汇集起来，成为一支强大的破坏力，摧毁了整个家族。

作者的这种全貌展示自然是有其深意在的，他以具体可感、生动形象的人物、事件描写让读者看到一个"功名奕世，富贵流传"的百年望族从鲜花着锦、烈火烹油的盛况沦落到一片干净的白茫茫大地上的沧桑巨变，并点明其根源所在。这并非情绪的宣泄，而是冷静的思考，达到了一定的深度。显然，在曹雪芹看来，贾府的走向破败、衰落，并非一人一时之力可成，它是各种矛盾冲突经过长时期积累之后的总爆发，有其历史必然性。

在这一衰败过程中，家族的每位成员，无论身份高低、性别如何，他们既是悲剧的承担者，同时也都是悲剧的制造者，也就是说，是他们自己动手埋葬了自己。贾赦、贾琏、贾珍、贾蓉等人的荒淫堕落、胡作非为固然是导致家族悲剧的直接因素，但贾宝玉的叛逆和反抗同样从根本上动摇了支撑家族的基石；身为管家的凤姐以权谋私、中饱私囊，将整个家族一步步带向万劫不复的深渊；厨房内部尔虞我诈、钩心斗角的种种风波不断扩大，同样也可以形成推翻大厦的致命力量。这正如作品中那位清醒的旁观者冷子兴所概括的："主仆上下安富尊荣者尽多，运筹谋画者无一，其日用排场费用，又不能将就省俭。如今外面的架子虽未甚倒，内囊却也尽上来了，这还是小事。更有一件大事：谁知这样钟鸣鼎食之家，翰墨诗书之族，如今的儿孙，竟一代不如一代了！"（第二回）这种揭示和批判，全面而有深度，是先前的同类作品所无法企及的。

总的来看，作者在揭示家族内部的种种弊端时，笔无藏锋，批判色彩是非常鲜明的，也是很尖锐的。特别是那些家族男性成员，他们对家族的衰败负有主要责任。作者对其毫不隐恶，予以无情揭露。这与作者特殊的生活经历有关，从作品的字里行间，我们可以分明感受到其带有忧伤、悲愤色调的沉痛心情。

家族也是社会的

家族的衰落、破败并不是一个孤立的社会文化现象，而是有着一定的代表性，贾府存在的问题在其他家族内部也都不同程度地存在，通过一个家族盛衰情况的全面、深入的描写可以看出其他家族共有的特性，尽管每一个家族都有其独立性、自足性。研究者经常提及《红楼梦》一书中所写的护身符及贾、史、王、薛四大家族，指出"这四家皆连络有亲，一损皆损，一荣皆荣，扶持遮饰，俱有照应的"密切关系（第四回）。显然，注意到这些家族相互间的依赖共生关系对深入、准确理解作品是有一定帮助的。

需要引起注意的是，"四大家族"这一提法是有其特殊的时代背景的，有其局限性，特别是在与现代历史、政治联系起来之后，过于强调作品的政治色彩，就变成了一种有意的附会，这是要引起注意和警惕的。而实际上，《红楼梦》里写了五大家族，因为在贾、史、王、薛之外，还有一个若隐若现的甄家，这个甄家的权势和影响并不比上述四个家族小，按照作品的描写，这个甄家是"钦差金陵省体仁院总裁"，官名为作者所杜撰，具体职权不详，但还是颇为显贵的。

作品实写贾府，虚写他家。除薛家着墨较多之外，史、王、甄等家基本上是虚写，主要人物基本不出场，只是在与贾府发生关系时才会写到，它们可以说是作为背景而存在的。写一家实际上是写了五家，贾府不过是其中的代表。作品对家族生活的描写具有一定的普遍性，贾府存在的问题在其他家族也都不同程度地存在着。在贾家破落之前，甄家已经被抄家了。

每个家族尽管都具有自足性，但它不是完全封闭的，其盛衰兴亡与外界诸多社会文化因素的影响息息相关，这些因素可能是有利的，也可能是致命的。揭露家族的弊端必然会涉及围墙之外的大千世界，这是家族故事展开的社会文化背景。作品对此也有较为充分的展示，比如第四回贾雨村的徇私枉法，第十三回太监戴权的以权谋私，第十六回秦钟临死前判官与众鬼的对话，第七十二回夏太监、周太监的索要钱财，等等。这些事件都与家族有关，也都是属于社会的。总的来看，作者是以批评的眼光来审视这个社会的，对其中存在的种种弊端和恶俗给予了一定程度的揭露。

三
自由发展还是家族优先

家族的盛衰是通过一个个具体的个人和事件来呈现的，尽管大家生活在同一个庭院中，构成一个家族命运共同体，但每个人因在家族中的身份、地位不同，对待家族的立场和情感也就有着很大的差别。

对贾宝玉来说，他在家族中有着特别的地位。他是家族的嫡子，一出生就拥有同父异母弟弟贾环永远无法得到的尊贵地位，尽管赵姨娘为贾环的未来做各种努力，但都是徒劳的。衔玉而生的神奇出生又额外地给他带来了一份加持，使他获得祖母的特别厚爱。这样贾宝玉集万千宠爱于一身，享受了家族最多最好的资源。

生活在家族中，享受到家族的权利，对家族也就有一份责任，当家族需要个体做出奉献时，这是一个无可逃避的义务。作为家族利益的既得者，贾宝玉理应对家族有更多的认同和更深的感情，但恰恰相反，在他身上表现更多的却是叛逆和反抗，那么，应该如何理解贾宝玉和家族之间的这种不和谐乃至冲突呢？

贾宝玉的传统与反传统

以往人们往往从意识形态的角度解读这个问题，将贾宝玉拔高为封建社会的掘墓人、反封建反礼教的代表。时间久了，不少人习以为常，也就接受了。但这种解读不符合作品的实际，从作品的实际描写来看，贾宝玉固然有一些不合时宜的想法，但还远没有达到要埋葬封建社会、反对封建礼教的高度。一个处在青春期的年轻人思考人生，难免产生一些与时流不合的想法，古代如此，现代也是如此。

从作者的角度来看，他对贾宝玉抱有同情态度，在一定程度上认同他的反抗，希望他选择自己的人生道路，这从作品中是可以看出来的。但要注意的是，他对贾宝玉的言行并不是无条件支持的，其态度是复杂的，也是矛盾的。

以曹雪芹独特的思想资源和人生经历，其思想观念、观点见解与俗世不同，带有较为明显的反传统和叛逆色彩，这是比较容易理解的。但是以当时的社会文化条件，他还不可能达到从根本上反对和否定封建制度乃至整个经济基础和上层建筑这样的思想高度，这样的高度即便现代人也难以完全达到。曹雪芹在作品中所表达的反传统、叛逆思想更多的是一种萌芽状态的抗争，或者说是一种不满情绪的宣泄，而并非自觉、理性的反抗。

　　每个人都生活在自己所属的那个时代里，他的思想可以有一定程度的超前，但不可能超前到与现代人完全一致的地步。对这一问题必须实事求是地来看，必须将作者放在其生活的那个时代背景中来看，不能因为喜欢《红楼梦》就将其思想无限拔高。

　　《红楼梦》的相关描写也印证了这一点。从贾宝玉这一核心人物来看，他的言行确实可以称得上是特立独行、与众不同。不过他的叛逆和反抗多是凭着个人的直觉和情绪，以其率真的个性来对抗世俗的虚伪，并没有现代人所拥有的那些系统、成熟的民主或人性的思想观念。他所厌恶的并不是封建制度或封建礼教的全部，而只是其中压抑个性、人性的那些方面，比如他对金钏、晴雯两人的祭祀与俗世间通常采用的祭礼明显有别，形式虽然简单，但其感情是真诚的，发自肺腑。可见贾宝玉并不反对祭祀这种行为本身，他反对的只是那种烦琐、虚伪的形式。他反对科举、仕进，不喜欢出嫁的女性，是因为他看到人一旦陷进名利场中，往往会被异化，失去了人的自然本性，变得庸俗、可恶。

　　事实上，贾宝玉的思想是存在矛盾的。比如他对性别歧视、等级制度持反感态度，追求自由恋爱，却仍然纳袭人为妾，身边丫鬟、小厮成群，他乐于享受这种等级制度带来的尊荣，并没有感到尴尬或不自在。他说女人是水做的骨肉，但这里的女人只限于没有出嫁的青春少女，对那些出嫁的婆子，他是相当厌恶的，甚至都有些歧视。他虽然不喜欢科举，但并没有否定这种制度，也不反对读圣贤书，他只是认为"除'明明德'外无书，都是前人自己不能解圣人之书，便另出己意，混编纂出来的"（第十九回）。这说明他并不真正反对圣人之言，排斥儒家理论，而只是反对后人对圣人的曲解，这正如作品第一回所说的："及至君仁臣良、父慈子孝，凡伦常所关之处，皆是称功颂德，眷眷无穷。"

因此，作品的反传统和叛逆只是体现在某些点上，而并非是要全面否定正统的儒家思想。况且正统儒家思想也并非是完全负面的，即使是在21世纪的当今，也需要继承其合理成分，并不能一概否定，何况当时。在讨论《红楼梦》的思想时，一些人潜意识里将儒家思想作为负面的靶子，以对儒家思想的态度作为评价的标准，这是不合理的。对正统儒家思想的总体认同与对其不合理部分的否认，都体现在作品中，对此问题必须全面地看，不可偏执一端。

多元、矛盾的思想

《红楼梦》一书所流露的思想是多元的，乃至矛盾的，并不能构成一个单一的完整体系，与其说作者在发表一种见识和认识，不如说在倾诉一种困惑乃至一种痛苦。通过作品中一些主要人物的言行可以看出这一点。以贾宝玉的贵族出身来说，他虽然对家族内部的种种丑恶现象十分不满，不愿意承担维护和振兴家族的重任，但他也不是像一些研究者所描绘的，对封建制度和封建礼教进行彻底的否定，与所属社会阶级进行彻底的决裂。相反，他对自己的家族还是很有感情的，为家族的荣誉感到自豪，对之有着深深的依恋感。

从作品的相关描写来看，对贾宝玉的拒绝科举、仕进，作者也是持一定保留态度的，并非完全肯定，否则便很难理解警幻仙姑的劝告和秦钟临死前的忠告。在太虚幻境中，警幻仙姑受宁、荣二公之灵的嘱托，想以"情欲声色等事"警示贾宝玉，用"谆谆警戒之语"，让其"跳出迷人圈子，然后入于正路"，"留意于孔、孟之间，委身于经济之道"（第五回）。作品第十六回秦钟临死前也劝告宝玉："以前你我见识自为高过世人，我今日才知自误了。以后还该立志功名，以荣耀显达为是。"

在作品中，警幻仙姑和秦钟并非负面人物，都是贾宝玉十分倾心，愿意与之交往的人。作品的这些描写也并非反话正说，看不出有反讽的意味，而是郑重其事的。作者之所以这样写，实际上是含有一种惋惜和忏悔之情在的。这与作品开篇所说的"背父兄教育之恩，负师友规训之德"，"一技无成、半生潦倒之罪"是一致的（第一回）。可惜不少研究者没有注意到，或故意回避了这一点。

作品所反映出来的思想是矛盾的，从人物、事件的具体描写来看，作者对整日追逐科举、仕进、沽名钓誉之举无疑是厌恶的，不喜欢走这样的人生之路。但是，就个人的理智而言，他又意识到：对家族的责任，是每一个主要成员都无法逃避的。

但问题在于，对家族的责任又往往是以参加科举和仕进的形式来表现的，因为只有这样做，才能获得官位权势，才能得到光宗耀祖的机会。

在作品中，希望贾宝玉走正道的，既有他的父亲贾政，有他的好友秦钟，更有他素来所敬重的薛宝钗、史湘云、袭人等人。这些人的规劝方式不同，贾政靠强迫和训诫，秦钟靠死前的感化，袭人靠女人的温柔，但他们都是真诚的，并非全部出于个人利益的自私考虑，而是真心为贾宝玉好。作者在描写时也并没有讽刺或调侃的意思，似乎不能因贾宝玉的拒绝态度而强调他们之间思想的冲突。林黛玉倒是从来没有这样规劝过宝玉，但似乎也不能由此将其与宝钗、湘云等人分出思想境界的高下优劣。

张扬个人性情与承担家族义务，这都是作者希望贾宝玉去做的，但两者往往很难兼顾，结果就形成了一种难以调和的冲突，使作品中的人物陷入困境。贾宝玉固然困惑和迷茫，作者的立场实际上也是游移不定的，他的倾向看似偏向前者，实际上对后者也并非完全排斥，因此他也无法为贾宝玉找到一条妥善可行的人生道路。他知道该如何去破坏，但未必知道该如何去建设，其内心是比较矛盾的，也是痛苦的。作品思想的深度也正体现在这里，需要说明的是，这种矛盾并非仅仅为作品所有，它反映的实际上是人类的一种永久的困惑，每个人在自己的一生中都会遇到类似的问题，也未必都能得到很妥善的解决，这也正是人生苦痛的一个重要原因。

从作品开篇的交代来看，作者是怀着负罪忏悔的心理来进行创作的，这给我们全面、深入理解作品提供了一个很好的切入点。作者为什么要忏悔，他到底在忏悔什么，忏悔都具体包含哪些内容，不务正业、拒绝科举、仕进、放弃家族责任，等等，算不算忏悔的内容？弄清这些问题，对作品的理解自然也就会更为深入。以往的研究者探讨《红楼梦》的思想，往往特别强调其与传统思想、世俗思想的对立，这固然有其道理，但过分强调，忽视其与传统、世俗一致的方面，也是不可取的。

《红楼梦》一书的上述思想是通过文学化的、生动的、形象的方式来表达的，体现在作品主人公的言行中，依靠文学的魅力来传达和实现，这些被情感化、形象化的思想较之一般的论说更有感染力，也更具影响力，给读者提供了更大的思考空间。

四
贾府里的"阶级斗争"

在过去很长一段时间里，人们习惯于从阶级斗争的角度来解读《红楼梦》，将作品中的人物分成剥削阶级和被剥削阶级，强调两个阶级之间的对立和冲突。从作品的实际描写来看，这种对立和冲突确实存在，但并非作者重点表现的内容，而且具体情况要复杂得多，阶级斗争论将复杂的问题简单化，是一种人为的误读。

年轻人的成长史

贾府人口众多，成分复杂，依据不同的标准可以将其分成不同的群体，比如阶级斗争论者将其分成剥削阶级和被剥削阶级、地主阶级和农民阶级。如果真要探讨这一问题的话，将贾府人物分成主子阶级和奴仆阶级更为合适。不过从作品的实际描写来看，作者真正关注和重点描写的是代际斗争，如果硬要说成阶级的话，那就是成年人阶级与未成年人阶级之间的斗争，这在贾宝玉与贾政、丫鬟与婆子等人身上表现得最为明显。这个问题很少有人注意到，这里进行介绍和评述。

较早提出这个话题并进行阐述的是著名学者余英时，他在《红楼梦的两个世界》一文中提出，《红楼梦》里写了两个世界：一个是以大观园为核心的世界，这是一个年轻人的世界，另一个是大观园之外的成人世界。这两个世界之间存在矛盾，但结局也是注定的，那就是成人世界吞噬了年轻人的世界。

余英时的阐释符合作品的实际，为阅读欣赏《红楼梦》提供了一个新的视角。从《红楼梦》对人物形象的塑造来看，使用笔墨最多、写得最精彩的，几乎都是年轻人，无论是贾宝玉、林黛玉、薛宝钗、史湘云这样的年轻贵族，还是袭人、晴雯、鸳鸯、香菱这样的少女丫鬟。尽管他们并不是决定贾府命运的核心人物，但在作品中，他们却是真正的主角，作者将目光主要聚焦在这些人物身上，写他们的喜怒哀乐。从这个角度来看，《红楼梦》是一部青春小说。

作品写出了这些年轻人的欢乐，带有青春气息的欢乐，比如海棠诗社赛诗、芦雪庵联诗等，他们活动的场地主要在大观园。大观园像一座青春的庇护所，为他们提供了充分享受青春的机会。

但是，这些快乐总是短暂的，对这些年轻人来说，他们感知到的更多的是痛苦。这种痛苦来自青春之外的另一个成年人的世界。

作为大观园里的男性，贾宝玉被家族寄予厚望，家长们为他进入成年世界在做着各种准备，包括参加科举、与贾雨村结交学习官场的规则，等等。但这不是贾宝玉所喜欢的，他努力做各种抗争，但这种抗争给他带来的是父亲的毒打和各种管束。

他对成年世界有着一种本能的恐惧，他像猎物躲避猎人一样躲避着父亲，和那些成年人保持着距离，不仅自己拒绝长大，也拒绝别人长大，比如他不喜欢女孩子嫁人，因为女孩子一旦嫁人，就进入成年世界，变得利欲熏心，失去内心的本真，像死鱼眼睛一样可恶。

同样不愿意长大的还有林黛玉，她的葬花表面上是在感叹时光的流逝，感叹红颜易老，实际上是在哀悼青春，哀悼自己。她是一位敏感的诗人，从落花联想到自己。不少人老是强调她的寄人篱下，我们可以做一个假设，假如林黛玉在自己的家里，她还是否会葬花？答案恐怕是肯定的。

《红楼梦》是一部写日常生活的小说，描写了贾宝玉、林黛玉及其身边丫鬟的成长过程，这种代际冲突也只能从日常生活的角度理解。每个年轻人在成长过程中都会与家长、老师、亲友这些成年人发生冲突，我们每个人都经历过，我们的孩子们也正在经历着，这很正常，也很容易理解，没必要政治化、意识形态化。

代际冲突

需要注意的是，曹雪芹还用了不少笔墨描写了青春世界与成年世界的冲突。除了贾宝玉外,作品还特别写到了年轻丫鬟与婆子之间的冲突。

将第二十三回《西厢记妙词通戏语　牡丹亭艳曲警芳心》与第七十七回《俏丫鬟抱屈夭风流　美优伶斩情归水月》对照来读,对这一问题当会有更深切的体会。

第二十三回写的是元春命贾宝玉等住进大观园,大家都选择了自己中意的地方,贾宝玉选的是怡红院,林黛玉选的是潇湘馆,薛宝钗选的是蘅芜苑,这些少男少女带领他们的丫鬟欢天喜地地住进去。特别是贾宝玉,更是心满意得,一口气写了四首诗抒发自己的欢喜之情。

此后那些令人印象深刻的青春故事便大多发生在这些院落里,这些院落也打上了鲜明的个人印记,无论是里面的各色人物,还是一草一木,都有着鲜明的个性特征,人和环境合而为一,绝无雷同。

但是大家都没有意识到,这里绝不是人生的归宿,而不过是生命之旅中短暂的停留之地,他们有一天都会离开这里,走上不同的人生轨迹。

大家更没有想到的是,还没到分手的这一天,就已经有人被逐出了大观园,其中最为典型的是第七十七回。

此前也有人离开大观园,比如怡红院的茜雪、小红,但这次最为集中,清一色都是被驱逐出去的,包括司棋、晴雯、蕙香等丫鬟及芳官等人。此前此后因这件事离开大观园的还有薛宝钗、贾兰的奶妈等,还有出嫁的迎春及其贴身丫鬟。前后算起来,短短几回之内,陆续离开大观园的有二十多人。

作品写到七十多回,已经进入诀别的季节。尽管我们不知道八十回之后曹雪芹具体是如何描写的，但读者都知道，出去的绝不可能再回来，住在里面的注定会一个个出去。

此前袭人曾经私下里向王夫人提过建议，要想个办法让贾宝玉搬出去。现在不用再绞尽脑汁想办法了，王夫人直接用粗鲁野蛮的手段进行驱逐。

不知道细心的读者们是否注意到了这一幕，这些被驱逐出去的丫鬟哭天抹泪、痛不欲生时，贾宝玉自然是肝肠寸断，但并不是所有的人都像他这样难过，有些人不但不同情，相反感到无比喜悦，仿佛过节一样。

让我们看看，都是哪些人在庆祝。

先看司棋的离开。执行驱逐任务的是周瑞家的，这应该是她最喜欢的差事，因为她平日里深恨司棋这些大丫鬟，从她不断驱赶威逼司棋的言行中不难体会到她的得意之情，以至于贾宝玉觉得她比男人更可杀。

再看看晴雯的离开。几个老婆子听说之后喜笑颜开，有种称心如愿的解脱感。

蕙香被赶走，是李嬷嬷主动指认揭发的。

芳官、蕊官、藕官的离开让两位老尼姑即水月庵的智通和地藏庵的圆信开心不已，因为她们拐走了三位年轻貌美的小姑娘去做苦力，说不定这三位小姑娘还有其他见不得人的用途。

这些年老女性都是有儿有女的人了，她们的女儿、孙女或外甥女甚至就在贾府当差，按说她们应该同情才对，何以晴雯、司棋这些姑娘们被驱逐出去，会让她们如此开心？

其实只要往前看看，看看袭人和李嬷嬷的冲突、芳官和她干娘的冲突，看看春燕姨妈和莺儿等丫鬟的冲突，就可以找到答案。

这不是某一个年老婆子和某一个年轻丫鬟的冲突，而是整个年老婆子与年轻丫鬟之间的代际冲突。

阶级斗争解读方式的荒诞

过去人们解读《红楼梦》，很喜欢用阶级斗争的观念。如果按照这种思路，会发现一个尴尬的问题，那就是年老婆子是被剥削阶级，年轻丫鬟也是被剥削阶级，按说被剥削阶级应该团结在一起，和剥削阶级斗争才是，怎么发生内讧了？

看看可怜的作者曹雪芹吧，他生活在那个年代，别说根本不知道什么叫阶级斗争，更不用说用阶级斗争的理论去写小说了。即便他知道了这种理论，他愿意用这种理论去写自己吗？

答案是否定的。因为从现存的作品内容里看不出来，一点都看不出来。

按照阶级斗争的理论，被压迫的阶级不管是奴隶阶级还是农民阶级，他们应该仇恨统治者、地主阶级，一旦离开这些剥削、压迫他们的人，他们应该欢欣鼓舞才是，但作品中的描写实在是打脸。

生在农村、长在农村的刘姥姥一家算是根正苗红的农民了吧，可偏偏跑到统治者、地主阶级的贾府去求助，结果不但没有受到白眼，而且还受到热情接待，收获颇丰。刘姥姥这种行为如何评价？她是农民阶级的败类？

再看金钏，她是王夫人身边的丫鬟，是个不折不扣的奴隶。按说她被逐出贾府，应该高兴才是，竟然因此而投井自杀，一点奴隶反抗的精神都没有。

还有司棋、晴雯、芳官等人，何以让她们离开大观园，免受统治阶级的剥削，恢复自由身，她们却哭哭啼啼，死活不干。这到底是怎么回事？

如果说一个人是奴才意识，为何这些受剥削、受奴役的丫鬟们都不愿意离开大观园，离开贾府？阶级斗争论解读《红楼梦》的荒诞和可笑就不必多解释了，看看作品中的描写就可以知道。

如果非要说《红楼梦》是写阶级斗争的话，那确实有，就是年轻丫鬟阶级与年老婆子阶级之间的斗争，这是前文所说的未成年人阶级和成年人阶级斗争的具体表现，而且贯穿整个作品，比如李嬷嬷与袭人的冲突、芳官与其干妈的冲突、春燕与其姨妈的冲突、王善保家对晴雯的毁谤。

代际冲突，人类永恒的话题

未成年人与成年人之间为何会发生如此激烈的对抗，以至于年轻丫鬟到了生离死别的分上，那些婆子竟然还如此开心？年龄难道真的可以构成阶级之间的仇恨吗？

从《红楼梦》的描写来看，答案是肯定的。

贾宝玉一直不喜欢女孩子出嫁，认为出嫁的女孩子就像死鱼眼。对他的这一看法一些读者视为奇谈怪论，或者认为这是贾宝玉自私，他希望所有的女孩子都留在自己身边。

其实，这是一种误解，没有读懂贾宝玉的意思。

贾宝玉并不是不喜欢女孩子出嫁这件事，他不喜欢的是女孩子出嫁之后发生的改变。这些女孩子在出嫁之前，青春、美丽、天真、善良，展现了生命的美好。而一旦出嫁之后，女孩子都变得利欲熏心，斤斤计较，如春燕的姨妈、芳官的干妈之类，俗不可耐，面目可憎。相貌的衰老倒还是其次的。

对这些婆子来说，她们年轻的时候也曾经美丽过，曾经为主人们服务过，但是在进入成年世界后，年长色衰，失去了贴身服侍主子的资格，没有机会再做那些出头露面的轻巧活儿，无法再享受由青春得来的福利，只能去干一些粗活笨活。这让她们内心难以平衡。而那些整天在他们眼前晃动的年轻丫鬟活泼好动，少年轻狂，一切都让这些婆子感到不顺眼。她们想控制这些年轻丫鬟却又不可能，反而受到晴雯等人的嘲笑，她们由此产生妒忌乃至深深的仇恨，她们已经忘记自己是怎么走过来的，转身与自己的过去进行争斗。

这些婆子的行为可以用恶毒来形容，她们并不是想教训这些丫鬟们，而是想直接置她们于死地，这可以从王善保家的言行中看出来，从周瑞家的驱赶司棋中看出来，从晴雯、司棋被赶走，很多婆子拍手称快中看出来。作品写出了这种斗争的残酷性，年轻丫鬟的天真与婆子的阴险恶毒形成鲜明对比，由此也不难看出作者的立场。

斗争的结果是可以想象的，那就是这些年轻的丫鬟要么为她们的年少轻狂付出沉重的生命代价，要么有一天也要配小子，成为婆子。

可悲的是，这种代际冲突一代一代上演，没有休止，成为人生的可怕轮回。当那些在婆子嫉妒、怨恨目光中成长的年轻丫鬟出嫁，成为新一代的婆子之后，她们又会转身去仇恨那些刚刚成长的丫鬟。

难道没有办法解决这个人生难题吗？

其实作者也清醒地意识到这一点，女孩子的出嫁是不可避免的，女孩子成为婆子也是正常的，但是在成为婆子之后，希望她们还能在心目中保留几分少女的情怀和浪漫，哪怕是起码的宽容。这样，即便是变世俗了，也不会俗得没有底线，俗得让人厌恶。比如贾母，可谓典型的老婆子了，她为什么却不让人厌烦，除了是长辈外，就没有别的因素了吗？

《红楼梦》不仅写出了不同身份人物的人生困境，也写出了人在不同年龄段的各种苦恼，这些困境和苦恼不是说解决就能解决的，有不少问题是没有答案的，也许这就是人类的宿命，《红楼梦》写出了人类的这种宿命，与其说作者给出了自己的答案，不如说他提出了自己的困惑，这些问题他解决不了，我们也解决不了，后人同样无法解决。

《红楼梦》的永恒性也许就体现在这里。

五
宝黛结合又如何

婚姻是指向未来的，从家族的角度来看，婚姻不是一个人的事情，它意味着家族内部组成的改变，意味着家族未来的改变，对贾宝玉的婚姻也应当如是观。

贾宝玉在家族中的特殊地位决定了其婚姻注定是贾府举家上下关注的核心话题，宝黛爱情在前八十回中得到了充分的展现，遗憾的是，他们的爱情走向婚姻的描写因八十回后作品的迷失成为一个千古之谜。

不过，可以肯定的是，爱情最后的走向必定是婚姻，而影响这一走向的是家族。家族背景下的婚姻带有公共性，个体必须服从家族的利益。对贾宝玉和林黛玉来说，即便没有人反对，顺利走进婚姻殿堂，宝黛的走向也注定是家族规定好的，按照家族的运行机制走下去，谁都无法逃脱。如果没有爱情，宝玉、黛玉的婚姻与宝玉、宝钗的婚姻没有区别，都是庞大家族机器中的一个零件而已。

宝黛结局的架构

《红楼梦》读到第九十八回《苦绛珠魂归离恨天 病神瑛泪洒相思地》是一件很痛苦的事。尽管知道这不是出自曹雪芹之手，是一位目前无法知道具体身份的无名氏所写，但内心还是感到相当压抑。无论是林黛玉临去世前的绝情焚诗稿，还是贾宝玉失玉之后的失魂落魄入洞房，都写得无比悲伤，一边是困苦无助的透骨凄凉，一边是刻意营造的锣鼓喧天，冷与热、生与死、庄重与滑稽，就这样奇怪的交织在一起，让人不忍心再继续读下去。

其实这个结局并不算意外，早在第一回就已经决定了，即便是曹雪芹本人来写，可能细节和现在的后四十回有出入，但结果不会有大的变化。因为这是一段发生在三生石畔的还泪故事，绛珠仙草下凡，就是为了报答神瑛侍者的浇灌之恩，她报答的方式就是自己的眼泪。当眼中再也流不出泪水，也就到了告别的时候,注定不会有洞房花烛,更不会有白头偕老。如果说有宿命的话,这就是宿命。

但问题是,林黛玉能这样说走就走吗?那段刻骨铭心的感情,那个天天问自己夜里醒来几次、吃药了没有的宝玉,不是可以随便放下的。先走的人固然痛苦,面对无限的悲伤和绝望,生者只能更痛苦。

这就是作品让人很纠结的地方,走是命中注定、无可改变的结局,但又走得肝肠寸断,相比之下,离开反而是一种解脱。

黛玉之死是整部《红楼梦》中最难落笔的地方,这个结局虽然在第一回里已经注定,在第五回的判词里已经写好,但这场悲剧如何到来,如何展开,则需要大手笔。

看看秦可卿之死,看看金钏之死,再看看晴雯之死,贾宝玉都有十分激烈的反应,对他们祭奠的方式也各不相同。他们都是贾宝玉生命中永远不能忘怀的女人,但毕竟有程度之别,她们在贾宝玉心目中的地位是无法与林黛玉相比的。

那么,当眼泪流尽,最后的时刻到来时,贾宝玉该如何面对呢?如果让他满地打滚似的号啕大哭,这是太烂俗的笔法,一般人都想得到。让贾宝玉不哭吗?面对林黛玉的死亡,他又怎么可能那么淡定,仅仅是紫鹃一个要回苏州的小玩笑就已经把他折磨得痛不欲生,将贾府闹得天翻地覆。

如何描写黛玉之死,相信这是曹雪芹面临的一大挑战。遗憾的是,八十回之后的稿子已经佚失,这个问题也就没有终极的答案了。

现在,这位无名氏从曹雪芹手上接过了接力棒,他既然要把《红楼梦》写完,就必须解决这个问题,无可回避。显然他有自知之明，知道自己驾驭不了这个难题，只好采取耍小聪明的办法，那就是让贾宝玉在林黛玉死亡之前丢失通灵宝玉。

没有了通灵宝玉，贾宝玉就成为没有灵魂的行尸走肉，他可以理所当然地不知道林黛玉去世的消息，得知林黛玉不在人世的消息后，他怎么反应都是可以理解的，也都是符合逻辑的，因为他失去了通灵宝玉，处于迷离疯癫、稀里糊涂的不正常状态。

尽管有躲避困难之嫌，但不能不说这位无名氏的处理并不算坏，读者至少还是可以接受的。

接受归接受，但情感则是痛苦的。《西厢记》里有句名言："愿天下有情的皆成了眷属"，苏轼也说过类似的话："但愿人长久，千里共婵娟。"这两句话之所以家喻户晓，流传久远，因为它反映了人们内心的普遍愿望，大家都希望看到大团圆，对林黛玉、贾宝玉也是如此，尽管知道这是不可能的。

几乎所有的读者都为这样的结局感到惋惜，感到不满乃至愤怒。

反观历来的才子佳人小说，最后几乎都是清一色的大团圆：才子金榜题名，皇帝赐婚，娶得佳人，洞房花烛。然后身居高位，子女成群，最后归隐乡野，修仙成道。可以说这是典型的白日梦，也是一个人的完美理想。

《红楼梦》就不能采取这样的写法吗？这样写不是可以让读者更开心吗？

宝黛结合未必圆满

我们不妨做个大胆的假设，让曹雪芹起死回生，重写《红楼梦》,满足读者的心愿,暂且放下还泪的想法,让林黛玉顺顺利利地嫁给贾宝玉。

问题是,这样的结局真的能让读者开心吗?

未必。

让我们顺着这个思路思考一下:假如林黛玉如愿嫁给贾宝玉,皆大欢喜。新婚宴尔之后,接下来的事情是可以想象到的,那就是两人情投意合,一起生活,然后生儿育女。即便按照贾宝玉父亲贾政的生育水平,他们也得生上三个儿子、两个女儿。

五个孩子的陆续出生意味着时光的流逝,时光的流逝意味着贾宝玉、林黛玉告别青春时光,步入成年时代;步入成年时代意味着责任,对孩子、对长辈、对家族乃至对自己的责任。他们必须面临现实的挑战,不管这种考验来自家族之外,还是家族内部。

随着孩子的长大,贾宝玉必须变成贾政,他不能不考虑孩子的前途。当自己的孩子去吃女孩嘴上的胭脂时,当自己的孩子混在女儿堆里,整天不读书时,可以想象他的立场和态度。不管他有多么不情愿,人生的列车必定会将他送到父亲贾政的位置上。

同样,面对五个孩子的饮食起居,林黛玉没有时间也没有心思去多愁善感,一个合格的母亲不可能在孩子成长的时候缺席,柴米油盐必定会成为她生活的主要内容。

于是,在岁月的安排下,贾宝玉、林黛玉顺理成章地成为贾政、王夫人。再过若干年,他们也会成为贾代善、贾母,他们和他们的孩子们会将家族年轻一代成长的经历再次重演一遍,这是命中注定。

问题是,这是读者想要的结局吗?

理想与现实

我们说的是贾宝玉、林黛玉，其实说的也正是我们自己。年少的时候，我们厌烦家长千篇一律的说教，厌烦家长请客送礼的俗气，厌烦家长的世故和圆滑，等一旦自己成家立业、生儿育女之后，一觉醒来，自己已经成为喋喋不休的家长。这就是人类的宿命，你我都不能避免。

新的贾政、王夫人的诞生就意味着贾宝玉、林黛玉的一去不复返，再也不能肩扛花锄葬花了，再也不能躺在贾母怀里打滚了，再也不能吃女孩嘴上的胭脂了。一切年少轻狂成为往事，面对的只能是柴米油盐，打着世俗的各种算盘，没有诗和远方，只有眼前必须处理的日常琐事。

这未必就是我们想要的生活，自然更不是曹雪芹想要的人生。虽然笔在他手里，他可以让林黛玉与贾宝玉结合，也可以让两人在结合前分开。但他选择了后者，尽管前者是最符合生活逻辑的选择。

显然，曹雪芹是位理想主义者，尽管家族败落，生活困顿，但他仍然保有一份理想，在困苦的人生中给自己，也给读者一点亮色，让大家不要活得太世俗。

因此，林黛玉必须提前死，她不能嫁给贾宝玉。随着贾宝玉、林黛玉年龄的增大，婚姻的选择也逐渐变得无可逃避。于是在大团圆到来之前，曹雪芹拉上了大幕，尽管这种方式过于残酷了些。

大幕的关闭并不意味着故事的结束，作为读者，很尴尬地处在两难的境地：林黛玉的提前离世让人倍感痛苦，但她与贾宝玉的结合同样让人不能接受。

这是一个没有人能解决的难题，曹雪芹也解决不了，他能做的，就是借助一个悲欢离合、生离死别的故事引发读者的思考，与其说他给出了答案，不如他抛出了一大堆让人痛苦的问号。

这个问号背后的难题不是属于一个人，也不是属于一群人，它是属于一个国家、一个民族乃至全人类。这样的问题永远无法解决，心灵的拷问会一直持续下去，因此《红楼梦》是永恒的，它注定伴随着人类文明的脚步，走向一个现在我们还无法预知的方向。

六
家族底层的沉沦与挣扎

考察《红楼梦》的家族书写，不仅要看贾母、贾政、王熙凤、贾宝玉这些主子，还要看那些维系着家族运转的奴仆们，他们才真正是这个家族的大多数，维持着整个家族的运行。贾府奴仆是一个庞大的群体，数量远远超过那些主子们，其中丫鬟是一个特殊的群体，也是作品重点描写的对象。

丫鬟群体的特殊性

只要读过《红楼梦》，无不对那些青春靓丽、活泼善良的丫鬟留下深刻印象，无论是浓笔重墨、精心描绘的袭人、晴雯、鸳鸯，还是出场不多的小红、龄官、傻大姐，无不写得栩栩如生，过目难忘。与那些被列入十二钗的主要人物如林黛玉、薛宝钗、史湘云、王熙凤等相比，她们可谓次要人物，具有陪衬作用。但次要并不等于不重要，陪衬并不等于没光彩。如果没有这些丫鬟，《红楼梦》的艺术光辉会暗淡许多。在《红楼梦》中，丫鬟是一个特殊的群体。之所以特殊，主要体现在如下两个方面：

一是她们的性别。她们都是女性，这似乎是一句老生常谈的废话，但只要看看《红楼梦》里"女儿是水作的骨肉，男人是泥作的骨肉。我见了女儿，我便清爽；见了男子，便觉浊臭逼人"这句话就会知道，性别在作品中绝对是一个不容忽视的重要内容，这是作者刻意着笔的一个地方。在作品中，丫鬟多指年纪较轻的女性，年纪大的则一般称作婆子。

二是她们的身份。她们都是贾府的婢女，处在家族的最底层，不管怎么努力、怎样反抗，都无法改变这一地位，哪怕是已经成为姨娘的平儿、成为准姨娘的袭人，也是如此。她们没有人身自由，无法选择自己的人生道路，包括婚姻，他们人生的幸与不幸取决于自己的主子，而非本人。

中国古代社会等级森严，这种等级差别既体现在社会地位上，也体现在性别差异上。这些丫鬟从社会地位上说，是供主人差使的婢女；从性别身份上来说，是受男人支配的女人。因而既是社会地位低下的婢女，又是受到男人歧视的女性，受到等级制度的双重压迫。从这个角度来说，如何描写和看待丫鬟这一特殊群体，是衡量一部小说作品思想、艺术价值的一个重要标准。而《红楼梦》在思想上的亮点也正体现在这两个层面，在这些方面取得了突破，成为塑造丫鬟这一群体成就最高的一部经典之作。

丫鬟形象的丰满

要探讨《红楼梦》在丫鬟形象塑造方面的成就与特色，需要将其放在中国古代小说发展演进的大背景下去关照。小说作品尽管多有虚构，但它源自生活，反映生活。

奴婢制度在中国有着久远的历史，因此可以说，从小说产生之日起，丫鬟便成为作品描写的对象。但在《红楼梦》之前的小说作品中，丫鬟大多属龙套式人物，更多起着功能性的陪衬作用，性格丰满、鲜明者并不多见，当然也有一些作品比如《莺莺传》中的红娘、《金瓶梅》中的庞春梅等写得较为成功的，但只是凤毛麟角。戏曲作品中的丫鬟更是脸谱化，连名字都比较固定，比如春梅、春香之类。

但是到了《红楼梦》，情况发生了根本的改变。据统计，《红楼梦》所写奴婢共三百六十六人，其中丫鬟七十三人。像《红楼梦》这样如此集中来塑造丫鬟群像，写得如此丰富多彩，写得如此生动形象，写得如此成功的，是第一部，可谓前无古人，后无来者。这实际上也拓展了小说艺术的表现空间，其价值不仅仅体现在为中国文学人物画廊贡献了一批新型人物形象，而且也意味着打开了一个新的观察视角和艺术领域。如果要关注性别和身份问题，丫鬟群体无疑是一个绝佳的角度和切入点，而这正是曹雪芹着力之处。

《红楼梦》对丫鬟群体的关注既与其展现家族日常生活的题材内容相关，也与其独特的观察、思考角度有关。《金瓶梅》同样是写家族日常生活，虽然也写到了丫鬟，有些人物比如庞春梅、秋菊等还塑造得比较成功，但作者并没有着力描写这个群体，更没有突出性别和身份这两个问题。可见《红楼梦》中丫鬟群体的书写并非无心插柳，而是作者有意为之，是出于表达思想和艺术创作的需要。

丫鬟形象塑造的特点

与同类作品相比，《红楼梦》的丫鬟形象塑造有如下两个特点：

首先，《红楼梦》塑造了一批栩栩如生、面目各异的丫鬟形象。这些丫鬟并非仅作为个体单独出现，而是作为一个特殊群体进行整体呈现。为了突出这一群体的特殊性，作者还特意写到另一个群体，那就是婆子。这两个群体虽然都属奴婢，但因年龄不同而呈现出明显的代际差异，而且彼此之间关系紧张，形成激烈的冲突，比如晴雯等人的被逐就是丫鬟和婆子斗争造成的悲剧。

从人数来看，这些丫鬟的数量远远超过她们伺候的主子。这也比较容易理解，在《红楼梦》中每个女主人或男主人都有数量不等的丫鬟，比如贾宝玉的身边有七个大丫头、八个小丫头，她们的数量自然会远远大于主人。在作者笔下，仅仅是那些出场较多、给人印象深刻的丫鬟就有好几十位，如袭人、晴雯、麝月、芳官、鸳鸯、柳五儿、平儿、紫鹃、莺儿、雪雁、小红、司琪、金钏、玉钏、龄官、傻大姐等。这些丫鬟虽然同为女性奴仆，但是出身不同，秉性不同，想法及行事自然也就各不相同，所伺候的主子不同，其命运归宿也大不一样，呈现出丰富多彩的形态。描写如此多的丫鬟形象，同中见异，写出各自的不同，这在中国古代小说中没有第二部。

其次，《红楼梦》中的丫鬟虽然身份地位卑微，但她们受到了和主子同样的重视，其中如袭人、晴雯等人，她们在作品中所占的篇幅甚至超过作为主子的元春、迎春、惜春、巧姐等，得到了浓笔重墨的描绘。有些丫鬟虽然出场次数不多，但作者妙笔生花，寥寥几笔，就刻画出其鲜明的个性特征，给人印象深刻，如小红、龄官、傻大姐等。即以金陵十二钗来说，正册十二位都是地位较高的女主人，副册和又副册虽然名单不全，但从又副册中包含袭人、晴雯来看，显然里面有不少属于丫鬟，由此也可看出作者对丫鬟这一群体的重视态度。

可以说，在《红楼梦》中丫鬟是一个不可缺少也不可替代的群体，甚至可以说也是主角，这与其他小说里丫鬟只是可有可无的龙套式人物相比，在中国小说史上无疑是一个大的突破。其意义是多方面的，对丫鬟群体的关注体现着《红楼梦》的思想高度和深度，体现着《红楼梦》的艺术创新与成就，这是一个新开拓的艺术领域，具有典范意义。

书中的丫鬟形象

总的来看，《红楼梦》中的丫鬟形象有如下几个值得注意的方面：一是作者多从正面来描写这些丫鬟，着意突出她们的美丽纯真、活泼善良。

在作者的笔下，这些丫鬟大多有着出众的美貌，特别是其中的晴雯，给读者留下深刻印象。作者或正面描写这些年轻丫鬟的美貌，或通过衬托来铺垫。比如小红刚出场时，作品正面描写其容貌，这是一个形象相当清新的女孩子："穿着几件半新不旧的衣裳，到是一头黑鬒鬒的头发，挽着个鬓，容长脸面，细巧身材，却十分俏丽干净。"从贾宝玉的反应可以看出来，他很喜欢这个女孩子。如此美貌竟然还是一个只能在外面干粗活的小丫鬟，而且被秋纹、碧痕训斥："……难道我们到跟不上你了？你也拿镜子照照，配递茶递水不配！……"既然敢如此贬损别人的相貌，可见秋纹、碧痕的相貌一定比小红要更好，但这两位丫鬟的相貌在怡红院的众丫鬟中并不算出众，由此可以想见怡红院的丫鬟该是何等美貌，其中相貌最为出众的晴雯又该是何等漂亮，她本人也知道自己"生的比别人略好些"。（第二十四回）

作者不仅写出这些年轻丫鬟美丽可爱的外貌，更写出她们善良、纯洁的内心。比如紫鹃，她虽然是伺候林黛玉生活起居的丫鬟，但两人朝夕相处，感情深厚，情同姐妹，她比任何人都关心林黛玉，处处为她着想，其忠诚与厚道发自内心，令人感动。

此外作品还通过晴雯补裘、平儿理家等情节写出了她们各自的才能。

更为重要的是，作者写出了她们可贵的人格。她们虽然身份卑微、地位低下，但并不甘心接受命运的摆布，而是敢于与命运抗争，拒绝主子的凌辱，出淤泥而不染，保持自己的品格。

比如鸳鸯，在她的家人及周围的同伴看来，贾赦能看上她，娶她做姨娘，对一个丫鬟来说，绝对是个改变人生的好机会，许多丫鬟还得不到这样的机会，甚至是羡慕。但这不是鸳鸯想要的生活，更不是她的人生目标，正如她本人所说的："别说大老爷要我做小老婆，就是太太这会子死了，他三媒六聘的娶我去作大老婆，我也不能去。"（第四十六回）尽管贾赦等人不断威逼利诱，但她坚决反抗，不为所动，显示出高贵的品格。

晴雯也是如此，她率真耿直的性格有意无意间得罪了很多人，特别是在抄检大观园时义不受辱的刚烈表现，遭到王善保家的等婆子的嫉恨，最后因王夫人听信谗言被赶出贾府，但她并不求饶，绝不屈服，直至悲惨死去。其人格远比那些荒淫无耻的主子高尚，令须眉汗颜。

作者通过这些丫鬟表达了对女性的赞美之情，反映其可贵的女性观，为读者展示了人生美好的一面。他对这些身居下层的女孩子是正面肯定的，同情她们的不幸遭遇，反对对她们的玩弄、歧视和摧残。他具有平等意识，这种平等既指向性别，也指向等级，这在男尊女卑、等级制度森严的当时无疑是一种另类的思想，也是一种较为超前的思想，《红楼梦》思想的新颖和独特也正体现在这些方面。

二是作者写出了丫鬟这一特殊群体的丰富性与复杂性。

《红楼梦》中的丫鬟形象虽然人数众多，彼此之间的相似点也多，但同中见异，各具个性，彼此之间并不会混同，即便是一起出场，读者也不会将她们误认。能做到这一点，与作者高超的艺术手法有关。这些丫鬟的生活经历、成长环境、禀赋性格不同，她们的想法乃至为人处世的方式各异，作者突出了这一点，让每个人物都有很高的辨识度，这种辨识度既体现在容貌仪态上，也体现在思想观念上。

在这个特殊的群体中，大丫鬟有大丫鬟的不幸，小丫鬟有小丫鬟的苦恼，每个人都遇到了自己的人生困境，她们在努力地挣扎着，同时也在不自觉地沉沦着，很难用是非好坏来评价她们的言行和思想。她们的命运实际上也代表了整个贾家的命运，尽管她们不是贾府命运的决定者，但注定是表现贾府兴衰的一支不可忽视的力量，《红楼梦》在第五十回到第六十回特别写到了这一点，这从大观园的改革、后厨的风波等处可以看出。

在这些丫鬟中，平儿和袭人应该是境遇最好的两个，她们已经获得了姨娘或准姨娘的身份，算是半个主子了，这也是丫鬟们比较理想的归宿，否则的话她们只能由主人去给他们配小厮，就像王熙凤将彩霞硬配给来旺那个不成器的儿子一样，尽管来旺的儿子"在外头吃酒赌钱，无所不至"，而且"容颜丑陋，一技不知"，谁都知道这是一个火坑，但在王熙凤的威逼之下，也只能跳进去。（第七十二回）

但平儿和袭人并不感到幸福，相反她们各有各的烦恼。平儿虽然是妾，而且是王熙凤的助手，参与荣国府的管理，但作为一个女人来说，她不能享受到一个女人应该享受的权利。王熙凤的妒忌和提防让她无法过上正常的家庭生活，贾琏与其说是她的丈夫，不如说是一个主子和调戏者。平时看起来还有一点主子的派头，一旦和真正的主子王熙凤发生冲突，其丫鬟的卑微地位一下就显露出来了。作品第四十四回，王熙凤捉奸时的一顿毒打证明了这个残酷的事实。

相比之下，袭人的日子也不比平儿好过到哪里去，她虽然被王夫人看中，成为准妾，但这个地位并未获得正式认可，仍存在着变数，正如鸳鸯在第四十六回里所说的："你们自为都有了结果了，将来都是做姨娘的。据我看，天下的事未必都遂心如意。"这让她心里感到不踏实，缺少安全感。对她来说，烦心的事情一件接着一件，贾宝玉出格的言行，特别是不爱读书、整天和女孩子混在一起、毁僧谤道等让她难以理解，也为此忧心忡忡。且不说贾宝玉与林黛玉时不时发生的争吵让她无所适从，还有晴雯、芳官等人直爽的言行同样让她感到不自在。表面上看起来她温顺贤惠，其实内心里充满焦躁和忧虑，只是别人无法体会到而已。

地位较大的大丫鬟尚且如此不顺心，那些地位更低的小丫鬟更是各有各的烦恼。以小红来说，她虽然相貌俊俏、聪明灵巧，但只能做个干粗活笨活的丫鬟，连和主子贾宝玉接触的机会都没有，偶尔有一次表现的机会，也被秋纹、碧痕一顿训斥，弄得灰心丧气。好在后来遇到王熙凤，算是得到了一个攀高枝的机会。而别的丫鬟，连小红这样的机会都没有，只能日复一日，年复一年地熬下去，然后配个小厮，最终在时光的流逝中成为她们曾经嘲笑的婆子。

俏丽姣好的美貌背后隐藏着一颗颗焦躁不安的心灵，《红楼梦》对这些丫鬟从外貌到内心进行了全方位的描写，这种描写真实可信，也是有深度的，它触及人物内心深处的灵魂。这些仪态不同、个性各异的人物形象构成了丫鬟这个特殊群体，展现了其复杂性和丰富性。

三是作品写出了这些丫鬟的不幸命运，对她们的悲惨遭遇给予同情。

对这些身份卑微、没有人身自由的丫鬟来说，受人摆布的人生结局大多是以不幸结束的。当贾府走向破败乃至衰亡时，作为贾府命运共同体的一员，她们同样也是苦难的承受者。在作品前八十回，虽然还没有写到贾府被抄家，还没有写到白茫茫大地真干净，但是一些丫鬟已经过早地离开了这个世界，比如瑞珠，比如金钏，比如晴雯，正值妙龄的她们都是不幸身亡的，虽然死亡的具体原因各有不同，但都与她们的奴才身份有关，与她们的主子有关。还有一些丫鬟被赶出贾府，比如茜雪，比如司棋，比如芳官，她们命运的悲惨也是可以预见的。这些丫鬟的不幸并非红颜薄命一词所能概括，在其背后有着深刻的社会内涵。这不是一个人的悲剧，而是一个群体的悲剧，乃至一个时代的悲剧。

《红楼梦》：家族与个体　　　185

[清] 沈谦作赋，盛昱录：《红楼梦赋图册》，此本大约绘于清同治十二年（1873），现藏于爱尔兰博物馆。全套共二十幅（此本缺一帧）。沈谦撰二十首题咏红楼梦的赋文，并配以精美的插图，本图是"怡红院开夜宴赋"。

冯媛媛 陕西师范大学文学院

主要研究方向为元明清文学、古代小说。出版专著《侠文化在古代小说中的嬗变》(中华书局),合著《〈金瓶梅〉导读》,主持并参与多项省部级项目。

侠义小说：正义与边缘

「侠」与政治文化的结合，最终产生出「忠义双全」的「侠之大者」；「侠」与情文化的结合，最终产生出「侠骨柔情」的「儿女英雄」。

引　言
从历史记忆走向文学想象

来自历史深处的"游侠"

在中国文史界，下列四类人，一直受到热捧与盛赞：一为主持正义的清官，二为扶持清议的士林，三为蹈义赴难的侠客，四为惊世骇俗的烈女。

其他不论，就侠而言，"侠"之为类，起源甚早；"侠"之文化，源远流长。一般认定，侠起于战国。其思想源头，众说纷纭，莫衷一是；认祖归宗，影像模糊。所以章太炎说："侠者无书，不得附九流。"[1]

司马迁的《史记》，第一次为侠立传，是为《游侠列传》。他论侠道："其行虽不轨于正义，然其言必信，其行必果，已诺必诚，不爱其躯，赴士之厄困，既已存亡死生矣，而不矜其能，羞伐其德，盖亦有足多者焉。"此段夹叙夹议的评论言简意赅，道出了侠之为侠的实质，即讲诚信，不畏难，敢舍身，有起死回生之能，谦挹之风。此遂为后世侠之书写，提供了一种根本

---

[1] 章太炎著，吴铭峰编：《章太炎论学集》，北京：商务印书馆，2019年。

遵循。

司马迁又在《太史公自序》中言道:"救人于厄,振人不赡,仁者有乎;不既信,不倍言,义者有取焉。作《游侠列传》第六十四。"其中所谓"不既信"即不失信,"既"作"失"解;"不倍言"即不背言,"倍"同"背"。此处赞扬的是他们纾困扶危、言行一致的行为和品德,遂成为后世作家创作侠义小说的初心。

司马迁对侠的肯定,是从"缓急,人所时有"的角度出发的。平安无事之时,不需要有人帮助;但处于危及生命的关头,就需要有人路见不平,拔刀相助。于是,"侠"成为"人间正义"的代表和诚信人格的化身而获致人们的"私许",表达了下层民众的一种"法外认同"。

司马迁称侠为"游侠",突出的是侠的身无定所、四处游走的特点,后世常说的行走"江湖",正是从"游"字上衍化出来的;其二,"游"还有自由自在之义,所以他们大都无拘无束,肆意而为,率性而行,鲁智深大闹五台山写的就是侠的这一特点;其三,"游"又有游离之义,所以侠客自古以来就一直身处边缘,进入不了主流文化圈。

荀悦《汉纪》说游侠是"立气势,作威福,结私交以立强于世者"。这就是说,他们往往意气用事,无视王法,"权行州里,力折公侯",更甚者,"劫人作奸""借交报仇"。此用班固《汉书》中的话说,游侠乃是"以匹夫之细,窃杀生之权"的亡命之徒,"其罪已不容于诛矣"。这恐怕是侠遭到政府打压和禁绝的主要原因。故自班固《汉书》以降,历代史家已不再为游侠立传,"游侠"的面影不但消失在官方的正史中,也很难纳入大传统文化的视野了。

但是这并不意味着游侠已经完全退出了历史舞台，而是以另一种姿态在文学创作中得以生存和延续。

于是"历史之侠"一变而为"文学之侠"。

文学世界中的侠客

这一由历史记载向文学创作的转化，导致了"侠文学"的出现。此后历代的诗歌、唐宋传奇、宋元话本和明清戏曲小说中都有侠的形象和面影，"侠"的精神内涵也被不断地拓展和提升。我们且不说魏晋南北朝的咏侠诗，单就对后世影响颇大的李白、元稹的《侠客行》而言：

> 李白诗曰："十步杀一人，千里不留行。事了拂衣去，深藏身与名。"
>
> 元稹诗曰："侠客不怕死，怕在事不成，事成不肯藏姓名。"

前者是"深藏身与名"，而后者则是"不肯藏姓名"。两相对照，看似矛盾，其实是侠客的两种主要行为方式。李诗体现的是司马迁所谓"不矜其能，羞伐其德"的做事风格，著名的如鲁达解救金翠莲父女，即"施恩不望报"；而元诗体现的是责任承担精神，著名的如武松大闹鸳鸯楼后，在白粉壁上所题的八个大字："杀人者，打虎武松也！"即所谓"好汉做事好汉当"！

自唐迄今，侠义小说已成为小说的一个重要类型。在唐传奇中，侠客的塑造是当时的一大主题，《太平广记》卷四就专列有"豪侠"一目。而唐传奇塑造的许多著名侠客也对后世产生了非常重要的影响，甚至仍活跃在当今的一些影视剧中，像聂隐娘、红线、虬须客，等等。而明清作为中国古代小说的黄金时期，更是出现了许多著名的侠义类小说，像《水浒传》《三侠五义》《儿女英雄传》，等等。即使在其他小说中，"侠"也经常出现，如《西游记》虽为正宗的神魔小说，但谁说孙悟空的斩妖除魔不是行侠仗义？即使沿世情小说一路而来的才子佳人小说，也不无"侠行"的描写，《好逑传》的另一书名，就叫《侠义风月传》。甚至《儒林外史》和《红楼梦》亦无例外。至于公案小说，从它的诞生之日起，就和侠纠结在一起。至于"三言""二拍"、《聊斋志异》等白话或文言短篇小说集中，不但有典型的侠义小说，而且在其他题材的篇什中，侠的面影也不时浮现。

其实"豪侠"之名，早在西汉中晚期就出现了。豪侠之"豪"，从行为上讲，有"豪强"之义；从性格上讲，有豪气、豪爽、豪迈等义。正因为看准的是侠的"豪气"，所以余英时先生指出，最晚至宋代，侠的观念已逐渐与"武"分家了，专指一种精神气概。不论何人，只要身具此种精神气概，无论他的社会身份是什么，都可以叫作"侠"，以至三教九流，无所不包。[1]

进而发展出"儒"与"侠"的合流，乃至形成汤显祖的如此认识："人之大致，惟侠与儒。"而且"其学学孔，其行类侠"，已成为晚明时期设立的人生取向和价值目标。[2] 即使文弱书生，在文学作品中也往往是以"书剑飘零"的形象出场的。

---

[1] 余英时：《侠与中国文化》，上海：上海人民出版社，2003年。
[2] ［明］汤显祖著，徐朔方笺校：《汤显祖全集》，北京：北京古籍出版社，1999年。

一"书"一"剑"既是他们身份的象征，又是文武兼具的标配。《礼记·杂记下》说，"一张一弛，文武之道"。我们也可以说，"一书一剑，文武之道"。如果把"书"视为儒家的符号，那么"剑"则是侠客的代码。剑气可以振儒，儒风复可济侠。时至20世纪40年代，王度庐《宝剑金钗》在塑造李慕白时，讲究的仍是身兼文武、既儒且侠。

还有，令我们惊喜不已的是从唐代开始，就出现了"女侠"形象，乃至于明代徐广在收集侠义故事时，特别将其书命名为《二侠传》，二侠者，男侠与女侠之合称也，其中分明有男女平等之义。降至明清时期，人们也喜欢把"侠"字加在女性头上，尤其是妓女，赋予这些社会底层之人以高尚的人格。大家熟悉的杜十娘被冯梦龙称为"千古女侠"；柳如是被赞为"帐内如花真侠客"。于是在文学作品中，"名姝"与"侠女"合二为一了，"艳如桃李，而冷如霜雪"[1]，似乎是她们典型的形象，这在金庸的新武侠小说中尤为如此。

侠文化的嬗变

如果说，唐传奇中"豪侠"类的出现，才有了真正意义上的侠义小说，那么在侠文化的发展史上，又是唐代李德裕在《豪侠论》中第一次将"义"和"侠"做了连接："义非侠不立，侠非义不成。"[2]于是"侠"一跃成为"社会正义"的集中体现。简单地说，侠之谓侠，一在"平不平之事"，此即"替天行道"

---

1 于天池注，孙通海等译：《聊斋志异·侠女》，北京：中华书局，2015年。
2 [唐]李德裕：《豪侠论》，收于《李德裕文集校笺》，北京：中华书局，2018年。

者是也；二在"杀该杀之人"，此即"代天申诛"者是也。不论"替天"抑或"代天"，其目的都在将侠的行为合理化、合法化、正当化。

降至明清的小说中，侠不仅在民间行侠仗义，甚至开始过问国事，为国平叛。直至近现代的新武侠小说，梁羽生在1977年新加坡写作人协会上，将侠的社会意义视为"对大多数人有利的正义的行为"。金庸直接提出"为国为民，侠之大者"的观点。换用《水浒传》中的话说，即"忠义双全"，从而建构出一种独特的"侠伦理"与"侠精神"。于是，"侠"一变而为"英雄"。从中，我们可大致窥见侠客走的是一条由"不轨于正义"向"轨于正义"、由"以武犯禁"向"以武护法"转变的道路，经历的是一条"化血气为德性，转鄙俚为菁华"的侠格整合之路。

至此，我们可以大胆地推测，在中国的传统文化中，除儒、释、道三教之外，应当还有一个侠的传统。前三者主要流行于大传统文化中，而后者则主要流行于小传统文化中。正因为侠属于小传统文化，且有"以武犯禁"之嫌，所以历来不被大传统文化所重视，从而构成一个在主流社会之外的"第二社会"，一个在大传统文化之外的"亚文化"。但大小传统不是隔绝的，而是互相渗透、互相影响的，故大传统文化中不无小传统的因子，而小传统文化中亦不无大传统的身影。因此在侠的性格结构中交织着多种文化元素，并构成其多元化的文化面相。可以说，侠文化的发展是大传统文化与小传统文化不断碰撞、交流、影响和融合的过程。

冯友兰先生区分儒、释、道三教说，道教讲"长生"，佛教讲"无生"，儒教讲"乐生"。倘若我们将"生"转换成"身"，那么，儒教讲"修身"，道教讲"养身"，佛教讲"无身"，而侠道则讲"舍身"。所谓"舍身"者，即司马迁所谓"不爱其躯"之谓也，并进而向孟子所谓"舍生（身）取义"靠拢。

概而言之，侠在中国古代小说史上有两条发展线索。一条是侠与政治文化的结合，另一条则是侠与情文化的结合。"侠"与政治文化的结合，最终产生出"忠义双全"的"侠之大者"；"侠"与情文化的结合，最终产生出"侠骨柔情"的"儿女英雄"。这两大文化谱系对后世影响深远，至当代新武侠，这两条线索才真正出现合流，而金庸则是集大成者。

一
侠客的"人设"

"义"：侠客尊奉的江湖伦理

说起侠客，我们首先想到的一个词，恐怕就是"行侠仗义"。这四个字最能代表侠的行为特征，同时也是侠义小说主要的书写内容。对侠客来讲，能否称得上"侠"，关键不在其武艺的高强与否，而在其行为是否符合"义"的标准而已。

最早明确将"义"加诸"侠"身上的是唐代人李德裕，他在《豪侠论》中说："义非侠不立，侠非义不成。"明确将"侠行"与"义行"合二为一。这显然是对司马迁定义的扩充和再阐释。从此之后侠就被赋予了"正义"的品格，"义"成为侠客所尊奉的"江湖伦理",更是后世评判侠之为侠的基本准则。简而言之,侠之为侠,全在于"义"之一字而已。其实这从"侠义小说"这一小说类型的命名组合上也可窥见一斑。

"义"是一个非常复杂且不断发展演变的伦理概念和文化范畴。具体而言,侠义小说中的"义"既代表"侠"的品格,又是"侠"的行动伦理,具体表现为侠客闯荡江湖时见义勇为、锄强扶弱的行为准则和不计回报、重诺守信的道德标准。《水浒传》第四回金圣叹评鲁智深的一段话最能概括他们的这一特点:"遇酒便吃,遇事便做,遇弱便扶,遇硬便打,如是而已矣。"

"吃酒"看似与"义"无直接关系,殊不知对侠客而言,"酒"是他们豪爽性格的外化,是他们交往结义的媒介,是行侠的助力,是"义"的表现,也是"勇"的表征。孔子曰:"见义不为,无勇也。"那么"勇"靠什么激发呢?无疑是"酒"。

因此,侠客往往好酒。王维《少年行》云:"新丰美酒斗十千,咸阳游侠多少年。"李白《侠客行》亦云:"三杯吐然诺,五岳倒为轻。"唐传奇《胡证》中的胡证,"一举三钟,不啻数升,杯盘无余沥",甚至以赌酒的方式征服众恶。《水浒传》中众豪侠在梁山的生活就是"成瓮吃酒,大块吃肉"。不惟男子,竟连女侠也多为豪饮之辈,如唐传奇中的红线,事毕后,主人薛嵩"以歌送红线酒",后红线以"伪醉离席,遂亡所在"。其中,"伪醉"一词,间接说明她酒量之大恐不输于男子,又能始终保持清醒,借酒行事。于是,举凡是侠义小说,几乎都要写到酒,以至无侠不酒,无酒不侠。就连感谢也只要请酒一顿,余则分文不取。酒与侠的关系在当代新武侠小说中也得到了继承,例如《天龙八部》中,乔峰与段誉就是因为斗酒而惺惺相惜结为兄弟，只不过比起乔峰的豪饮，段誉只是借助六脉神剑将酒逼出体外而已。

这里不妨多说两句。在古代小说中，"酒"和"茶"又是勾连男女的媒介，有两句谚语道得好："茶为花博士，酒是色媒人。"此用《金瓶梅》中的话说："风流茶说合，酒是色媒人。"可见"酒"在不同的场域中，总能派上不同的用场。它既可以激发豪情，增长气力；又可以消愁破闷，化解寂寥；复可以催生情苗，点燃欲火。"酒"之用场，可谓夥矣！

回到"义"字上来。在侠义小说中，侠客们济危扶困、主持公道之"义举"，已上升为一种"不容己"（出自王阳明，即不容许自己停止）"的惯常行为，就如《三侠五义》[1]中所说：

> 真是行侠作义之人，到处随遇而安。非是他务必要拔树搜根，只因见了不平之事，他便放不下，仿佛与自己的事一般，因此才不愧那个"侠"字。（第十三回）

我们不妨举几个例子来做说明。《三侠五义》系列小说中南侠展昭的首次出场就是除暴安良，他因此而结识了包公。在接受皇帝钦封之前，展昭的主要活动空间是江湖，主要的行为是扶持正义。在这期间，他救济陈州灾民；搭救被安乐侯所劫的良家妇女金玉仙；对被恶霸财主苗秀欺压的老者慷慨解囊，后来又将苗秀所得不义之财劫走；之后他又帮助捉拿行刺包公的刺客项福；勇擒安乐侯；刺杀妖道邢吉，搭救命在旦夕的包公；

---

[1] 本篇《三侠五义》的文本皆出自［清］石玉昆：《三侠五义（注释本）》，武汉：崇文书局，2018年。

如此等等，不一而足。当丁兆蕙打听他的侠行时，展昭说道："其实也无要紧……此事皆是你我行侠之人当作之事，不足挂齿。"（第三十回）这一系列的侠义行径以及"不矜其能，羞伐其德"的内敛性格，为其"南侠"的称号做了绝好的注脚。用电视连续剧《水浒传》主题歌的歌词来说，那就是"该出手时就出手，风风火火闯九州"。"出手"者，义不容辞、匡扶正义之行也；"闯"者，过府闯州、敢于犯险之谓也。一言以蔽之，任侠蹈义，济困扶危——这就是"侠"。

当代的新武侠小说是侠客之"义"的继承、发扬和光大。例如《飞狐外传》中的胡斐，纯粹是出于一腔"义气"之故，为了替素不相识的贫苦农民钟阿四一家报仇，穷追恶霸凤天南不舍，即使走遍天涯海角、身犯险境，也在所不辞。这种义气和精神，正是侠义小说在民间广受推崇的重要原因。俗语云："天有不测风云，人有旦夕祸福。"谁能保障一辈子安然无恙、万事顺遂呢？当人遇到危急之时，谁不希望有人仗义执言、出手相助呢？当人面临存亡之际，谁不希望有人半路杀出，主持公道呢？这也正是司马迁为游侠立传的出发点："缓急，人之所时有也。……况以中材而涉乱世之末流乎？其遇害何可胜道哉！"

不得不说，古人很聪明，总能在现实的缝隙中找到一种法外的保身之道，在严酷的环境中找到一个方外的安身之地。

人在江湖

小说叙事都要设置一个典型的"场景"，安排一个汇集人物的处所。比如公案小说中清官断案的衙门，风月传奇中男女幽会的后花园，历史演义里忠奸对峙的宫廷，等等。侠义小说也不例外，侠客们行游的空间一般被设定为"江湖"。而"江湖"也如"侠"一样，经历了一个由现实世界向文学世界的演变。

"江湖"，是一个特殊的文化范畴。它源自《庄子》，只不过在庄子的心目中，"江湖"还是一个较初级的、带有草泽意味的概念，但它却不可避免地沾染上了道家文化的意味。随着时间的推移与历史的发展，"江湖"的内涵不断扩展，主要具备以下三个要素：从地理空间上讲，它是泛义的，而非狭义的、具体的；就社会空间而言，它与庙堂相对应。最重要的是，它是一种由地理与社会空间高度组合，经时间洗礼而形成的文化概念。

"江湖"的文化内涵虽十分宽泛，但有一个最为明显的特点——与庙堂相对。庙堂强调礼法秩序，江湖则以义气行事。庙堂文化代表了一种正统精神和主流意识形态，而江湖文化代表着一种位处边缘的草根精神和民间意识。"江湖"的魅力，或许正在于它可以弥补那些正统文化所缺失的东西。试想，如果没有江湖文化的勃勃生气与倔强峥嵘，有的只是温文尔雅、和平中庸，那么，这样的文化体系肯定是苍白的、片面的，只有二者相合互补，方能构成一个完整的文化体系。从这一角度看，侠义小说的贡献也许正在于此。

侠义小说中的"江湖"，当然不是现实世界的简单摹写，而是经过文人的虚构与渲染，演变为一个具有象征色彩的文学世界。唐传奇中就已经出现"江湖"这个词，并将之作为"侠客"活动的背景。如《红线》中女侠红线自称："某前世本男子，游学江湖间，读神农药书，救世人灾患。"至明清，侠义小说中已经到处可见"江湖"二字了。

"江湖文化"尽管带有桀骜不驯的狂放之气和任意而发的率性之为,但我们往往忽略了"江湖"也有自己的"江湖伦理"。"义气"就是这一江湖世界里的最高准则。从某种程度上说,它相当于庙堂文化中的"王法",说到底,是一种伦理道德化了的"准法律"而已,有时甚至达到了绝对化的境地,处处规范着侠客的行为。因此混迹于江湖的侠客们,多将江湖义气置于朝廷王法之上。换言之,他们只讲义气,不顾王法,是一伙天不怕地不怕的血性汉子。

在《三侠五义》中,锦毛鼠白玉堂奉旨捉拿北侠欧阳春。翻江鼠蒋平提醒白玉堂,应遵从江湖准则。怎么遵循?他建议锦毛鼠第一步请杭州太守出一张告示,其中务必注明捉拿欧阳春"虽则是奉旨,然因道义相通,不肯拿解,特来访请"。"访请"一词用得十分巧妙,既保留了北侠的颜面,使其不致难堪,又兼顾到了江湖上的规矩。然而白玉堂因奉了圣旨、得了相谕,自认为成了朝廷的代言人,没有遵从蒋平的建议,依然我行我素,最终被欧阳春以"点穴"奇功制伏。此处,欧阳春对白玉堂武功技艺的挫败,实际上体现了江湖侠客对朝廷圣命的不屑。而被制伏后的白玉堂恍然而悟,心悦诚服。相互畅谈后,与欧阳春结为至交——"彼此以义气相关,真是披肝沥胆,各明心志。"(第七十八回)这里再一次凸显了江湖道义对朝廷秩序的超越。

由此可见,侠义小说建构的"江湖"已经成为一个不受王法约束的法外世界。这一远离朝廷的"江湖",寄托了人们在"天下无道""社会不公"的情况下,对于公道和正义的期盼;侠客们闯荡江湖、打抱不平、匡扶正义的行为,也饱含着下层民众对惩恶扬善的殷切希望；而侠客们行走江湖、独立不羁的生活方式，则暗合了人们挣脱束缚、向往自由的追求；同时侠客本身具有的激进性和破坏性，从某种程度上也满足了人们潜在的反抗心理。对这一法外力量的认同，是民众在想象层面上释放自身被压抑情感的一种形式。

张潮说："胸中小不平，可以酒浇之；世间大不平，非剑不能销也。"[1]这恐怕也只有在江湖才可以实现。

武功是否必备项？

说到当代的新武侠小说，最吸引读者的恐怕要数令人眼花缭乱的武功招数和神秘莫测的武功技艺。武功成了侠客闯荡江湖的必备技能，武侠小说的"武"，就是指的武功。那么在古代的侠义小说中，武功是否为行侠的必备项呢？

答案似乎是肯定的。韩非子云："侠以武犯禁"，点出了"侠"与"武"之间的内在联系。但仔细考量，"武"更多的只是"侠"的辅助手段，换言之，"武"是为了更好地行侠而已。从司马迁开始，对"侠"的界定更注重的是其行为精神和内在的人格价值，诸如重信守诺、不计回报、讲究义气、舍己助人之类的行径和品德。尤其是宋代以后，"忠""孝""贞""节""义""信"等道德规范，日益成为侠客必须遵奉的准则。尽管有些人不会武功，但凭其个人的道德操守和人格魅力仍可被视为"侠"。例如《水浒传》中的宋江，虽

---

[1]［清］张潮撰，孙宝瑞注译：《幽梦影》，郑州：中州古籍出版社，2005年。

也"爱习枪棒,学得武艺多般",但毕竟不以武功见长,而是以仗义疏财、慷慨好义出名,"每每排难解纷",常常"济人贫苦,赒人之急,扶人之困",而且遍交天下义士,"有养济万人之度量",深得郭解、朱家之遗风,是江湖上鼎鼎大名的"及时雨",与鲁达、武松等"武侠"相比,可称得上"文侠"。

到了晚明,侠的范围一再扩大,已拓展到各种人物、各类行为之中。李贽《焚书·杂述》云:

> 侠之一字,岂易言哉!自古忠臣孝子、义夫节妇,同一侠耳。

可见,在当时人们的观念上,凡气节或性格上与侠接近者,皆可称作"侠"。如《喻世明言》里的《羊角哀舍命全交》《吴保安弃家赎友》《范巨卿鸡黍死生交》等篇,叙写结交之谊,其中的主人公都是生死相许、患难与共、信义深重之人。所谓:"岂为友朋轻骨肉,只因信义迫中肠。"(《古今小说》卷十六)这种一言相得便生死相托的交友之道,这种"信、义"两兼的特点,明显富有"侠"的特色。不惟男子,女侠亦然。徐广的《二侠传》将唐传奇《李娃传》《谢小娥传》《霍小玉传》中的李娃、谢小娥、霍小玉等女子收入该书,视这些不懂武功却气性刚烈、忠贞坚毅的女子为"侠"。还有"侠女散财殉节"(《西湖二集》卷十九)一篇,在刻画"义仆"朵那(蒙古人)时,为展示她对主母的忠孝之心,特别设计了"割股煎汤"的情节,并最终安排她为主母殉节自杀。正因为她有如此忠孝贞烈的气节,所以才将她称为"侠女"。还有被冯梦龙称为"千古女侠"的杜十娘(《杜十娘怒沉百宝箱》)、被蒲松龄赞为"与古剑仙无殊"的农妇(《农妇》),等等。这些人物,无论男女,之所以称他们为"侠",皆因其刚烈之性与非常之举,而非武功。职是之故,"武功"又并非古代侠义小说中侠客的必备项。

但是,从小说的传奇性和观赏性来说,武功的加入无疑大大丰富了"侠"的勇武形象与不凡气概,满足了读者对江湖世界的遐想。

大致来说,中国侠义小说中出现奇妙武功是从唐代开始的。唐传奇渲染侠客的武功,神秘莫测,奇异非常,如《聂隐娘》中的聂隐娘、神秘女尼、精精儿等皆是。这些侠客多为剑侠异人,虽远离现实,却发展出了侠义小说中的重要一支——剑侠小说。

从宋代始,白话小说大盛,对侠客武功的描写开始出现写实倾向,侠客大多为常人,展示的武功也主要以武力搏斗为主,甚至逐渐出现了详细的武功招数。这从"说话"中"小说"一科的"朴刀""杆棒"之分类中可以看出,它们都是打斗的武器,不善武功的人不会使用。《水浒传》写到"林冲棒打洪教头"所用之棍法、"武松醉打蒋门神"所用之拳法、"燕青智扑擎天柱"所用之相扑术,等等,都有较为精彩和细致的打斗场面,一招一式,描写逼真。还有武松的醉拳玉环步鸳鸯脚、鲁智深"倒拔垂杨柳"的硬功、戴宗的神行法、时迁的轻功、花荣的射技,等等,无不为后世武侠小说的武功套路和武打场面提供了范例。

降至清代,侠义小说更加重视武功的展现,武功门派和招数较之宋明更加繁复,更加专业化。另外,随着商业的繁荣,保镖行业遍布各地，镖师习武自是行规，而镖局也成了侠义小说，甚至是当代新武侠小说非常关注的书写对象，像金庸的《笑傲江湖》就是以福威镖局被灭门为开端的。而到了晚清的侠义小说中，武功成为小说叙事最为重要的部分。如《三侠五义》中白玉堂在开封府夜袭展昭一节，武功打斗极为精彩，二人刀剑搏杀，加之暗器袭击，轻功相较，兔起鹘落，精彩无比。还有《儿女英雄传》中，侠女十三妹一登场就出手不凡，在客栈将一块二百五十多斤重的石头单手提起，搬放自如。能仁寺救厄解危一节，是《儿女英雄传》中最能体现十三妹胆识武功、最具武侠特点的情节。书中描写她一人在须臾间便手刃十几名武功不弱的恶僧，其间展现了飞弹、刀、棍、拳等诸般技艺。这段描写也是古代侠义小说中少有的精彩打斗场面，并写到具体的武功名称，对后世"武侠小说"的影响巨大。可以说，从民国开始，武侠小说正是沿着清代侠义小说之路，将"武打"发展为侠义小说的一个必备的特征。

"武"就如"舞"一样，我们或许可以用音训的方式，释"武"为"舞"。其套路招数，极具表演性与观赏性。打到热闹处，令读者心悬半空，不能着地；说到关键处，令读者心潮澎湃，不能自已，乃至于手之舞之，足之蹈之——这就是武功的魅力。到了金庸等新武侠小说大师手中，武功更成了儒、释、道三教的教义演示，其招式家数愈出愈精，武功名称愈来愈奇。一言以蔽之，它已是各家思想的交会、各种艺术的集成，风雅与哲理兼具，武功与文化合一。

世外高人

说起世外高人，我们头脑中一定会出现当代新武侠小说中那些貌不惊人却神功盖世的人物，他们总是来无影去无踪，犹如神龙一般，常常见首不见尾。比如《倚天屠龙记》中的黄衫女子，武功出神入化；《天龙八部》中的无崖子及其同门传人有许多惊世骇俗的武功：天山童姥那套能够返老还童的八荒六合唯我独尊功，段誉的北冥神功，李秋水的小无相功，虚竹的天山六阳掌、生死符、天山折梅手，如此等等，不一而足。至于无崖子，由于出场时已衰老残疾，他的武功只能由读者想象。

那么在古代的侠义小说中，是否也有世外高人呢？他们和新武侠小说中的"世外高人"又有何异同呢？

在古代的侠义小说中，"世外高人"的确存在。他们来自"剑侠"这一传统，这一传统从唐代开始，延绵不绝，一直波及20世纪的武侠小说。直至当今流行的仙侠、玄幻小说无不受其影响。这类"剑侠小说"中的"侠"较为独特，与我们常见的扶危济困、行走江湖的侠不同，剑侠往往是道家中人，他们练内功、服丹药，懂得神仙方术，乃至于能吞吐剑丸，练就绝世神功。这些人大多隐居在山林深处或岩穴之间，与尘世隔绝，是名副其实的"世外高人"。

剑侠第一次集中出现是在唐传奇之中。最为精彩的当属《聂隐娘》[1]，小说写聂隐娘幼时被一神秘女尼盗走，带到一深山石穴中学艺。这是一个远离尘世的神秘世界，一个充满奇异武

---

[1] 汪聚应辑校：《唐人豪侠小说集·聂隐娘》，北京：中华书局，2011年。

功的剑侠世界。聂隐娘因此而成为身负绝艺、杀人不见血的剑侠。她奉命刺杀的是"害人若干"的大僚，而非无辜之人。回家后，又在魏州节度使手下效力。一次去刺杀节度使刘昌裔，发现他并非该杀之人，便弃暗投明成为刘昌裔手下，并多次以剑术与方术助刘父子逃过劫难。其中有化首级为水的秘药、日行千里可藏于布袋的纸驴、脱祸保命的仙丹，就连她所使用的兵器——羊角匕首，也只有三寸长短，藏于脑后。她还可以化为蠛蠓钻入腹中，开了孙悟空化为飞虫钻入妖怪肚中的先河。这些描写，令人惊骇不已，不得不佩服唐人的想象力，它们直接影响着后世的武侠小说。聂隐娘还自己选择配偶，选中的居然是一个只会磨镜、"余无他能"的磨镜手艺人。这恐怕放到今天，也会让人费解。要说这一情节的现实意义，无过于这种"我的事情我做主"的特立独行，这种不攀富贵、不羡骄奢的择偶观念。

除了聂隐娘与其师女尼之外，传中还刻画了精精儿、妙手空空儿两个剑客，描写聂隐娘与他们斗法的过程可谓惊心动魄，尤其是和空空儿的较量，使人瞠目结舌：

隐娘曰："后夜当使妙手空空儿继至。空空儿之神术，人莫能窥其用，鬼莫能蹑其踪，能从空虚之入冥，善无形而灭影。隐娘之艺，故不能造其境。此即系仆射之福耳。但以于阗玉周其颈，拥以衾，隐娘当化为蠛蠓，潜入仆射肠中听伺，其余无逃避处。"刘如言。至三更，瞑目未熟，果闻项上铿然，声甚厉。隐娘自刘口中跃出，贺曰："仆射无患矣！此人如俊鹘，一搏不中，却翩然远逝，耻其不中，才未逾一更，已千里矣。"后视其玉，果有匕首划处，痕逾数分。

这段文字中，对空空儿的描写虽只有寥寥数笔，但一位神秘卓绝的"妙手"剑客却跃然纸上。他不仅道术高强，而且性格孤傲，一击不中即翩然远逝，这恐怕正是当代武侠小说中许多世外高人的原型。而"妙手空空"更是成为后世侠义小说中一个专有名词，足见其影响力之大。

宋明的剑侠小说多以文言形式出现，在崇尚写实的白话小说中相对较少。在唐人"作意好奇"的基础上，进一步突出剑侠的"异人异行"。除了散见在各类笔记中的单篇小说之外，文人甚至还将他们的故事编纂成册，如《江淮异人录》《剑侠传》等，题目中就直接突出了剑侠的特征。他们不仅拥有高超的道术或剑法，行事还往往诡异乖张，来去形如鬼魅，飘忽不定，如角巾道人自称的那样："吾乃剑侠，非世人也。"[1] 剑侠的存在，恐怕是由于在茫茫人海之中时有强梁横行，芸芸众生的生命无从保障，所以才寄希望于这些"非世人"式的"剑侠"来惩奸除恶，于是便赋予他们奇异的本领和高超的神技。

从明迄清，出现了描写剑侠的白话小说，将文言小说的表现内容与白话小说的表现形式合二为一。例如清代的《济公全传》以济颠和尚游戏风尘、济世救人为主干，穿插剑仙、侠客锄强扶弱的侠义事迹以及正邪斗法、捉妖降魔等情节。主人公济颠和尚从表面上看似疯疯癫癫、不修边幅，是个游戏江湖的怪人，但实际上是一位富有侠义心肠的正直法师，而且法力无

---

[1] ［宋］洪迈：《夷坚志》补卷第十四《郭伦观灯》，北京：中华书局，2006年。

边、神通广大，类似神仙式的人物。这也为后世武侠小说演述风尘异人提供了创作典范，《射雕英雄传》中北丐洪七公身上或许就有济颠的影子。晚清又出现了以剑侠行侠报国为主旨的小说《七剑十三侠》和《仙侠五花剑》。它们成书于晚清，因此影射现实的成分居多，或许在那样一个动荡黑暗的时代，平凡的侠客已经难以满足平民大众对正义的期盼，只有依赖这类无所不能的剑仙，才能纾困平怨，伸张正气。这时的剑侠已经不再只是一个传说，而是足践江湖，"行侠仗义"，既有神秘的道术，又有义士的热肠。

民国以来，武侠小说极多，其中就有继承古代剑侠小说传统的一支。代表作有平江不肖生的《江湖奇侠传》、还珠楼主的《蜀山剑侠传》等。到了20世纪50年代以来的新武侠小说虽更偏重写实，但不可否认的是，仍继承了剑侠小说的许多夸张的描写，如《天龙八部》中天山童姥的八荒六合唯我独尊功，练功时竟能返老还童；《云海玉弓缘》中的金世遗，会"天遁传音"的神功；《楚留香》中的楚留香，练就了可用皮肤毛孔呼吸的奇功，等等。这些奇功虽说和口吐白光的飞剑法术还有区别，但谁又能说不是受此启发而来的呢？

另从人物塑造的角度看，剑侠小说中的这些"世外高人"多与道教相关，这从他们多为道家中人，所练仙术也多为道术即可窥见。而剑侠们的精神气质更多源于道家思想的影响，例如他们不守规则、豪放不羁、任意所为的风格，与道家率性而为、任情而作、摆脱一切约束的精神主张相合，而他们负剑远游、特立独行的气质与行状，则接近于庄子的"逍遥游"。

道家思想对当代的新武侠小说产生的影响更大，例如金庸武侠小说中的武功很多是以道家思想为核心的，如武当派、全真教系武功内家正宗；"空明拳""太极拳"等讲究"以柔克刚"；《九阴真经》开篇即云"天之道，损有余而补不足，是故虚胜实，不足胜有余"，这更是直接采用了老子《道德经》中的原话。除此之外，金庸小说中的一些著名的侠客也有明显的道家特质，如令狐冲之放浪形骸、周伯通之天真烂漫、石破天之无智无识等特点，均是深受道家思想的影响而成型的。至于他笔下的"世外高人"与道家关系更为密切。例如前已提及《天龙八部》中的无崖子，其门派"逍遥派"之名，武功"小无相功""北冥神功"等更是直接来自《庄子》。

这些"世外高人"不同于"常人"，也异于"常行"，要用一字概括，那就是"异"。这或许也是武侠小说吸引读者的地方，看惯了正襟危坐的大侠，来几个性情乖戾、古怪神秘的高人，不也是一种别样的感受吗？例如金庸《天龙八部》中的"四大恶人"，虽然有的行事偏激，有的行为乖张，但其性格之"异"，均有其原因所在，为其环境所迫。这些描写，不能不说是受古代剑侠影响而来的，是在此基础上的创新，只是善恶有别而已。

大众心目中的"超人"

古代的侠义小说一直都是民间广受欢迎的小说类型，当代的新武侠小说更是被视为"成人的童话"（华罗庚语），风行海内外。那么，这一类型的小说为什么能够如此吸引读者呢？除了它曲折离奇的故事情节、紧张精彩的打斗场面、丰富神奇的想象力之外，最重要的原因恐怕还在于"侠"的存在，他们"可以济王法之穷,可以去人心之憾"。从某种程度上说,"侠"是大众心目中的"超人",一个永远的"梦"。

自从"庄周梦蝶"以来,"梦"是最具中国文化特点的一种构设。戏曲创作用汤显祖的话说,是"因情成梦,因梦成戏"[1];小说虽来自史传,强调写实,但《红楼梦》中"古今一梦"之语却道出了它的本质。仿此,我们也可以把侠义小说视作专为"正义"做的一个美好的"梦"。陈平原所说的"千古文人侠客梦",揭示了其中深藏的情结。径直说,"梦"是中国故事中的"元叙事"。

我们知道,古代侠义小说,尤其是白话小说,像《水浒传》《三侠五义》等,它们最初都来源于当时流行的说唱,而说唱所面对的都是下层民众,因此它们必须迎合民众的审美趣味与心理需求。而作为社会底层的民众,他们也最有可能遭遇社会的不公或豪强的欺凌,因此在他们心中总会希望身边存在着可以替之解困救急的侠客,这也就是为什么在侠义小说的情节设置中,每当弱势民众有自身无法解决的困厄时,恰好就会有一位侠客及时出现。从这一角度来说,侠义小说对侠客形象的塑造,最大地满足了民众伸张正义的心理需求与对善恶有报的殷切期盼。因此我们不妨把这类侠义小说看作是为了抚慰下层弱势民众而创造出的一个正义必然战胜邪恶的"童话",一个带有理想色彩的"幻梦",它凝聚着广大民众的现实需求与理想期待。正如近人江子厚所说:"世何以重游侠?世无公道。民抑无所告

---

[1] [明]汤显祖:《复甘义麓》;[明]汤显祖著,石衣编注:《玉茗堂尺牍》,上海:上海远东出版社,1996年。

诉，乃归之侠也。侠者以其抑强扶弱之风，倾动天下。"[1]也许正是因为这个原因，问竹主人石玉昆在《〈忠烈侠义传〉序》中分析侠义小说受欢迎的原因时说道，读此类书，"使读者有拍案称快之乐，无废书长叹之时"。

有人也许会认为，古代侠客多产生于乱世，这些侠义小说的存在会不利于大一统的统治。但我们或许可以换个角度考虑，这类小说中侠客的"济民"义举满足了广大民众"被拯救"的愿景，而这种心灵的抚慰又恰好可以在一定程度上缓解社会的矛盾，反而是有利于维护统治、安定民心的。我们知道，侠义小说中的侠客大多出现在下层民众受权势欺压、哀告无门的绝望之际，侠客的出手，既可以止损，又可以使正义受到扶持，邪恶遭到惩罚。这种程式化的故事情节，从社会学的角度来说，实乃一种社会的润滑剂。尽管小说中侠客有时会越王法而行事，但读者在阅读此类小说时，在一定范围内却可以纾解他们因遭遇不公而积压的怨愤，并由此而获致一种审美的快感，这在一定程度上反而有利于化解社会积怨，保持社会稳定。所以我们可以说，侠义小说是对社会的一种幻想式改造，富有"民间性格"。民众在现实生活中的困境感受与悲剧体验，会随着非政治化的阅读快感而得到缓解。所以，从某种意义上说，侠义小说中的侠客作为"王法"的一种补充，是调停社会矛盾的中介，这也是侠义小说塑造不拘王法、自掌正义之侠客的社会学价值所在。

时至今日，传统的侠客或许已经失去了存在的土壤，但是

---

[1] 江子厚：《陈公义师徒》，载冷风编：《武侠丛谈》，上海：上海书店出版社，1989年。

"侠"业已成为一种文化符号存在于人们的心中。他们不仅仅只是武侠小说中一个个生龙活虎的存在,更成为一种精神的象征、人格的理想。那种急人之难、不计回报、重诺守信的品质,不也是我们当代仍在弘扬的人格价值吗?儿童在阅读童话故事时,能获取真善美的价值,那么成人在阅读武侠小说时,也能唤醒内心的豪情,激起冷却的热血。尤其是快意恩仇的江湖,让我们能暂时忘却自身处境的迷茫与困惑,在"酒"与"剑"中,尽消心中不平事。这是何等畅快、何等爽意之事啊!

或许喜欢武侠小说的当代人,内心都有一个侠客梦。正如周星驰电影《功夫》中,主人公小时候就有一个拯救世界的梦想,我们小时候不也如此吗?梦想拥有超人的武力,成为一个超人。当我们把西方电影中拯救世界的超级英雄都翻译成"侠"时(如 Batman 译为"蝙蝠侠", Spiderman 译为"蜘蛛侠", Iron Man 译为"钢铁侠"等),正道出了我们每个人内心对侠的追慕。而当我们沉醉于那些令人眼花缭乱的武功招式、精彩绝妙的武打场面时,或许也包含着当代人对冷兵器时代的追忆与怀旧。而那些在古代看似神异的奇功,在今天不也以科技的手段实现了吗?像金钟罩铁布衫,不就是现在的防弹衣?"千里传音"的神功不也和现在的电话功能相同吗?那日行千里的"神行功",和高铁、飞机一般,而那神妙无比的易容术,大概就是现在整容的先驱吧……

这样说来,请允许我们把侠义小说也看作是一种另类的科幻小说吧。

二
"侠之大者,为国为民"

侠以武犯禁

最早提及"侠"之名称并对其做出判断的是《韩非子·五蠹》篇:"儒以文乱法,侠以武犯禁。"他又将"游侠"与"私剑"并称,可见"侠"最初是"养士"之风盛行的产物。主人对"游侠"以礼相待,以义相结;侠客则感于知己,以死相报。"侠客"重气节、轻死生的行为,往往有违君臣伦理,尤其他们"权行州里,力折公侯"、好逞私勇、"立强于世"的行径,直接构成对君权的威胁。因此,韩非子对"侠"进行了严厉的抨击,用"犯禁"来表达其破坏性。

继韩非子之后,对游侠做出更明确定义的是司马迁的《史记·游侠列传》,已见前述。不同的是,司马迁的着眼点在于"侠"的个人品行及其社会的正能量,但他仍没有否定"游侠""以武犯禁"的特征,在表述中称其行为"不轨于正义"。

之后,班固追随司马迁,为《汉书》作《游侠传》,但他的出发点与司马迁有异,是从维护大一统皇权的角度立论的,对游侠"以匹夫之细,窃杀生之权"的行径深为不满,在出发点上与韩非子有相通之处。

至此,我们对历史上早期"游侠"的基本形象已有了一个大体的把握。由于他们"以武犯禁",对大一统的社会秩序具有破坏作用,是政治的不安定因素,是社会的一股离心力量,因此出于维护政治权力的需要,两汉政府对民间的"游侠"进行了多次大规模的打击,游侠成为主流文化所排斥的对象。

但游侠并未就此销声匿迹,其精神气质一直延续至后世,甚至突破了"武"的范围,"豪侠""义侠""任侠"之称谓和风骨气节的记载,屡屡出现于历代正史之中。而且更重要的是,"侠"之一字也成为品评人物的重要概念。尤其在文学作品中,"侠"一直是文人关注和书写的对象,甚至出现了专写侠客的类型小说。其中的侠客形象也带上了创作时代的印记,虽有古老的"游侠"传统贯穿其中,但侠的形象、行为已有了新的内涵,其侠义精神也在不断地发生变化。

简而言之,侠义小说中的"侠"走的是一条从"不轨于正义"到"轨于正义"的道路,从大一统统治的威胁者逐渐转变为保家卫国的"忠义之士",即从"以武犯禁"转变为"以武护国"。这一嬗变也是侠文化与政治文化的结合,也即"侠义"向"忠义"的转变,这一结合既是"江湖伦理"和"政治伦理"的结合,也是"大传统文化"对"小传统文化"的改造,正统文化对江湖文化的容受。

宋江:"任侠"式人物

由宋至明,是侠义小说发展过程中的一大转折,"侠义精神"出现了新变。究其原因,盖在于有宋一代,民族矛盾上升,内忧外患不绝,再兼之以文治国,理学兴盛,于是精忠报国、以天下为己任等思想就成为当时社会的主流意识。这一背景直接催生了"侠义精神"的升华,侠文学在侠客们标举的"义"之上又添加了一个更高的价值理念——"忠"。因此,此后的侠客不仅仅是匡扶正义的"游侠",而且成为肩担道义、精诚报国的"忠义之士"。

至此,传统的"侠义观"一变而成为"忠义观"。侠客不仅保留着传统的江湖义气和民间精神,同时宋儒"先天下之忧而忧,后天下之乐而乐"的"忧国忧民"思想也赋予了他们强烈的道德责任感和庄严的历史使命感,这无疑大大丰富了侠义精神的内涵。

于是,自宋以降,侠义小说开始描写侠客过问国事、保境安民的行径。明代凌濛初在《程元玉店肆代偿钱 十一娘云冈纵谭侠》(《初刻拍案惊奇》)中,就通过女侠十一娘之口对侠客做出一番界定:一,侠客必须是武艺超群之人;二,侠客必须维护公德、不讲私义;三,侠客还应该过问国事。由此可以看出,侠客的精神内涵已大大扩充了。而这一侠义精神的转折,就在《水浒传》。如果说改"聚义厅"为"忠义堂",是水浒豪侠们思想上的转变,那么由"打家劫舍"到"替天行道",则是他们行为上的转变。这两大转变,是对豪侠精神的文化洗礼,对豪侠行为的道德提升。正如第七十一回宋江在"梁山泊英雄排座次"中带领众人起誓所说的那样:"但愿共存忠义于心,同著功勋于国。替天行道,保境安民。"代表梁山泊事业的那块"石碣"上,刻有一副对联,一边是"替天行道",一边是"忠义双全"。"替天行道"是他们的行动纲领,"忠义双全"是他们的人格追求。众所周知,"忠"在古代既有"忠君"之义,又含"报国"之义。"义"更多是一种行事原则(义者宜也)和社会伦理。美国学者郝大维、安乐哲指出,"义"这个概念,将"审美、道德和理性意义的最终根源都植根于人本身。个体正是拥有赋'义'

的能力，才得以从其文化传统中获取意义并展现自身的创造意义"。[1] 侠客赋予"义"更多的是正义和救济。明代天海藏《题水浒传叙》曰："尽心于为国之谓忠，事宜在济民之谓义。"突出的正是"忠义"二字为国为民的含义。将之转换成金庸的话说，就是"为国为民，侠之大者"。

这种"大侠精神"就是侠义传统与儒家人格价值的完美结合。金庸笔下的郭靖，为抗击蒙古大军的进犯，不惜死守襄阳，即使金轮法王捉了她的女儿要挟他，依旧大义凛然，不为所动，最后和妻子黄蓉双双壮烈殉国。郭靖捍卫襄阳，正好替"为国为民，侠之大者"做了一个很好的注脚。

在《水浒传》中，不得不提的第一号人物，便是宋江。宋江是小说"忠义"思想的集中体现者。小说的用意，是想把他塑造成一个"忠义双全"的完美典型，借此为侠找到一条容身的通道，为国添加一位有用的人才。但实话实说，宋江的文治武功极为平常，但在江湖中，他却是鼎鼎大名的"及时雨"。江湖中人一见宋江纳头便拜，即便是李逵这样天不怕地不怕的莽汉，拜起宋江来，也是"拜得死心塌地，拜得更无商量"（第三十七回金圣叹语）。依此而观，从侠文化的谱系来看，他无疑属于"任侠"一流人物。

在历史上，"任侠"和"游侠"应当是有区别的。《史记·季布栾布列传》中说："季布者，楚人也。为气任侠，有名于楚。"[集解]孟康曰：

---

1 [美]郝大维（David L. Hall）、安乐哲（Roger T. Ames）著，何金俐译：《通过孔子而思》，北京：北京大学出版社，2005年。

"信交道曰任。"如淳曰:"相与信为任,同是非为侠。所谓'权行州里,力折公侯'者也。"或曰任,气力也;侠,俜也。

《史记》同传又载季布之弟季心云:

气盖关中,遇人恭谨,为任侠,方数千里,士皆争为之死。

不论是孟康说的"信交道",或如淳说的"相与信",似乎都有一个与人相交的人际交往在其间。另从"有名于楚"和"士皆争为之死"这两句叙述语中,似可大致窥测到,"任侠"不是单个的"游侠",而是具有很强号召力、凝聚力和向心力的团伙领袖。例如我们都很熟悉的孟尝君、信陵君以及朱家、郭解等人,他们能养士结客,有很多人依附。相比较而言,团伙领袖为任侠,单个行动者为游侠。

《水浒传》第八十三回开篇诗云:"壮哉一百八英雄　任侠施仁聚山坞。"其中"任侠"一词恰是对首领宋江文化身份的定性。这在宋江首次出场的赞词中亦可窥见:"刀笔敢欺萧相国,声名不让孟尝君。"以孟尝君相称,实际就是对他的定位。在其人物介绍中又云:"平生只好结识江湖上好汉,但有人来投奔他的,若高若低,无有不纳,便留在庄上馆谷,终日追陪,并无厌倦。若要起身,尽力资助,端的是挥金似土。人问他求钱物,亦不推托。且好做方便,每每排难解纷,只是周全人性命。时常散施棺材药饵,济人贫苦,赒人之急,扶人之困,以此山东、河北闻名,都称他做'及时雨'。"(第十八回)这不正是一篇"任侠传"吗?宋江又被称为"呼保义",所谓"呼群保义",不也正是"任侠"最大的特征吗?

套用马克斯·韦伯的概念,宋江或许就是一个"克里斯玛型"的人物。所谓"克里斯玛型"即"超凡魅力型":"人们服从他,不是因为传统或条律,而是因为对他怀有信仰。"换句话说,"我服从他,不仅是因为害怕他胳膊比我粗,还因为我有意识地,或下意识地从内心里感到有必要服从他"。[1]

当然,尽管宋江领导的这支梁山义军以悲剧告终,只落得个"魂聚蓼儿洼"的下场,但既然是"魂聚",就说明他们忠义报国的英灵不散,精神长存。至于宋江在小说中左顾右瞻、畏首畏尾等行为表现,说到底,或许是由"忠/义"之间内在的紧张造成的。也许正因如此,后来《三侠五义》等侠义小说才改由清官统领,并给清官本身赋予"任侠"的特点。而清官之所以能聚拢众侠,并使之心服口服,受其指挥,正在于其"清官"加"任侠"的身份使然。

"清官 + 侠客":侠义小说新模式

由宋至明的侠义小说,在经历了"侠义精神"的重新整合后,发展至清代,一个最大特点便是出现侠义与公案的合流、侠士与官府的结合。用鲁迅先生的话说:"这等小说,大概是叙侠义之士,除盗平叛的事情,而中间每以名臣大官,总领一

---

[1] [德]韦伯著,冯克利译,《学术与政治》,北京:生活·读书·新知三联书店,2016年。

切。"[1]这些小说大多有一个叙事模式，即以某个清官为核心人物，一群侠客作为这个清官的保镖或助手，既协助清官破获案件，又负责护卫清官，尽到保家卫国之责，在这期间还依旧做些侠义之事。

这一"清官+侠客"的模式最突出的代表作就是《三侠五义》系列小说。

《三侠五义》是在石玉昆说唱《龙图公案》的基础上发展而成的长篇章回小说，后经俞樾改定后，易名《七侠五义》，其续书包括《小五义》与《续小五义》。因为这三部小说的情节互有联系，且构成一个连续完整的故事，因此可称为"《三侠五义》系列小说"。

"三侠"和"五义"都是江湖侠士，小说写他们受到包拯的赏识与荐拔，协助其平反冤狱、诛暴安良、剪除叛党的故事。小说中的侠客发生了蜕变，从"以武犯禁"的作案者一变而成为"以武护法"的清官僚属。在《三侠五义》系列小说中的展昭、五鼠、小五义等人及王朝、马汉、张龙、赵虎，最初都是行走江湖的侠客，归附清官之后，其行为方式和做事风格都有所改变。这一改变备受今人诟病和争议，其焦点在于侠客是否因此失去个体人格而沦为朝廷鹰犬。

持侠客成为朝廷附庸观点者往往忽略了一个关键，就是侠客们依附的"清官"不仅代表官府的正面形象，而且与"侠"在精神上具有一致性，因此又是侠士的"知己"。他们既是上下级的隶属关系，又是同道中人，是朋友知己关系。

---

[1] 鲁迅：《国学杂谈》，北京：北京理工大学出版社，2020年。

尽管"清官"是正统王权的代表，侠客依附清官即是向正统的名教礼法归顺，这一点毋庸置疑；但又不仅仅如此，"清官"之"为国为民"的行事原则和正气凛然的人格操守，是侠客甘愿归附的更为重要的内在原因。因为清官"为国为民"的为官之道，恰与侠义之士奉行的"侠道"观念有相合之处，二者相逢，难免有惺惺相惜之意和高山流水之感。这里，"清官"已不仅仅是一位代表朝廷的官员，而已成为"为国为民"的象征符号和集多种优秀品德于一身的人格载体。他们锄奸惩恶、济贫扶危，不但与侠的行径相通，而且二者在匡扶正义的行为上有着同仇敌忾的心理基础。所以，我们可以说清官在文化谱系上带有"侠"的品格，是侠义之士的"法内"代言人。

正因为如此，清官就为侠客与政府的结合找到了一条合情、合理、合法的途径，并基于个人的感召力（侠客多为报答清官的知遇之恩），将侠客的侠义行为引向为国戡乱、为民申冤的大忠大义境界。于是扶助忠良、护卫清官，就演变成了侠之为侠的基本行径和必备品格。同时，这种依附清官的出路安排，恐怕也是作者看到《水浒传》的悲惨结局之后，为侠义之士找到的一条更为安全的能显扬其存在价值的通道。

另外，从现实的层面来说，清官愿意招纳侠客，一方面可借此保护自己的人身安全，另一方面又可为朝廷吸纳人才，消除隐患。这无疑是一种"双赢"的局面，也在一定程度上反映了下层民众理想的政治结构：清官廉明刚正、爱国爱民，代表伦常与法律；侠客打抱不平、武艺高超，代表正义与力量。清官没有武艺，在与邪恶势力做斗争时，常因没有武力反抗之技艺而束手无策，须借助侠客的武功；而侠客没有职权，甚至没有合法的地位，只有托诸清官，才能使他们行侠仗义、除暴安良的行为合法化。二者的结合能够保障国家太平、政治清明、百姓安宁。所以，"清官＋侠客"的结合模式，虽明显出于虚构，但充分表达了民众的意愿和心声。它既反映了侠客的报国热忱和"江湖有义终非盗"的人生追求，也显示了清官不拘一格为国搜罗人才的政治识见和宏大胸怀，更导致了"侠义小说"与"公案小说"的合流，而"合流"的实质，一言以蔽之，是侠文化嬗变史上，庙堂文化对江湖文化的容受。

三
快意恩仇："报"的交往原则

"士为知己者死"

"报"在中国文化中是一个涉及面十分广泛的概念，是构成中国社会关系的一个"重要基础"。

儒家经典《礼记·曲礼上》中有很著名的一段话："礼尚往来，往而不来，非礼也；来而不往，亦非礼也。"这种行为的"交互性"原则构成了我们一贯奉行的交往之道，深深地积淀在中国人的民族文化心理结构中，更显著地体现在先秦的"游侠"精神上。其中"报恩"与"复仇"就是侠客行为与心理的两种重要的表现形式：有恩者报答，有仇者复仇。所以侠客们可以为酬恩而不计生死，可以为复仇而不计一切。

单就"报恩"来说，"士为知己者死"是它的一种重要的，也是最高的表现形式。

历史上，"侠"最初是"养士"之风盛行的产物。《韩非子·八奸》云："为人臣者，聚带剑之客，养必死之士，以彰其威。"主人对"游侠"以礼相待，结以恩义，侠客感念主人的知遇之恩，不惜以死相报。从一开始，"报"便成为游侠的行事原则。春秋战国时期，晋国的豫让，吴国的专诸，齐国的聂政，卫国的荆轲，即是显例。他们都有非常相似的经历：最初都是蛰伏民间下层的豪杰或游侠，后来受到某些权贵的赏识和敬重，便不惜舍身相报。其中豫让的故事尤令人触目惊心：智伯被赵襄子等灭掉后，豫让因深受智伯的礼遇而感恩在心，抱定人以"国士遇我，我故国士报之"的还报宗旨，以"士为知己者死"的勇气，决意要为智伯报仇。先是化装为判刑服役之徒，改名换姓，混入赵府行刺未成，赵见其为故主报仇，义勇可嘉，就放了他。他继以漆涂身，使形如患疠疾者，吞炭伤喉，令嗓音变哑，行乞于市，埋伏于赵必经的桥下行刺。再次失败后，豫让知事已不成，便请求赵襄子处死自己来成全他的"死名之义"，拔剑三跃，猛击赵的衣裳，在聊致报仇之意后，伏剑自杀。这些超乎常人、惨烈悲壮的"还报"，使他和他们成为千古歌颂的对象。

这几人虽然在历史上更多地被称为"刺客"，但他们不图富贵、崇尚节义、只身犯险的行动，分明带有"侠"的内涵和品格。他们遵循的也是游侠的道德标准和行动理性，与《游侠列传》对游侠所揄扬的精神是完全一致的。在他们身上集中体现了中国早期侠士的关系取向——"士为知己者死"。历代文人也不惜以各种溢美之词表达对他们的倾慕与赞颂。其中或许隐含着古代文人对"圣君""明主"的渴盼,正如诸葛亮为报刘备的知遇之恩,鞠躬尽瘁,死而后已,别具一种"知其不可而为之"的悲剧精神。这一"还报"又何尝不是来自"士为知己者死"的交往之道。

这里不妨多说几句。尤尔根·哈贝马斯提出一种"交往理性"的概念,来探讨人们的"交往行动理论"。他指出:"从历史起源以来,意见和行动的合理性就是哲学研讨的一个论题。我们甚至可以说,哲学思维本身,就是从体现在认识、语言和行动中的理性反思中产生的。"[1]在此暂且不论哈氏繁复的论证过程和庞大的理论体系,但就中国文化而言,被杨联陞先生揭示出的"报"之观念,就是一种中国文化中的"交往理性"。这种交往原则,有着"再生产"的机制,至少可生产出人际关系的和谐,生产出社会秩序的稳定,生产出人之行动的伦理规范,生产出评判行动的合理性规则……一言以蔽之,在"报"的观念和行动中,"正能量"居多。

在中国,最能体现这一"交往理性"的无疑是"侠"。

白刃如雪金如丘,侠客报恩行报仇

自历史上的"游侠"转入文学领域之后,虽然侠义精神在不断演变,但"游侠"传统中,"报恩"的观念却始终不变地被

---

[1] [德]哈贝马斯:《交往行动理论·第1卷——行动的合理性和社会的合理化》,重庆:重庆出版社,1993年。

保留了下来，并成为文人极力赞颂的情节。

这种"还报"行为既具有"刚性"的特征，又被赋予了"情感性"的特征，正如《金云翘传》中所云："遇相知，赠以头颅，乃吾徒本色事。"这种不计后果，置生死于度外的"侠客行"，正是感人之所在。

唐传奇中的大多数侠客效忠于私人家族，即所谓"私剑"。他们所做之事尽管有行侠仗义的特点，但指导他们行为的动因之一仍是游侠传统中的"还报"观念，如《昆仑奴》《聂隐娘》《红线》等均如此。他们都介入了藩镇之争，实际上也是藩镇的"私剑"。尽管其间难免有背离"公心"的出格之处，但作为交往理性的"还报"观念，仍然是他们为人处世、待事接物的伦理原则。

《红线》中，红线为报潞州节度使薛嵩的优养，独自一人入险境，却毫无犯难之意，将此视作分内之事和应尽的责任。而且一旦事完，这些侠客便功成身退，不留踪迹，隐姓埋名，不知所终。他们遵循的仍然是"不矜其能，羞伐其德"的古训。

由宋至明，"侠义精神"出现了新变，"义"与"忠"的结合，使这一传统的"还报"观念也随之发生了伦理内涵的转变，"私报"逐渐走向"公报"：尽忠报国，为民除害。

至清代，侠义小说进一步将忠君报国对象化、实体化了。其步骤之一，便是将之落实到某个清官身上。这一聚集侠士的"清官"至为重要，他们既是皇权与政府的代表，同时又是侠士的好友与知己。这样一来，侠客"为王前驱"的行径，就建立在深具人情法则的"还报"观念上了。换言之，用学术的语言表达，他们奉行的仍是"报"的交往理性。

《三侠五义》中的主要人物如南侠展昭、陷空岛五鼠、张龙、赵虎、王朝、马汉等人，并不是因为包公代表官府而投靠他，而是包大人能够赏识众侠士，是他们千古难逢的"知己"，所以为报答"知遇之恩"，才自愿效力于他的麾下。由此可见，"还报"的人情法则是他们投靠的主要动因。书中在写展昭被钦封为四品带刀护卫之后，路遇丁兆蕙言及封职一事，展昭表明自己更喜欢寻山觅水，不喜羁绊，封官一事"若非碍着包相爷一番情谊，弟早已的挂冠远隐了"（第二十九回）。可见包公的"情谊"是展昭接受官职的根本原因，而"情谊"是构成"知己关系"的重要基础。原来展昭是在包公上京赶考途中与之相识的，两人"一文一武，言语投机"（第三回），在之后的接触中，包公欣赏展昭锄强扶弱的侠义行径和身手不凡的武艺，展昭更尊敬包公不畏权奸、刚正不阿的气节，所以展昭一路暗中帮助包公，并接连数次搭救包公性命。就是在展昭受职之后，二人还是保持着这种惺惺相惜的知己之情。

陷空岛上五鼠对朝廷的归顺，也是基于包公的恩遇。卢方在花神庙行侠仗义时，混乱中出了人命，当他披枷带锁地被王朝带到开封府之后，上堂前包公对王朝大声断喝道："本阁着你去请卢义士，如何用刑具拿到？是何道理？还不快快卸去！"当卢方要求判罪时，包公反而说："卢义士休如此迂直，花神庙之事本阁尽知。你乃行侠尚义，济弱扶倾。"最后将其无罪释放。小说还通过卢方与其伴当的议论道出了对包公的尊敬与感激："包公相待甚好，义士长、义士短的称呼，赐座说话。我便偷眼观瞧，相爷真好品貌，真好气度，实在是国家的栋梁，万民之福。"（第四十五回）从包公和卢方二人的对话中，已经充分流露出两人的互相倾慕之情，这也是其后卢方带领其他三鼠归附包公的原因所在。

这又使我们自然而然想起《水浒传》中那些带兵征剿梁山泊的官兵头领如大刀关胜、双枪将董平等人，他们之所以归附梁山，就在于受到宋江义气的感召，为"还报"这一义气，他们自愿投靠，甘心入伙。就《三侠五义》给人印象最深的白玉堂来说，一向心高气傲、目中无人的他之所以对包公心悦诚服，投其麾下，究其原因，也是为了"报答"包公的"知遇之恩"。这从他和蒋平的下列对话中表露无遗：

> 白玉堂道："好一位为国为民的恩相！"蒋爷笑道："你也知是恩相了。可见大哥（卢方）堪称是我的兄长，眼力不差，说个'知遇之恩'，诚不愧也。"（第五十八回）

既有"知遇之恩"，焉有不"报"之理？

于是乎，我们可以这样来表述：与其说包公与众侠客是上下级关系，不如说他们是知己朋友更为贴切。正是由于侠客对官府的"依附"行为从根本上来源于传统的"还报"心理与通常的人情法则，而这一人情法则又完全符合道德要求和礼仪原则，于他们人格不仅毫无贬损，反而有所提升。

这里还须强调的是，侠客对清官"依附"的同时，仍保持了独立人格，并未沦为朝廷的鹰犬，并且实现了他们"报国"的初心和大义。

言至于此，我们可以下结论说，"清官＋侠客"这一叙事密码，就在于"报"的交往理性和人情法则。作为类型，它打通了看似毫不相干的两类人物的障壁，把他们做了"侠义道"上的勾连。遗憾的是，至今我们对这类小说的价值和意义尚缺乏探底之论，对其估价也略嫌偏低。

"断爱杀子"：女侠复仇的心狠手辣

一般而言，女性与"情"的联系天然地超过男性，尤其是自身具备的母性，使女性比男性更多了一份绵软与感性。但对女侠而言，这一常理显然并不适用。尤其是在女侠的复仇行为中，她们的心志似乎更为坚定，行为也更加狠辣。

唐宋的文言小说中出现的女侠，大都是这一类人物。不仅无情，甚至"情""爱"对她们而言，也成了必须断除的羁绊，因为这是阻碍其成为"侠"的最大因素。这一"断爱"的行动，首先出现在唐传奇《聂隐娘》中。

聂隐娘遵师命去刺杀某"害人无数"的大僚：

> 至暝，持得其首而归。尼大怒曰："何太晚如是？"某云："见前人戏弄一儿可爱，未忍便下手。"尼叱曰："以后遇此辈，先断其所爱，然后决之。"[1]

"断其所爱"在这里，不但是训诫，而且是女侠必须遵循的行动原则。"爱"，既包括男女之间的爱欲，也包括最易软化心性的各种情欲。所谓"断爱"即"断情"，"断情"既指要斩断

---

[1] 汪聚应辑校：《唐人豪侠小说集·聂隐娘》，北京：中华书局，2011年。

对敌的同情之心、怜悯之心、顾念之情、难舍之情，又指要斩断临事优柔寡断之情、处事犹豫不决之情、遇事左右顾念之情。否则面对仇人，就不能做到"心狠手辣"。这是侠之所以为侠的独特之处，也是侠的异禀之处和乖张之处。

这种"断爱"的行为对女侠而言，实则是对其"无情"的培植与训练。而"无情"最极端的表现，莫过于"杀子"。

说到"杀子"行为，不得不举唐传奇中的《贾人妻》《崔慎思》《义激》三篇。贾人妻、崔妾、蜀妇人皆矢志复仇者，但均在复仇成功后亲手杀掉自己的孩子，再翩然远走。可见女侠的"断爱"最难的是断掉女人先天具有的母性。此正如《崔慎思》篇尾所说："杀其子者，以绝其念也。古之侠莫能过焉。"[1] 金庸先生评《贾人妻》道："这个女侠……一旦得报大仇，立时决绝而去。别后重回喂奶，已是一转，喂乳后竟杀了儿子，更是惊心动魄的大变。所以要杀婴儿，当是一刀两断，割舍心中的眷恋之情。虽然是侠女斩情丝的手段，但心狠手辣，实非常人所能想象。"[2]

金庸拿"常人"与女侠相比，已给我们点明了认识"女侠"的重要途径——"侠"并非"常人"。同理，"女侠"亦非一般的"女性"。从"社会性别"的角度看，这些复仇的女侠实际上已被作者男性化了：从她们复仇的决绝态度上，从她们断爱的残忍手段上，从她们无牵无挂的辞别方式上，皆是以男性的标准和规范来刻画她们的，甚至较男性更加极端。其实这种"断其所爱"的方式男侠也经常使用，如《水浒传》中的梁山好汉

---

1 汪聚应辑校：《唐人豪侠小说集·崔慎思》，北京：中华书局，2011年。
2 金庸：《侠客行》，北京：生活·读书·新知三联书店，1994年。

为拉某人上山，也不惜设计用锄灭其家室的方法断绝他们的依恋，秦明、卢俊义不就是这样走上梁山的吗？只不过比起由他人来断爱的男侠，自断其爱的女侠就更显奇特，更令人震惊。

而女侠这一"断爱杀子"的行径在唐代之后的小说中仍不时出现，宋代洪迈《夷坚志》中的《义妇复仇》和清代蒲松龄《聊斋志异》中的《细侯》即是典型的篇目。赵妻和细侯均是在婚姻遭人破坏后嫁于仇人的，在最后的复仇行为中也均有"杀子"的情节。只不过比起之前为斩断眷恋之情的女侠，她们的"杀子"行为中含复仇与泄愤的成分，因为孩子乃与仇人所生的"孽子"。既是"孽子"，那就在必除之列。用但明伦对细侯的评语来说：

> 商本非其夫也，彼非夫而诡谋以锢吾夫，彼固吾仇也。抱中儿即仇家子也，杀之而归满，应恕其忍而哀其情。[1]

就细侯的妓女身份而言，何守奇在点评中直接称细候为"女侠"。这又使我们想起冯梦龙曾称杜十娘为"千古女侠"。可见，在古人看来，凡是气性刚烈、行动果断、敢作敢为、一往无前者皆可称"侠"，不论有无武功。

至于《义妇复仇》篇的"义妇"，更是"女侠"的代名词。"复仇"二字，乃点睛之笔。此处不赘。

蒲松龄在《细侯》结尾感叹道："呜呼！寿亭侯之归汉，亦复何殊？顾杀子而行，亦天下之忍人也。"如果把"忍人"的行

---

[1] ［清］蒲松龄著，但明伦评，项纯文辑校：《聊斋志异新评》，北京：华艺出版社，1996年。

为转换成现代汉语,就是金庸对贾人妻的评价:"心狠手辣,实非常人所能想象。"这里做一个大胆的推测,金庸之评可能受到了蒲松龄的影响。

说到金庸,不得不指出,金庸的新武侠小说在武功设计上,遵循的依然是传统的性别观念。

众所周知,自汉代以"阴阳"二分的宇宙观区分性别以来,男为阳,女为阴,已成定论。更要命的是形成如此观念:"恶之属尽为阴,善之属尽为阳。"这一定性对妇女十分不公平,"红颜祸水"制造出多少冤魂啊!这一定性更是影响到中国的语言:与"阴"相关的词汇有阴险、阴毒、阴狠等;即使相邻的词汇如残忍、薄情、寡恩等,也与"阴"有关。这些词汇大多被赋予女性,而且成为女性的"性别属性",这就可怕至极了。

于是,属阴的女性天生就带有破坏性,"恶"似乎是她们的天性和原罪。金庸在《倚天屠龙记》中设计了一种狠毒无比的"玄冥神掌","玄冥"二字即"阴"的代称,张无忌中掌之后疼痛难忍,即使功力如张三丰,用"纯阳无极功"都化解不了"玄冥神掌"的"阴寒毒气"。小说特为交代,只有"九阳神功"方能克除阴气,化解寒毒。其中的认识论便来自"阴阳二分"的宇宙论。《射雕英雄传》中,江湖上之所以一听梅超风的名字便闻风丧胆,就在于梅氏所练乃是"九阴白骨爪"。这是一种阴毒之极的邪门功夫,所以江湖上人人得而诛之。

也许在金庸看来,只有如此设计方合乎中国传统文化。但我们作为读者,必须要用女性主义的观点重新审视,加以分析,有必要对"阳正阴邪"的传统观念做一"解构",否则一味逢迎,文学批评将失去它本身的价值和意义。

四
"儿女情长"是否"英雄气短"

"儿女情长,英雄气短"——是中国传统的认识论之一,并形成一种根深蒂固的文化观念。似乎侠客的豪迈硬朗容不得儿女私情的优柔寡断,仿佛二者是天然对立似的。"男子汉大丈夫"的称谓中就包含着这一观念。于是不近女色,也成了侠客之所以为侠的标志,成了男子"汉"的标配。所以不但在古代文学中,即使现当代作品中,也经常能见到侠客、英雄或大人物心怀大义而舍弃儿女私情的情节。

单就侠义小说而言,"侠"与"情"的结合,是一条隐藏在侠文化发展史中的重要线索,经历了数代的漫长发展。那么,侠与情到底是经历了怎样的发展过程而最终走向合流的呢?

让我们慢慢道来。

先要说明的是,侠本身就带有"情"的诸多特点:互相交往,有满腔热情;遇弱便扶,有恻隐之情;遇硬便打,有豪爽之情;遇事便做,有正义之情,如斯等等,其行为大多出自情感的冲动,故而意气风发,激情四射,使气用情,略无顾忌。于是,"气"成了判断侠之所以为侠的惯用词。这种源自内心的情感冲动,显然要比理性的冷漠和反复的考量,更有可爱可赞之处。司马迁说:"缓急,人之所时有也。"急时,哪容你前思后想、静心琢磨呢?

但这只是就"情"和"气"相连的广义角度而言的。换言之,侠客之情更多地来自内心的一团"活气"和"生气"。然而

"吊诡"的是,"侠"对男女之"情"或爱欲,从一开始就持拒斥的态度,似乎不容商量,但从侠文化的嬗变史上看,似乎又不尽然,其中经历了一个从排斥到认同的过程。

爱情也需侠客助

在中国古代侠义小说发展史上,"侠"与"情"(爱情)的关联,最初出现在唐传奇中。需要说明的是,那时的侠客只不过是促成爱情的助力者,而非爱情的当事人。著名的如《昆仑奴》《无双传》《霍小玉传》《柳氏传》等作品中的侠客昆仑奴、古押衙、黄衫客、许俊等,皆是爱情的守护者与促成者。

如昆仑奴磨勒本系崔生家奴,武功绝伦,善飞檐走壁,有神行之术。为解主人相思之困,慨然承诺送主人崔生与红绡相会。红绡是某一品大员的歌姬。这位大员家养有猛犬,"其警如神,其猛如虎",常人无法靠近。于是磨勒先去击毙猛犬,清除障碍,然后夜负崔生,逾越十重门墙,送达红绡住处,与之相会。当磨勒得知红绡愿嫁崔生的一片赤诚后,便三次往返,搬运红绡的妆奁等行李,最后,身负崔生与红绡二人,"飞出峻垣十余重"。一品大员家的守卫竟无一人察觉。

两年后,大员侦得红绡行踪:

> 遂命甲士五十人,严持兵杖,围崔生院,使擒磨勒。磨勒遂持匕首,飞出高垣,瞥若翅翎,疾同鹰隼。攒矢如

雨，莫能中之，顷刻之间，不知所向。[1]

所谓"瞥若翅翎，疾同鹰隼"二句，正乃对侠客轻功的绝佳描写。

自此以后，这位一品大员一直神魂未定，每晚睡觉，都要警卫人员持械守护，一年后方止。而这位大侠磨勒，竟在十几年后又出现在洛阳，有人看见他在卖药，"容颜如旧"，一无变化。

《昆仑奴》将侠客行侠的对象放在一对恋人身上，无疑是对侠题材的拓展。它似乎在告诉我们，侠客和男女爱情不是绝缘的。不论是出于报恩也罢，还是出于同情也罢，该出手时就出手，是他们惯常的行事作风。"事了拂衣去，深藏身与名"（李白《侠客行》），也是他们一贯的处事风格。

其他如古押衙为报王仙客礼遇之恩，以奇计助王仙客夺回无双，使王、刘二人终能结缡，白首到老。黄衫客出于对负心男子的义愤，设计骗李益探访卧病的霍小玉，得偿小玉之愿。许俊用计从藩将沙吒利手中夺回柳氏，送归韩翃，使二人终于团圆。

由上可见，爱情也需侠客助。

这类作品中的侠客之举，虽形式有别，但显示的是侠客的古道热肠，其最终目的也是为了"有情人终成眷属"。作为一种模式或类型，"侠助爱情"在后世的小说中也多有出现，如宋代文言小说《荆十三娘》《韦洵美》《虬髯叟》，清代《聊斋志异》中的《红玉》《瑞云》《巩仙》等篇，在大的结构框架上，均是

---

[1] 汪聚应辑校：《唐人豪侠小说集·昆仑奴》，北京：中华书局，2011年。

沿袭这一模式而来的。

另外要指出的是，从传播学的角度看，这些"助力爱情"的侠客，在长期的流传中已演化为一种"符号"或通常说的"典故"。这大概也可以算作另一种形式的"经典化"吧。要登上"典故"之榜，获得"共名"殊荣，何其难矣！

于是，凡爱情遭厄者，这类侠客就会在人们脑海中浮现。如清前期的中篇小说《世无匹》就以典故的形式引用到如下两个人物：

> 幸喜有，昆仑飞技，拍合鸾俦。
> ……赖有押衙肝胆赤，从空提出网中人。[1]

《金云翘传》中楚卿为勾引王翠翘，故意言道："如此国色天姿女子，怎么落在娼家，真令人怒气填胸，须发上指！若有商量，待我效昆仑盗出红绡，等她一马一鞍，也见我这点热肠。……美人，美人，虽说佳人已属沙叱利，犹幸义士还逢古押衙。"后又云："小生虽不比许俊、押衙，亦当勉力出卿于火坑孽海之中。"诸君千万不要相信这是出自肺腑之言，而是骗取翠翘的花言巧语，只不过诓得有些知识含量，骗得有些方式方法而已。所以翠翘误以为真，竟相信他"原来也是个侠客"。[2]

如果有人问，爱情故事中为何要插入此类侠客？答曰：就是因为他们能解决一切问题，包括个人的情感问题和婚姻问题。

概言之，他们是男女爱情的守护神，正如明人陈继儒《小

---

[1]〔清〕古吴娥川主人：《世无匹》，北京：中央民族大学出版社，2001年。
[2]〔清〕青心才人编次，魏武挥鞭点校：《金云翘传》，北京：中国经济出版社，2010年。

窗幽记》所言：

> 奴无昆仑，客无黄衫，知己无押衙，同志无虞侯，则虽盟在海棠，终是陌路萧郎耳。[1]

在此，我们必须要强调的是，这类作品虽然涉及了"情"，但是"情"与"侠"本身并无关系，成人之美的侠举仍可归入路见不平、拔刀相助的主题中去，"情"与"侠"还是游离的。要达至结合，还要等数百年之后，直至明末清初，"情"与"侠"方始出现合流。

禁欲系硬汉

如果要对晚明之前侠义小说中侠客的情感世界做一描述，那么"侠本无情"四字尽管不能涵盖所有，但也代表了大部分。在"侠"的内心深处，似乎有一套对情欲的防御机制，这尤其表现在男侠身上，他们活脱脱一个个禁欲系硬汉！

在唐传奇中，放荡不羁的侠客也偶有不检点之行，如周皓"常结客为花柳之游"，被称为大侠的张和"幽房闺稚，无不知之"。[2] 但是这些行径主要是为了展现侠客的不羁与任诞，也与唐

---

[1]〔明〕陈继儒著，赵建黎编译，支旭仲主编：《小窗幽记》，西安：三秦出版社，2018年。
[2] 汪聚应辑校：《唐人豪侠小说集·周皓》《唐人豪侠小说集·张和》，北京：中华书局，2011年。

代开放的社会风气有关。但自宋代以降，大部分的侠客都是严守色戒的真君子、毫不动情的硬汉子，与"圣人忘情"相仿佛。即使美人有许身之意，侠客却无动心之念。这与当时理学的昌盛不无关系，因而侠客的形象也日趋道德化、无情化、理想化。从此之后，侠客的"戒色"品质和"君子"人格，便成为侠之为侠最基本的道德操守和行为特征，反之，则被一律视为"淫贼"，遭到抨击。所以，至少在明中叶之前的小说中，我们所看到的侠客大都是不近女色之人，甚至也没有正常的儿女私情。

这种对待女子的冷淡与克制，或许更符合侠客不拘小节粗线条的硬汉作风，当然也意外地给侠客涂抹了一层道德色彩，增添了一重英雄气概。

在《水浒传》中，这一"拒色"倾向非常突出。不仅侠客与女色绝缘，而且"厌色"的特点异常突出。因为在他们看来，"女色"几乎是侠之大忌。小说中的众好汉，除了小霸王周通、矮脚虎王英、双枪将董平等个别人物以外，大都是"从未将儿女私情略萦心上"之人。尤其李逵，一见到美貌女人就极不耐烦起来，似乎天生就与女色有仇。第三十二回独火星孔亮出场时，小说还特地赞曰："相貌堂堂强壮士，未侵女色少年郎。"豪侠们在面对"淫贼"时也是手起刀落，绝不姑息。武松在蜈蚣岭松树林中，一见到身为出家人的王道人搂着一个妇人看月嬉笑，便立刻怒从心头起、恶向胆边生。李逵一听说宋江是抢走刘太公女儿的凶手，便立刻怒火万丈，冲上大寨，砍倒杏黄旗，抡起板斧，直奔宋江而去，仿佛砍杀去的不仅是淫贼，也是人心中的色欲。

《警世通言·赵太祖千里送京娘》的主人公赵匡胤是个急

人之难、光明磊落、不图回报的好汉，一路历经磨难护送被解救的女子京娘回家。如果说千里之行的跋涉和黑店强盗的拦阻，是为了表现赵匡胤外在的勇武，那么一路朝夕相伴的美人则是对他内在意志与道德操守的最好试探。为了表现赵匡胤正直的豪侠本性，小说将他面对美色的表现行为做了极端化的处理。当京娘在途中表示出以身相许的意愿后，他不仅断然拒绝，甚至勃然大怒。当赵匡胤护送京娘回到蒲州后，京娘的父兄意欲招他为婿，以杜绝外人的闲言碎语，赵匡胤更是掀翻桌子，骑马如飞而去，面此形势，京娘最终只得以自缢回报恩德，表示清白。这个故事如若放在今天，赵匡胤一开始的"英雄救美"或许会产生一段浪漫的爱情故事，但小说中的他却不解风情，甚至可以说有些冷酷与矫情，尤其是最后京娘的自缢着实让人唏嘘惋叹。但是小说家如此创作的目的却非常明确，除了刻画赵匡胤作为一代君主顶天立地的王者风范之外，更是要刻意显露其豪侠本性，因为坐怀不乱是侠客的必备品质，若心存私念，岂不惹天下豪杰耻笑。小说结尾诗也赞其曰："不恋私情不畏强，独行千里送京娘。"同样的例子，还可举出《万秀娘仇报山亭儿》（《警世通言》），尹宗对万秀娘始终以礼相待，对她以身相许的报恩之意同样严词拒绝。

这些"拒色"与"惧色"叙事，似在告诉我们，要做侠客，必先禁绝男女私情。那么男女之情为什么会成为侠客"大忌"呢？

究其原因，盖在于"红颜祸水"的观念深入人心之故。尤其在民间，这一看法更是根深蒂固。因此，作为顶天立地的硬汉、豪迈不羁的男儿，怎么能被"色"迷惑、为"爱"而停留呢？于是，在塑造侠客形象时，自会突出他们的"戒色""厌色"倾向。相应地，在塑造女性上，也着意突出"女色害人""美色戕身"的危害性。

如果说《赵太祖千里送京娘》中的京娘还是个深明大义的贞烈女子，那么《水浒传》中与侠客们沾染的女人，除了三位女头领——一丈青扈三娘、母大虫顾大嫂、母夜叉孙二娘——之外，几乎都是给侠客带来祸害的"淫妇"。从潘金莲、潘巧云、阎婆惜，到私通管家并陷害卢俊义的贾氏、卖唱的白秀英、陷害史进的妓女李瑞兰等，皆复如此。这些女人大都有着妖艳的姿色，富有引诱男人的本钱，同时又全都是没有节操的"淫荡"女子。在《水浒传》中，她们被抽象成了一个个"色"的符号，成为豪侠必须警惕的对象。诚如宋江所言："但凡好汉犯了'溜骨髓'三个字的，好生惹人耻笑。"（第三十一回）由此可见，女性，尤其是貌美的女性，对于豪侠而言，不论怎样，总是祸水。若是趟了祸水或被祸水沾染，侠客的英雄人格必将受到损害。

当然，侠客的情感世界并非一片空白，只不过在他们看来，儿女私情远不如朋友之间的义气来得重要。此正所谓"丈夫意概矜然诺，不惜如花换干莫。自是荆卿侠气深，非关石尉欢情薄"。[1]

因此，在众多的侠义小说中，侠与女色似乎总是处于对立紧张的状态，侠性中容不得"儿女情长"，否则便会导致"英雄气短"，况且侠客"赤条条来去无牵挂"的处身之道和狂放不羁的粗豪性格，似乎也并不适宜于花前月下谈情说爱，还是做个"禁欲系硬汉"更符合侠客的风范。

---

[1]［明］王彦泓：《疑雨集》卷一，清光绪郎园先生全书本。

这种"英雄气"和"儿女情"的二元对立，是指导作家处理侠、情关系的思维模式。这一思维定式，到明末清初才被打破。

侠肝义胆也有侠骨柔肠

首开"情/侠"相合之途的，当推《情史类略》。

冯梦龙在情之类型的设置中，单列出"情侠"一门，收有作品三十六篇。这些作品虽然渊源有自，但冯梦龙已从新的眼光重新定义了这些小说，正如他在"情侠"类的总评中说：

> 己若无情，何以能体人之情？其不拂人情者，政其入情至深者耳。虞侯、押衙，为情犯难；虬须、昆仑，为情露巧；冯燕、荆娘，为情发愤。情不至，义不激，事不奇。[1]

在此，他从侠行与情感的内在结构上揭示了"侠"与"情"的关系。于是，"情"与"侠"便从二元对立，走向了二元互补。

不情不侠，不侠不情——"情侠"终于连为一词。

这种认识，在钟惺与谭元春合编的《诗归》中就有体现，强调圣贤豪杰更具深情。在理论上也出现对"儿女情长，英雄气短"的反驳。周铨言道："古未有不深于情，能大其英雄之气者。……惟儿女情深，乃不为英雄气短。"[2] 在他看来，无论事之大小，只要"竭情以往"，就是真英雄。英雄豪杰与常人一样，

---

[1] [明]冯梦龙：《情史类略》，长沙：岳麓书社，1984年。
[2] 转引自[明]袁宏道等：《落笔为闲 晚明小品选注》，沈阳：万卷出版公司，2018年。

并非绝情寡欲之辈，而是有着儿女深情之人。正因为他们具有深情至性，才能超越常人，成就大事。另外，明代中后期，文学界掀起一股"以情反理"的思潮，许多文人和思想家，如徐渭、李贽、达观和尚、汤显祖、陈继儒、钟惺等人，都主张人之情感、欲望的合理性与正当性，"情痴""情至""情种"成为当时社会最流行的时髦语汇。晚明的这些观念都直接影响到对"侠"的重新建构和定义，也打通了英雄豪侠和儿女私情之间的障壁，使之发生了内在的联系，并日趋走向融合。

明末清初的《好逑传》[1]是较早将"侠"与"情"结合起来的白话侠义小说，一直以来，我们多将之视为一部才子佳人小说，但此书又名《侠义风月传》或《义侠好逑传》。这一命名似乎更切合作者的指向：有意调和"侠义"与"风月"的对立。另从分类上看，它既有侠义小说的特点，也有爱情小说的特点，借用冯梦龙的观点，称之为"情侠小说"也许更适合。

小说的男主人公铁中玉任侠好义、胆识过人，女主人公水冰心沉着机智、不畏强暴。二人不仅是一对才子佳人，更是一对侠男烈女。这种人物设置，已突破了才子佳人小说男性文弱、女性娇柔的陈旧格套，赋予男女主人公"侠"的性格特征。

在铁中玉形象的塑造中，作者注重突出的是他"既美且才，美而又侠"的特点，一洗以往侠义人物特有的粗豪秉性和虬髯形象。另外，作者还给铁中玉与水冰心的爱情添加了一重惺惺相惜的"知己之情"，将这一爱慕导向了"高山流水、知音难觅"的方向。这一同赏共鸣、互为知己的人际交往，不

---

1 [清]明教中人：《好逑传》，南昌：二十一世纪出版社，2016年。

正是侠客奉行的"交往之道"吗？因此在情节设置上，作者将二人的相识、相知安排在"行侠"与"图报"的事件之中。小说写到二人相处五夜，始终恭敬如宾，以礼相待，竟连隔帘置酒、倾心交谈，也是彬彬有礼，不及私情。对此，作者借鲍知县之口赞道："义莫义于救人于危，侠莫侠于临事不畏，贞莫贞于暗室不欺，烈莫烈于无媒不受。"（第十八回）用"侠""义""贞""烈"定性二人的行为，用侠客之间的惺惺相惜来扩展二人之情，此诚如小说结尾所云：

> 以铁中玉之君子，而配水冰心之淑女，诚可谓义侠好逑矣。（第十八回）

好一个"义侠好逑"！于是，"君子好逑"出现了蜕变，温文尔雅的"君子"，一变而为性格刚烈的"义侠"。如果说，"玉"代表君子，那么"铁"则代表义侠。"铁中玉"，不正是君子和义侠的合一吗？这种气质的改造，深含着对儒家学说的继承与发展。

就二人奉旨成婚的大团圆结局而言，从隐喻的层面上看，也恰是对"侠义"与"风月"合二为一形式的褒奖，对"情/侠"两兼之人物的夸赞。

进一步将"情"与"侠"结合起来，并明确成为创作意识的，不得不推晚清文康的《儿女英雄传》[1]。它的命名——儿女+英雄，不正是情+侠吗？于是，"侠肝义胆"与"侠骨柔肠"合

---

1 ［清］文康：《儿女英雄传》，北京：华文出版社，2018年。

二为一了。

《儿女英雄传》叙述清康熙末年的一桩公案。出自名门、智勇过人的侠女何玉凤，因父亲被权贵所害，只得奉母避居山林，更名十三妹，广交豪杰，伺机报仇。途中偶遇为救父而奔走的孝子安骥蒙难于能仁寺，她毅然拔刀相助，勇战恶僧，并同时救出被困的女子张金凤一家三口。十三妹赠予二人银两并月下做媒，说合安公子与张金凤成婚。安骥之父安学海出狱后，弃官寻访十三妹，其时十三妹之仇人纪献唐已经伏诛。待母亲去世后，十三妹自念孤身，决意出家，后经安学海、邓九公、张金凤等人的反复劝说，改变初衷，嫁于安骥。何、张二女亲如姐妹，共同协助安骥求取功名。最后，安公子探花及第，位极人臣。何、张二女各生一子，安家人丁兴旺、和睦美满。

作者文康在小说《缘起首回》中，开宗明义，道出"八句提纲"：

> 侠烈英雄本色，温柔儿女家风。
> 两般若说不相同，除是痴人说梦。
> 儿女无非天性，英雄不外人情。
> 最怜儿女最英雄，才是人中龙凤！

这明显是对"儿女情长，英雄志短"的反驳，是对"儿女情薄、英雄气壮"的矫正。

之后他又借天尊之口演述道：

> 殊不知有了英雄至性，才成就得儿女心肠；有了儿女真

情,才作得出英雄事业。

这种"儿女"与"英雄"的认识论中,深含着通妥的辩证法。即使放在今天,也不过时。更有甚者,作者把"儿女英雄"与"人情天理"融合为一,此即所谓:"一场儿女英雄公案,成一篇人情天理文章。"为"儿女"与"英雄"的结合寻找出一种形而下(人情)的基础和形而上(天理)的根据。此实属难能可贵,这也对后世的武侠小说产生了深远的影响。

特别是书中的侠女十三妹,行侠仗义、武艺高强,初为报仇之故,冷落了儿女情长,以至英雄气壮,儿女情薄,拒不接受安家的婚姻之求。后经众人一番恳切的劝说,再加上自己内心激烈的交锋之后,嫁入安家,成就了一段"英雄至性"和"儿女真情"的姻缘。"侠"与"情"的这一结合,沟通了"儿女"与"英雄"的隔阂,颠覆了"儿女情长,英雄气短"的传统观念。

而这一创作思路,直接影响了民国以来武侠小说的结构形式。

金庸的《神雕侠侣》[1]写的是杨过与小龙女缠绵悱恻、生死相许的爱情故事,不知感动了多少人。而这段生死不渝的爱情也成就了杨过惊人的武功,"黯然销魂掌"震惊天下,其一掌一式皆来源于爱情。换言之,即使在武功套路中,也深含着"情与侠"的结合:六神不安、杞人忧天、无中生有、望穿秋水、徘徊空谷、力不从心、行尸走肉、魂牵梦萦、倒行逆施、废寝忘食、

---

[1] 金庸:《神雕侠侣》,广州:广州出版社,2011年。

孤形只影、饮恨吞声、心惊肉跳、穷途末路、面无人色、想入非非、呆若木鸡。在这里，情是武功的基础，情是招式的灵魂。

而李莫愁之所以性格扭曲，也全是因"情"而起。一个"情"字使她一生都活在妒忌怨恨之中，乃至于成为江湖中恶名昭著的女魔头，杀人无数。直至临死还在高唱那著名的"天问"：

问世间，情为何物？直教人生死相许！

"情"之一字，被金庸写得淋漓尽致，无以复加。难怪倪匡认为，《神雕侠侣》可称得上一部"情书"。他的其他武侠小说，亦复如此。可以说，"侠文化"与"情文化"，至金庸才真正合流。金庸当得起"集大成"的美誉。

五
当女人成为侠客

在英雄好汉的世界里，是否有女人的位置呢？

在中国女性的书写历史中，"列女"与"贤媛"，是最受瞩目的两大类型。殊不知，还有一个常被忽略了的"侠女"书写传统。

"侠"与"女性"如何兼容？"女侠"以何面目出场？古代

作家如何书写"女侠"？当这一个个问号逐步打开时，你就会发现，女人一旦变身侠客，她们的一切注定成为传奇……

高冷范儿——唐传奇中的女侠

唐传奇，是女侠第一次集中亮相的地方。唐人开放包容的胸襟、天马行空的想象力，给予了这些女侠大放异彩的表演空间。著名的女侠如聂隐娘（裴铏《聂隐娘》）、红线（袁郊《红线》）、车中女子（皇甫氏《车中女子》）、三鬟女子（康骈《潘将军》）、谢小娥（李公佐《谢小娥传》）、崔慎思妾（皇甫氏《崔慎思》）、贾人妻（薛用弱《贾人妻》），等等，她们或道术高明、神秘莫测，或刚毅果决、其心如铁，这大大改变了传统观念赋予女性的"性别特征"，表现出一种独特的"高冷范儿"。

其中最为精彩的篇章当属裴铏的《聂隐娘》。聂隐娘从小跟随神秘女尼在深山石穴中学艺，学成归来后，经历一系列惊心动魄的故事，处处表现出不同于常人的奇谲诡异，更与女性常态相差十万八千里。其女性的身份在整篇故事中其实已被弱化为一个性别符号而已，其行为表现实际与男性侠客无异。作者的关注点也并非在其女性身份，而是神秘的剑侠世界。因此，聂隐娘虽为女性，但在作者的书写中，却并无突出的女性性别特征。

与此篇类似的还有《红线》中具有神行术的红线，《潘将军》《车中女子》中具有超常轻功、疾如飞鸟的三鬟女子与车中女子等。作者书写的重心在于她们非凡的武艺与神秘的经历，女性特征反而被忽略了。说到底，她们终究只是一个个远离凡尘的"异人"。

台湾的林保淳先生指出，古无女侠之名，在唐宋文献中往往以"异人"视之。"女侠"的称呼，大致起于明代万历中晚期。徐广《二侠传》的《凡例》也说："古有男侠而未闻以女侠。"但这并不意味着这些"异人"不是女侠，我们现在称她们为"女侠"，不唯无错，反倒十分恰切。

另外，前已述及，唐传奇小说中的女侠往往都是冷酷无情之人，不仅无情，甚至"情"对她们而言，还成了累赘，因为这是阻碍其成为"侠"的最大障碍。因此"断爱"——不仅要断人所爱，而且要断己所爱。要断其先天具有的母性——是女侠修为的第一步。职是之故，我们不得不说，称"女侠"为"异人"，倒昭示出女侠实非一般"女性"的特征。

其实，在这些女侠形象的塑造上，作者几乎就是以男性的标准和形象来刻画的，红线不就自称"某前世本男子"吗？谢小娥为父、为夫报仇，乔装改扮，也是以男子面貌出行的，尽管女扮男装方便行动，但谁又能说其间并无性别意识呢。从中足可见出作者根深蒂固的男性中心主义的立场。他要告诉读者的是，作为女性，要想跨入侠之世界，则必须进入男性的行列，做到冷酷无情。因此，在唐传奇女侠的情感世界中，"侠"和"情"是互相游离的，甚至是相互冲突的。就如她们只能存在于"传奇"中一样，传奇所传的正乃她们异于一般女性的生存方式。

这一独特的"高冷范儿"，似乎表明女性的柔弱、多情及其独有的母性，似乎与侠难以兼容。女性若要跻身英雄豪侠的行列，则必须要摒弃女性的性征（性别特征），向男性靠拢。看来女侠要拥有属己的女性面目，还需要时代与思想的变迁。

水泊梁山的"女汉子"

《水浒传》里的一百零八将，人们总喜欢称之为英雄好汉，就如它最为人熟知的一个英译名——All Men are Brothers（《四海之内皆兄弟》）一样。在人们的印象中，梁山好汉们都是一个个侠肝义胆的血性汉子，是钢铁直男。但是我们似乎忘了，在这一百零八人中，还有三位是女性，就如《水浒传》还有一个不为人知的译名——《一百零五个男人和三个女人在山上的故事》，这似乎关注到了她们的存在。但是当她们混迹于男性的世界中，和好汉们一起"大块吃肉、大碗喝酒"时，其女性的身份似乎已被湮灭，只是梁山众好汉中的三个"女汉子"而已。这三位女汉子分别是"母夜叉"孙二娘、"母大虫"顾大嫂、"一丈青"扈三娘。

三人中的"母夜叉"孙二娘和"母大虫"顾大嫂，二人的性别特征只有在其绰号的"母"字中有所体现，除此之外，几乎被扫除殆尽。不管是她们膀大腰圆、面目狰狞的外表，还是粗莽凶悍、直爽豪放的性格，都与典型的女性性征相去甚远。她们在小说中的行径更是令人毛骨悚然。张青、孙二娘夫妇二人在十字坡开酒店卖人肉包子，据张青向武松介绍，自己每日只管挑担去卖这些人肉包子，那么麻翻并宰杀过往客商、制作人肉包子的血腥工作恐怕全是由孙二娘一人在家里承担的，难

---

1 ［明］施耐庵、罗贯中著，［明］李卓吾、［清］金圣叹点评：《水浒传》，北京：中华书局，2009年。

怪她的绰号叫作"夜叉",正是吃人的恶鬼,加上"母"字,似乎更给人阴冷的感觉。

至于"母大虫"顾大嫂,干的也是劫死囚的亡命勾当,其彪悍程度丝毫不亚于黑旋风李逵,难怪金圣叹称之为"母旋风",认为她与粗暴的李逵无二。有趣的是小说形容她道:

> 有时怒起,提井栓便打老公头;忽地心焦,拿石碓敲翻庄客腿。生来不会拈针线,正是山中母大虫。

可想而知,做她的老公,恐怕要承受家暴的危险;做她的邻居,也要禁得住老虎发威。而"生来不会拈针线"一句,则明确地将她与传统女性的必备技能——"女红"划开界限。这正如前文所述,女性要跻身"豪侠"的行列,似乎就必须要摒弃女性的特征。于是,女性就变成了只在生理上"属雌"而已,在社会性别和文化身份上,必须向男性靠拢,甚至恨不得把她们变为男性。

另一位女性头领扈三娘也值得关注。她尽管没有顾大嫂和孙二娘般凶悍粗暴,但通读《水浒传》,会发现她更像一个"无面目"的影子式人物,少有对其性格和心理的描写。在祝家庄被捉之后,她被宋江许配给好色之徒矮脚虎王英,对此终身大事,她竟像木偶般默然顺从,毫无反应。入伙梁山之后,小说对她的描写更是少之又少,在整部小说中她甚至几乎从未开口说过话,只有在一百二十回本的第九十八回"征田虎"一节中,当宋江和田虎两军交战时,田军中飞出一骑银鬃马,马上是少年美貌的女将琼英,此时王矮虎色心蠢动,纵马出战想讨便宜,不料又重演了当年祝家庄前的那一幕,十几回合后被琼英一戟刺中大腿,倒下马来。这时,扈三娘开口说道:"贼泼贱小淫妇儿,焉敢无礼!"其实明明是自己的丈夫无礼,扈三娘反骂对方"无礼",而且将其视为"淫妇"。这还不过瘾,又在"小淫妇"前加了"贼""泼""贱"三字。若从女性主义的角度来分析,这句话其实正暗示了隐藏在文本中的男性立场:凡漂亮女子,都是"淫妇"。即使自己的丈夫"无礼",作为妻子也要竭力维护,不容对方侵犯。可以说,这是借扈三娘之口,传达出作者的性别观念,而扈三娘在整部小说中的"失语",也分明体现了女侠在与男侠并列时,根本就没有自己的声音和地位,也不容许有与男侠相异的性别身份和性别特征。

从唐代到明初,小说中的大多数女侠,似乎多是远离人间烟火的世外高人、无情无欲的冷酷之妇,或是粗莽豪爽的"女汉子"。她们的面目既清晰又模糊,还总是那么地"不近人情","儿女情长,英雄气短"似乎更适合用在女侠身上,而女性的身份对他们来说,也如一个可有可无的符号。不过,侠骨与柔情迟早会结合在一起的,就在不远处了。

自古侠女出风尘

妓女,尤其是古代的名妓,她们容貌与才情兼备,个性与傲骨同在。因此在她们的身上从不缺传奇故事,文人也似乎格外钟情她们,视之为"风尘知己"。正如冯梦龙所说:"豪杰憔悴风尘之中,须眉男子不能识,而女子能识之。……此等女子，不容易遇；遇此等女子，豪杰丈夫应为心死。"[1]可见妓女虽出身风尘，却具有一双慧眼，能识得英雄，是他们患难中的知己、风尘中的良友。不仅如此，她们的行为风范也常常被称为"侠"，那么"妓女"与"侠"这看似不相关的二者，又是怎么结合在一起的呢？

随着宋元以来"侠义观念"的转变，侠客的形象内涵在不断扩大，道德化的倾向日益明显，"忠""孝""贞""节""义""信"等道德规范，日益成为侠客遵奉的准则。尽管有些人不会武功，但凡气节或性格上与侠接近者，都可被称为"侠"，当然妓女也不例外。明代徐广的《二侠传》就将唐传奇《李娃传》《霍小玉传》中的李娃、霍小玉等妓女收入该书，视这些风尘女子为"侠"。尽管她们不懂武功，也并未行侠仗义、行走江湖，但仅凭其道德气节或人格魅力，就可径直称为"侠"。还有众所熟知的红拂，就与李靖、虬髯客并称为"风尘三侠"；名妓杜十娘就因投江自杀之刚烈异常，而被冯梦龙称作"千古女侠"；凌濛初称妓女严蕊为"侠女"；侯方域赞扬名妓李姬为"侠而慧"；妓女细侯杀子后投归满生的激烈行径，也被何守奇称为"女侠"。可见，以"侠"称呼她们，并非因为她们是行走江湖的侠客，而是她们刚烈的性格与侠有着同一性而已。

这里不妨举两篇小说作为例子。《杜十娘怒沉百宝箱》[2]的故事众所皆知，杜十娘情定李公子，二人历经艰难，跳出火坑。不料十娘一片痴情，却如"明珠美玉，投于盲人"，归家途中被

---

[1] ［明］冯梦龙：《情史》，长沙：岳麓书社，2020年。
[2] ［明］冯梦龙：《警世通言》第三十二卷《杜十娘怒沉百宝箱》，北京：中华书局，2009年。

李公子卖于孙富，十娘激愤之下，怒沉百宝箱，投江自尽。这一结局，不仅仅是因为感情的错付，更是以死来维护个人的尊严与人格。冯梦龙在结尾径直称杜十娘为"千古女侠"，其原因就在于十娘有刚烈之性，在气质上与侠相通；十娘有果断之决，在气概上与侠相类；十娘有爱恨之心，在气性上与侠一致。把一个手无缚鸡之力的弱女子等同于侠，这无疑是对女性的高度赞扬，其中亦可见当时女性地位的提高。

《二刻拍案惊奇》卷十二《硬勘案大儒争闲气　甘受刑侠女著芳名》[1]写的是，天台名妓严蕊与台州太守唐与正相交甚厚，但歌妓不能私侍寝席，故而两人未曾有染。后因婺州秀才陈亮与唐太守有一点误会，便在提举朱熹面前诬告唐太守。朱熹于是便以唐与正和严蕊通奸之名，将严蕊投进大狱，她遭受了百般拷打。但严蕊"苗条般的身躯，却是铁石般的性子"，"随你朝打暮骂，千榜百拷"，坚贞不屈。更有奇者，绍兴太守审问时，见她模样标致，竟然道："从来有色者，必然无德！"上"拶子拶指"[2]时，见她"十指纤细，掌背嫩白"，便愤而言道："若是亲操井臼的手，决不是这样，所以可恶！"又要上夹棍时，当案孔目禀道："严蕊双足甚小，恐经折挫不起。"太守道："你道他足小么？此皆人力矫揉，非天性之自然也。"这种治罪逻辑，着实奇哉怪矣！看来女性的美貌真是原罪。当监中狱官不解地问严蕊道："上司加你刑罚，不过要你招认，你何不早招认了？这罪是有分限的。女人家犯淫，极重不过是杖罪，况且已经杖断过了，

---

[1] [明]凌濛初：《二拍·二刻拍案惊奇》，北京：中华书局，2014年。
[2] 拶（zǎn）：亦称"拶子"或"拶指"。旧时一种夹手指的酷刑。用绳联五根小木棍，套入犯人的手指，再用力收紧。——编者注

罪无重科。何苦舍着身子，熬这等苦楚？"严蕊却道：

> 天下事，真则是真，假则是假，岂可自惜微躯，信口妄言，以污士大夫！今日宁可置我死地，要我诬人，断然不成的！

当严蕊受了无限折磨被放出来后，容颜憔悴，气息奄奄。没想到门前车马却比之前更盛，只因四方之人重她义气，"那些少年尚气节的朋友，一发道是堪比古来义侠之伦，一向认得的要来问他安，不曾认得的要来识他面"。小说最后，以一首七言古风对其大加赞扬，其中有句云：

> 君不见，贯高当时白赵王，身无完肤犹自强。
> 今日娥眉亦能尔，千载同闻侠骨香。

凌濛初这里将之与西汉舍命守城，宁死保护主子赵王的第一勇士贯高相提并论。要知道，贯高事后是自己用手掐住自己的喉咙而自杀的，而严蕊则因此事而被脱籍从良，嫁给宗室，开始了新的生活。这样的安排，总算给读者留了一点安慰。

严蕊的刚烈正直，又使我们想起白行简《李娃传》的赞词："嗟乎！倡荡之姬，节行如是，虽古先烈女，不能逾也，焉得不为之叹息哉！"

简单地说，从李娃，到杜十娘，再到严蕊，小说中塑造的这些"千古女侠"，虽都是一介女流，甚至是地位低贱的妓女，但作者的赞扬却毫无身份之轩轾、性别之高下。这种性别书写，足令人赞叹！

是侠客也是佳人

从唐传奇中的"剑侠异人"到《水浒传》中的"女汉子"，明中叶之前的女侠几乎没有女性的性别特征。要么远离尘世，要么与男侠无异，更甚者，还与"情"绝缘。发展至晚明，女侠开始得到越来越多的关注，许多著作也专为女侠立传，如周诗雅《增订剑侠传》、徐广《二侠传》、邹之麟《女侠传》、冯梦龙《情史》"情侠"类以及秦淮寓客《绿窗女史》"节侠"部，等等。这一现象说明，女侠已不再是侠客世界中星星点点般的存在，她们的形象越来越丰富，女性本身的性别也越来越受到重视。

另外，晚明时期，"侠"与"情"也已不再是不相兼容、互相对立的二元存在，"英雄气"和"儿女情"在整个社会尚情的思潮中开始融合。在这一背景下，女侠的形象也逐渐由来去无踪的"异人"向"常人"蜕变，由"江湖"走入了"寻常百姓家"，由"无情"转变为"有情"，由"剑侠"走向了"节侠"或"义侠"。同时，她们的刚风义概，也让她们跨入了"烈女"的行列，这在前述之"侠妓"身上已得到充分的体现。

前已提及，较早将"侠"与"情"结合起来的白话小说，是明末清初的《好逑传》，其女主人公水冰心就是兼具"佳人"和"侠女"双重特性的角色。给她赐姓为"水"，正是对其柔软之性的描述，女性性别的界定；又以"冰心"为名，则是对其冰洁之心的代称，映现的是她的晶莹侠骨。可见，仅从姓名来看，她较之前代的侠女，已不再是冷冰冰、硬邦邦的另类异人。

再看她的行为，当她得知铁中玉被过其祖算计，生命危殆时，不顾名教之防，将其接到家中。孤男寡女，同处一室，亲手煎药，昼夜看护。当叔父以"男女授受不亲"责问她时，水冰心凛然答道：

> 侄女又闻太史公说的好："缓急人所时有"。又闻："为人恩仇，不可不明。"故古今侠烈之士，往往断首刭心而不顾者，盖欲报恩复仇也。侄女虽一孤弱女子，然私心窃慕之。……今铁公子为救侄女，触怒奸人，反堕身陷阱，被毒垂危，侄女若避小嫌，不去救他，使他一个天地钟灵的血性男儿，陷死异乡，则是侄女存心与豺狼何异？故乘间接他来家养病，养好了，送他还乡，庶几恩义两全。这叫做知恩报恩，虽告之天地鬼神，亦于心无愧。（第六回）

这是对"侠道"原则的全面概括。她所引据的两点——"缓急人所时有"出自《史记·游侠列传》，说明她的行动根据和历史上的游侠同出一辙；又云"报恩复仇"乃"古今侠烈之士"共同遵奉的伦理原则。水冰心对之的"私心窃慕"，正说明作者是按照这一侠道标准来塑造这一形象的。所以"冰心"者，不仅是她道德人格的象征，也是她侠义人格的写真。她虽是不会武功的闺阁女子，但却有几根侠骨禁得住揉搓。

如果说，《好逑传》中的水冰心与正牌的女侠相比，尚缺少行走江湖的经历,那么到了清代道光年间刊行的《绿牡丹》[1],为适应读者的审美期待,让女侠进入江湖活动,并有了自己的面目与爱情追求。小说以唐朝武则天废子自立,"扰乱大唐纲纪"为历史背景,以将门虎子骆宏勋与江湖侠女花碧莲的婚姻为线索,描写了鲍自安、花振芳等江湖豪杰行侠仗义、为民除害、除奸诛佞、迎王保驾的曲折经历。

花碧莲出身草莽,精通武艺,同时又貌美如花、通晓诗文,是文武兼备的江湖儿女。在性格方面,她既有江湖儿女的豪爽直率,又有小家碧玉的似水柔情。在爱情追求上,她不遵从"父母之命、媒妁之言",而是有着自己的期望和理想——"立志不嫁庸俗,必要个英雄豪杰方遂其愿。"(第三回)在桃花坞相中骆宏勋之后,她大胆示爱,求父做媒,并在婚事出现一波三折之际,为相思所苦,几次病倒。可见她既是"江湖侠女",又不失"佳人"的身份。相较于《好逑传》中的闺阁女儿水冰心,花碧莲更加接近侠义世界中的江湖儿女;相较于前代小说中女侠的高冷与粗莽,则又显示出女性特有的柔美。可以说,在这一人物身上,真正体现了"情"与"侠"的融合。此书又名《宏碧缘》,在书名显然仿效的是《金瓶梅》,加一"缘"字,就有了创新:缘分不独在才子佳人之间,江湖豪侠也当分享这种幸运。

由此可见,侠义小说已越来越注重对女侠形象的重塑,她们不仅是侠,同时也是红粉佳人。这种"以儿女之情,写侠客之行"的创作模式,也为后世的武侠小说女侠的形象塑造提供

---

1 [清]二如亭主人:《绿牡丹》,北京:华文出版社,2018年。

了借鉴。

当然，在读者心目中，影响最大的女侠还属《儿女英雄传》中的何玉凤。因其浪迹江湖，遂化名十三妹。"十三妹"的名头使她更像一个侠女，而非闺阁佳人。她和安骥萍水相逢，本欲盗取他的银子，但发现他是个"正人"，又是个"孝子"，"心中暗暗钦佩"，于是动了侠义之心，一路跟随，暗中保护，在能仁寺手刃十余名凶僧，解救了安公子。这一"救人须救彻""施恩不望报"的初衷和义举，正是自古以来一切侠士的惯常行为和侠道准则。作者对她的塑造，完全是按照古代侠客的标准而来的。

小说发展至后半部分，当大仇已报，再无牵挂之后，她便决意出家。如果真的走上这条断爱之路，那么她就和前代的女侠无异。为了规训她的性格，成全她的婚姻，作者便安排安学海、邓九公、张金凤等人对之反复劝说。作者为何要设置这一情节呢？根据全书推测，作者想要塑造的是一个全新的"女侠"：新就新在"侠"之外再加一重"儒"的成分，把她从"豪侠"拉回"女儿"，复归到她的性别身份上来，所以她最终与安骥成婚。

这段美满的姻缘，既是"英雄至性"和"儿女真情"的结合，也是何玉凤人格的蜕变与完成——走完了由"英雄"到"儿女"再到"儿女英雄"合一的历程。这一由"侠女"向"妻子"的角色转换，这一由"游走"向"闺阁"的性别回归，使何玉凤前后判若两人，一改江湖之态，成为一个地地道道的贤惠之妻。

何玉凤的这一转变，因过于生硬而引来不少评论家的争议，甚至认为这是文康的败笔。因为读者更为欣赏的是那个在"冷森森的月光下"勇斗恶僧的侠女十三妹，而无法将之与后面那个贤惠温婉的何玉凤画上等号。所以时至今日，我们还是更多地称呼其江湖化名"十三妹"，反而遗忘了其真名何玉凤。但是，在作者的心目中，"十三妹"与"何玉凤"或许都是他想要的。作者借"儿女心"生发"英雄义"，又以"英雄义"激发"儿女情"，最终实现"最怜儿女最英雄，才是人中龙凤"的创作宗旨。

至于当代的新武侠小说，女侠可以直接和男侠分庭抗礼。仅金庸笔下风华绝代、令人过目不忘的女侠就能举出许多，诸如黄蓉、小龙女、郭襄、赵敏、周芷若、任盈盈、王语嫣、阿朱、阿紫、霍青桐、袁紫衣、程灵素、温青青……她们哪一个不是身负绝技的佳人？有的豪爽，有的痴情，有的刁蛮，有的聪慧。更奇者，如王语嫣虽不会武功却深谙武功之套路，令人难以想象。试想，江湖世界若没有她们，会多么单调与乏味。正如武侠小说中男女双剑合璧会产生超乎寻常的力量一样，女侠的存在也使得侠义的世界兼具阳刚与阴柔之美，保持了"中和"的状态。

女侠颜值的演变

外貌，是女性书写的重点。尤其是当代武侠小说中的女侠，她们或清秀，或俏丽，或娇美，或英气，或冷艳……面孔多样，姿态各异。但总的来说基本都是风姿绰约的佳人。她们的颜值，给刀光剑影的武侠世界增添了美感，也给刚毅的侠骨辅以了柔情。

那么，古代侠义小说中的女侠颜值又如何呢？

古代小说中最早的女侠是出自《吴越春秋》的越女，她生长在南方的山林中，剑术高明，最后成为越王手下教授剑术的教头，据说当时没有人能在剑术上胜过她。小说中她和一袁姓老者斗剑，老者不敌化为一头白猿，长啸而去。这一情节特富想象力，一再被后世文学转述和改写。尤其是近现代新武侠小说，受此启发，还专门创造出越女剑法与袁公剑法。例如金庸《射雕英雄传》中的韩小莹使的就是"越女剑"，而梁羽生《大唐游侠传》中那一脸猴相的精精儿，使的就是袁公剑法。而金庸先生更是青睐这篇故事，据此编写成短篇小说《越女剑》，小说中的主人公阿青的原型就是越女。金庸笔下的她——"一张瓜子脸，睫长眼大，皮肤白晳，容貌甚是秀丽，身材苗条，弱质纤纤。"但是在《吴越春秋》中，却基本没有对越女外貌的描写，她的身形、长相，令人费猜。

《搜神记》中的李寄，为民除害，斩杀大蛇，是一个少女英雄，她有堪比男儿的豪气与英勇，也有侠客无私无畏的精神，又富有聪颖的智慧和冷静的性格。但遗憾的是同越女一样，作品通篇没有对她外貌的描写。可见，早期文学作品中的女侠在作者笔下只有"生理性别"。

科恩在《自我论》中说，在造型艺术史上，"肖像的出现，是对人的个体性发生兴趣的明显标志。"[1] 上述作品中，女性肖像的缺失恰是对女性个体性的忽略。一言以蔽之，在某种程度上将女性他性化了。

唐人传奇中的女侠甚多，比较著名的多是"剑侠异人"，如聂隐娘、红线等人即是。但是如前所述，作品并未关注她们的

---

[1] ［苏］科恩（Кон，И.С.）著，佟景韩译：《自我论》，北京：生活・读书・新知三联书店，1986 年。

女性身份与性别特征，她们往往都是冷酷无情之人，不食人间烟火，不染人间情爱。同样，她们的颜值也没有得到关注，《聂隐娘》通篇没有对其外貌仪容做出描写；《红线》虽写到红线精于音律，又通经史，但颜值成谜，而且红线自称"前世本男子"，似乎为此世降为女子而深感遗憾。而像谢小娥（《谢小娥传》）这样的凡世女子，要完成复仇大计，非得女扮男装，方能成功。

由此可见，女性若要跻身英雄豪侠的行列，则必须要摒弃女性的特征，容色之妍媸，形貌之丑俊，倒是其次的事。

这一对女侠的性别认知，一直到明中叶之前，基本上左右着作家的创作。《水浒传》虽写到女侠的颜值，但其貌丑陋，面目狰狞，很难令人产生亲近感。不信你看：孙二娘"头上黄烘烘的插着一头钗环，鬓边插着些野花……下面系一条鲜红生绢裙，搽一脸胭脂铅粉"，但"眉横杀气，眼露凶光。辘轴般蠢坌腰肢，棒槌似桑皮手脚。"这一肖像，使人想起的是周星驰电影中的经典角色"如花"。而顾大嫂同样"眉粗眼大，胖面肥腰"。这般面目，令人望而生畏，岂敢亲近？

但是到了明清之际，随着情/侠的合流，以及"侠"观念的扩充，女侠不再是神秘莫测的世外高人，其面目也不再狰狞可怕了，她们开始走入了现实，回归了本性，也拥有了与女性相称的容貌与才情。《好逑传》中第三回，水冰心甫一登场，作者就开始关注她的外貌了："生得双眉春柳，一貌秋花，柔弱轻盈，闲处闺中，就像连罗绮也无力能胜。"另通过铁中玉的口再次形容她："真是秋水为神玉为骨。"

还有《聊斋志异·侠女》中的侠女，蒲松龄称她"年约十八九,秀曼都雅,世罕其匹"。如果说,这还只是一种感觉性的描写,略嫌空泛,那么"艳如桃李,而冷如霜雪"两句,则是对其从外到内的精准刻画。这两句道尽了女侠的特点,可以说是女侠形象的共同范式,不妨简称为"共范"。范即范儿。金庸笔下性格独特的女侠,大多是这般模样。

《儿女英雄传》在十三妹的肖像描写上是用了心的:"含翠的柳叶眉,一双秋水无尘的杏子眼;鼻如悬胆,唇似丹朱;莲脸生波,桃腮带靥;耳边厢带着两个硬红坠子,越显得红白分明。正是不笑不说话,一笑两酒窝儿。说甚么出水洛神,还疑作散花天女。"这哪里是侠女,活脱脱一个绝色佳人。这种肖像描写,为后世的新武侠小说提供了借镜。金庸等人笔下的女侠,大多是武功高强、容颜靓丽之人,套用子夏的话说:"望之俨然,即之也温;听其言也厉。"(《论语·子张》)。

古代侠义小说中的女侠,其颜值经历了一场从无到有,从粗莽到婉丽的变迁之路。随着颜值的提升,女侠的面目也越来越清晰、越来越动人,直至当代的新武侠小说,塑造出了一大批与男侠分庭抗礼的女侠形象。她们往往武艺与颜值俱佳,侠骨与柔情兼备,在刀光剑影和爱恨情仇中给我们展现出古典女性的别样风采和东方之美。